VINCENT KLUWE-YORCK

ROBIN CAT

ROMAN

edition moonbooks
band 1

MW

Meiner säbelrasselnden Charley gewidmet,
obwohl sie eine dieser terroristischen Schlägerkatzen ist,
wie sie auf den folgenden Seiten ihr Unwesen treiben!

Dank
Meinen eingeschworenen und krisenfesten Freunden
Tetà, Torsten, Oliver, Markus, Frank und Tom
Dank für Treue und Beistand.
Dank auch Heinz Jansen für seine ermunternde Zuwendung
und der berühmten Katzenexpertin Christine Klinka
für Rat und Gespräch.
Nicht zuletzt Dank an meinen fürsorglichen Freund
Antonio La Spada, weil er darauf achtete,
dass die Hefeweizen-Pipeline und der für die gute
Verfassung des Buches dringend notwendige Pastanachschub
nie an Verstopfung oder Unterbrechung zu leiden hatten!

Der Autor
Dr. Vincent Kluwe-Yorck, Jahrgang 1949, lebt in Berlin.
Er studierte Germanistik, Kommunikation und Publizistik
und an der Kunsthochschule Fotografie und Grafikdesign.
Danach unterrichtete er an zwei Hochschulen
und arbeitet seit 1982 als Journalist und Buchautor.
Neben seiner publizistischen Tätigkeit entwickelt er
Werbeprojekte in Konzeption, Text und Bild.

Inhalt

Prolog

Ich heiße Alan-A-Dale und ich bin ein Kater. Ein alter, gezauster Straßenkater. Ich lebe in Barn's Village – dem friedlichsten Distrikt der großen Stadt.

Die Freunde nannten mich einfach Cat Alan. Aber sie sind nun alle tot, denn inzwischen sind viele Jahre vergangen. Und ich sollte unsere kleine Geschichte über große Freundschaft erzählen, bevor sie mit mir unter der Eiche begraben wird.

Ich war der Minstrel in unserem Kreis. Keine Katze singt schöner, wenn der Vollmond über die Wipfel steigt und ich kenne all unsere Legenden und Abenteuer: Die Abenteuer von Robin Cat und Lady Cat Marian und unserer Brotherhood of Merry Catz. Von Little Cat John, Much-the-Miller's-Cat und Will Scarlet, der roten Katze.

Aber auch von Fitz, dem bösen, blauen Kater, der sich selber Sheriff nannte.

Von Roger, dem verschlagenen Kater der Familie Doncaster und vor allem von Guy, dem schlimmen Kater der Gisbournes aus dem nächsten Block.

Tagsüber gingen wir auf die Rattenjagd und fischten am Ufer des Great River oder wir fingen gelegentlich Tauben.

Wenn wir nicht gegen die verhassten Katzen des Sheriffs oder des fürchterlichen Guy of Gisbourne kämpfen mussten, saßen wir nachts im großen Rund bei der Eiche in unserem geliebten Marmoron Park und die Freunde folgten der Wanderung des Mondes mit sehnsüchtigen Blicken, während ich unsere Lieder sang.

Ich will auch an unseren großen Freund und Vorfahr erinnern, den edlen Robin Hood – geboren als Robert Locksley, Earl of Huntingdon, der die längste Zeit seines Lebens als Geächteter verbrachte.

Als Geächteter in den Wäldern Englands – ein Kämpfer für die Gerechtigkeit, für seine große Liebe Marian und für die Jungfrau Maria.

Sein Vermächtnis lebt bis heute. Denn auf dem Sterbebett ordnete er an, dass sein Name nicht länger ihm gehören solle.

Robin Hood sollte ein Ehrentitel sein für alle Kämpfer der gerechten Sache: Für alle, die gegen Unterdrückung durch die Reichen und Mächtigen kämpfen, um die Armen und Schwachen zu schützen.

Und auf seinem Grabstein steht ganz unten - dort, wo es von Gräsern und Farnen überwuchert ist - eine winzige, altenglische Inschrift. Eine Inschrift, die den seltenen Besuchern des Grabes geheimnisvoll erschien und die niemand von ihnen verstand:

Robyn Hode The Cat Mayest Thou Live

Was auf Deutsch ungefähr heißt:
Robin Hood - mögest du als Katze weiterleben!

Begegnung

Ein stattlicher Somali-Kater kauert im Geäst einer ufernahen Eiche. Ein Kater, dem seine Abstammung von der uralten Abessinier-Rasse ins Fell geschrieben steht. Mit seinem dichten Pelz geboren für ein Jägerleben im Freien: Robin Cat.

Robin ist wütend. Zornig starrt er hinüber zum Sund, den nur noch ein letzter Strahl der Abendsonne streift. Er nimmt den Anblick kaum wahr. Rötlicher Schimmer liegt auf dem Wasser und auf den Kronen der Bäume im Marmoron Park. Robins sandfarbenes Fell zeigt jetzt einen Anflug von gebranntem Ton.

Der Sund weitet sich vor seinen Augen zu einer überschwenglichen Wasserfläche, auf der die Segelschiffe wie Daunenfedern wehen.

Schaumbedeckte Dünung kämpft sich an Buchten, Inseln und schroffen Landzungen vorbei. Der Wind trägt den Geruch von leicht salzigem Wasser herüber.

Robin wendet sich um. Sein düsterer Blick schweift an der Mündung des Great River vorbei über den Park zum Quartier Marmoron. Die Front der hohen Häuserreihe am Chippendale Boulevard duckt sich hinter sperrigen Schatten, die bereits an den Parkbäumen nagen.

Und im Abenddunst scheinen die ersten Lichter der mächtigen Hochhäuser von Stratham auf - kaum zu erkennen, so weit sind die eitlen Trutzburgen der Handelsimperien entfernt.

Robin liegt jetzt reglos auf einem schartigen Ast der Eiche, nur die Schwanzspitze zuckt ärgerlich hin und her: Er denkt an seinen Erzrivalen Guy of Gisbourne. Feindselig spreizt sich das Fell auf seinem Rücken. Ein Grollen rollt zwischen seinen blutgeilen Zähnen hervor. Er weiß, dass Guy sich ihm nicht alleine stellen wird. Guy ist wahrlich kein Schwächling und feige ist er auch nicht. Ein gefährlicher Gegner. Aber immer hat er seine Schläger um sich herum.

Robin wird ihn dennoch besiegen, denn irgendwann trifft er ihn allein! Dann wird er ihm gründlich das Gesicht zerschlagen und jedes Stück Fell einzeln von den Wangen reißen, bis das Blut in alle Richtungen spritzt. Guy wird versuchen zu fliehen. Natürlich wird er fliehen.

Aber er wird Guy nachsetzen, ihn zu Fall bringen, indem er ihm einen Hinterlauf wegschlägt, und ihm die Halsschlagader durchbeißen. Und dann der tödliche Biss in den Nacken. Mit seinen kräftigen Kiefern einen der Reißzähne zwischen zwei Wirbel treiben und gnadenlos das Rückenmark durchtrennen.

Und den Sheriff erledigt er nebenbei – der ist zu fett und zu dämlich, um von ihm als Gegner ernst genommen zu werden! Blut muss fließen. Es geht nicht anders, denn erst wenn seine Feinde besiegt sind, ist der Weg frei zu seiner geliebten Marian. Robins Schnurrhaare spielen zärtlich, als er an die schönste Kätzin im ganzen Viertel denkt. Seine große Liebe Marian – was für eine Katze!

Unter dem Baum hockt Much-the-Miller's-Cat, Robins ergebener Freund. Seit Robin von Guy und seinen Gefolgskatzen vertrieben und ausgestoßen wurde, ‚geächtet', wie sie es nennen, lässt er Robin nicht aus den Augen. Er ist zu unscheinbar, um vom Sheriff und dem bösen Guy wahrgenommen zu werden. Er ist nur eine kleine, graue Hauskatze – wenig imposant in der Statur und für keinen der starken Kater des Viertels eine Gefahr.

Freiwillig ist er Robin in die Verbannung gefolgt. Freiwillig gab er sein Zuhause auf bei Miller und seiner Frau, den Bäckersleuten aus dem Block. Gut hatte er es dort, denn die Millers sind liebenswerte Menschen. Aber konnte er Robin in seiner Bedrängnis hilflos alleine lassen?

Robin, der mit seinen scharfen Ohren Muchs Gemurmel genau hörte, knurrt aufbrausend von seinem Ast herunter: „Du bist keine simple Hauskatze. Du bist eine stolze, reinrassige Shorthair und ab jetzt der Schrecken vom Marmoron Park! Merk' dir das endlich! Und sei froh, dass du unauffällig bist – sonst hätte dich Guys Gang bereits vor dem Frühstück erledigt."

Sofort wird seine Stimmung weicher, denn Much ist doch sein bester und vor allem sein einziger Freund. Der einzige, der es wagt, sich mit ihm gegen den Sheriff und Guy und ihre feisten Gefolgskatzen zu stellen: Gegen all die wohlgenährten und leider auch gefährlichen Maine Coons, Kartäuser und Rassemischlinge. Gegen die vielen grauen, schwarzen und roten Hauskatzen, die sich Guy of Gisbourne angeschlossen haben und seinem Regiment bedingungslos folgen: seine ‚Soldier Catz' – Soldaten, wie er diese Burschen nennt. Und dann die ‚Police Catz' des Sheriffs, seine Polizisten. Glücklicherweise nur junge, unerfahrene Kater – einzeln keine ernsthafte Gefahr!

Robin springt mit einem übermütigen Satz vom Baum und stupst Much freundschaftlich mit dem Kopf in die Seite.

„Wird Zeit, dass wir uns etwas zu essen fangen. Ich habe mordsmäßigen Hunger!“

Es ist Frühling, und überall im Gebüsch hören sie das Rascheln und Knistern der Mäuse, die Polstermaterial für den Nestbau sammeln und Samen für ihre Speisekammern. Robin und Much legen sich auf die Lauer. Die meisten Mäuse entkommen, bevor sie zupacken können – ungeübt, wie sie noch sind. Aber die Mäusejagd liegt Katzen im Blut, und so schaffen sie es dennoch, den größten Hunger zu stillen.

Nachdem sie gegessen haben, ziehen sie sich zu der Eiche am Sund zurück, um in ihrem Schutz zu übernachten. Robin mochte diesen archaischen Baum auf den ersten Blick. Gebieterisch steht er frei im Raum und duldet kein Gewächs in seinem Schatten außer spärlichem Rasen, mit ausgereckten Armen sein Territorium beherrschend.

Bei Regen würden die beiden unter der gewaltigen Krone einigermaßen trocken bleiben. Und der Baum bietet einen freien Blick über das Revier, wenn sie sich die Mühe machen, ihn zu erklettern. Das sollte selbst untrainierten Hauskatzen wie Robin und Much leicht fallen – bei all den Scharten und den dicht gestaffelten Ästen!

Satt und zufrieden rollen sich die beiden Kater auf einem Rasenflecken unter der Eiche ein, den die Sonne vorgewärmt hat.

Robin muss an die Ereignisse der letzten Tage denken. Friedlich hatte er bei seiner Menschenfamilie gelebt und bei seiner Mutter, der eleganten Guinevere. Seine Geschwister hatte die Familie an Freunde verschenkt oder verkauft. Aber ihn als größten und schönsten Kater aus dem Wurf reinrassiger Somalis wollten sie gerne behalten.

So lebten sie einen Sommer, einen Winter, noch einen Sommer und einen zweiten Winter glücklich zusammen. Er war zu einem stolzen, starken Kater herangewachsen, der die Welt sehen wollte und er sehnte sich danach, etwas zu erleben wie Freunde finden und Abenteuer bestehen. Kurzum – er wurde erwachsen. Die Enge der Wohnung war für ihn nicht genug. Er musste einfach hinaus.

Das Fenster der Stube im ersten Stock stand weit offen, um die warme Frühlingsluft einzulassen. Mit einem Satz sprang er auf die Fensterbank. Von da auf Nachbars Balkon, ein gewagter Sprung auf die Leuchtreklame von Millers Bäckerei, herunter auf das Sonnendach, dann nur noch zwei kurze Sprünge über den Pfeiler des Vorgartens nach unten und er war auf der Riverside Avenue.

Eilige Menschen gingen irritiert um den Kater herum, der mit großen Augen vor ihnen auf dem Bürgersteig stand. Hausfrauen, die bei den Millers Brot und Kuchen einkaufen wollten, hoben achtsam ihre Einkaufstaschen über ihn hinweg.

Autos hielten knirschend neben ihm am Rinnstein. Ein Straßenmusiker aus Jamaica packte gerade seine Gitarre aus und legte seine bunte Wollmütze, die er das ganze Jahr über trägt, vor sich auf das Pflaster. Alles war so, wie es zum täglichen Leben im Quartier Riverside gehört.

Hier, im nordöstlichsten Zipfel, hat sich Barn's Village einen fast kleinstädtischen Charme bewahrt. Hier kennt man noch die Nachbarn und wenn Robins Menschenmutter Mrs. Mac Beal vergessen hat, Zucker für den Kaffee von Mr. Mac Beal zu kaufen, klingelt sie bei ihrer Nachbarin, um sich eine Tasse voll Zucker zu borgen.

Staunend tappte Robin die Avenue entlang, bog um die Ecke in die Upper Lessingham Road, vorbei an Vorgärten, in denen gerade der Ginster blühte, weiter geradeaus, noch einmal um die Ecke und die Oakfield Grove entlang bis zur nächsten Straße.

Hier wusste er nicht weiter. In der Ferne sah er Autos auf dem Chippendale Boulevard vorüberhuschen, der weiter unten, am südlichen Rand von Riverside, mit der großen Hauptstraße zusammenläuft und so Barn's Village mit den anderen Distrikten der großen Stadt verbindet.

Robin bog in die kleine Querstraße Chippensight ein, ging an einigen Grundstücken vorbei – und er sah Marian. Sie saß in einem offenen Fenster des ersten Stockwerks und putzte mit den anmutigsten Bewegungen ihr langes Fell. Weiß leuchtete es in der klaren, frischen Luft herüber. Verwirrt legte sich Robin nieder und beobachtete das fremde Wesen.

Für eine süße Ewigkeit lag er unbeweglich und hoffte, dass sie niemals aufhören würde mit ihren selbstverliebten, versunkenen Gesten, die sie wie jede ordentliche Katze braucht, um sich zu pflegen. Nur sah es viel zärtlicher und reizender aus als bei seiner Mutter – der einzigen Katze, der er bisher bei der Morgentoilette zugesehen hatte.

Am nächsten Tag ging er den gleichen Weg und hoffte, die schöne Fremde wieder heimlich aus seiner Deckung heraus beobachten zu können. Mit keinem Blick hatte sie gestern erkennen lassen, ob sie ihn bemerkte.

Und das war Robin recht, denn er war viel zu verwirrt und hätte gar nicht gewusst, wie er reagieren soll, hätte sie ihn offen angeblickt.

Wahrscheinlich wäre er vor Schreck tot umgefallen!

Aber sie hatte ihn bemerkt. Er konnte nicht wissen, dass er sich gerade zu einem der prächtigsten Kater des Viertels entwickelte. Und Marian war viel zu züchtig und gut erzogen, um ihre freudige Erregung offen zu zeigen.

Sie hoffte, dass der fremde Kater wiederkommen würde. Seit dem frühen Morgen lag sie am Fenster und blickte erwartungsfroh nach draußen. Ganz unauffällig natürlich! Es schien, als würde sie ein Schläfchen auf der Fensterbank machen und nur gelegentlich blinzelte sie auf die Straße.

Als die Sonne auf ihrer Wanderung endlich das Fenster fand, öffnete es ihre Menschenmutter Mrs. De Rosa, um die milde Luft herein zu lassen. Marian rückte ein wenig vor und legte sich nach draußen auf den bestrahlten Sims. Sie schnurrte wohlig vor sich hin, während die Sonne langsam ihr Fell erwärmte.

Sie schlief ein. Als sie wieder erwachte, richtete sie sich auf, um ihr langes, seidiges Haar zu strähnen. Mit großen Augen stand Robin unten und blickte herauf. Sein Fell glänzte kupferfarben im Sonnenlicht. Ohne es zu wissen, strahlte er vor Selbstbewusstsein und jugendlicher Kraft. Ein reizvoller Anblick für eine junge Kätzin, die ihre ersten Frühlingsgefühle spürt!

Kaum wagte sie sich einzugestehen, dass sie in den stolzen, unschuldigen Kater bis zur Schwanzspitze verliebt war. Keine Schwärmerei. Verliebt! Zum ersten Mal schaute sie ihm in die unwissenden Augen.

Er wusste zwar nicht so recht, was mit ihm geschah. Aber er spürte genau, dass sich gerade sein Leben auf ewig mit diesem Zauberwesen verband!

Immer noch stand er bewegungslos. Er wagte nicht, einfach heraufzuspringen und sich mit ihr bekannt zu machen. Verlegen und ratlos schaute er sich um. Was tun?

Im Nichts zerschmelzen – das wäre jetzt die Lösung! Unsichtbar werden und nicht einmal eine Duftspur hinterlassen. Vielleicht könnte er dann als kleines Wölkchen oben bei ihr im Fensterkreuz hängen bleiben und sie umschweben, ohne dass sie es ahnt. Das wär's!

Marian saß inzwischen aufrecht im Fenster und putzte sich angelegentlich das Gesicht. Immer wieder leckte sie die Tatze und fuhr sich sanft über die Wangen, die Stirn, die Nase. Wie gut für Robin, dass er sie einfach nur betrachten durfte.

Kein Blick von ihr, der ihn unsicher machte. Als sie fertig war, schaute sie ihn noch einmal an, sprang von der hellen Fensterbank in das

Dunkel der Stube und war in ein anderes Universum entschwunden – oder mindestens auf einen anderen Planeten!

Aufgewühlt wie er war, eilte Robin den Weg zurück in die Riverside Avenue. Aber zu seiner Familie wollte er jetzt nicht. Er setzte sich vor den Bäckerladen der alten Millers, wie er es oft getan hatte, wenn ihm Mrs. Mac Beal die Wohnungstür öffnete, um ihn hinaus zu lassen. Er war dann die Treppe heruntergeeilt und hatte sich vor die Bäckerei gehockt.

Kaum wurde die Ladentür von einem Kunden geöffnet, sauste er durch den ersten Spalt hinein. Eine Wolke von frischem Brotgeruch und der Duft nach Plätzchen und warmem Rhabarberkuchen hüllte ihn ein.

Zielstrebig mit hoch gerecktem Schwanz eilte er zu Mrs. Miller, die hinter dem Tresen stand, und strich ihr kurz an den Beinen entlang. Er mochte sie. Immer hatte sie ein gutes Wort für ihn – und manchmal auch eine kleine Leckerei, die in der Backstube abfiel.

„Hallo Robin. Willst du unseren Much besuchen? Geh‘ nur. Er liegt auf seinem Lieblingsplatz am Ofen. Na, das weißt du ja!“

Robin maunzte nur kurz und fegte durch den Laden nach hinten zu Much, der ihm freudig entgegenblinzelte. Sie sind nahezu gleich alt und kennen sich seit ihrer frühesten Kindheit – seit sie auf dem Arm ihrer Menschenmütter zur Nachbarin mitgenommen wurden und mit unsicheren Schritten auf dem Teppich umhergestakst waren.

Erregt und kurzatmig erzählte Robin von seiner Begegnung. Much sah ihn verwundert an. Er verstand kein Wort – er hatte noch nie eine Kätzin gesehen. Seine Mutter und die Geschwister, die er mit drei Monaten verlassen hatte, als er zu den Millers kam, waren lange vergessen. Aber er verstand, dass etwas Ungewöhnliches in Robins Leben eingetreten war. Und offenbar etwas ungewöhnlich Schönes.

Nachts in seinem Körbchen träumte Robin von der Fremden. Unruhig tanzte sein Schwanz auf und ab. Gleich am nächsten Tag würde er sie wieder besuchen. Irgendwie musste er es schaffen, ihren Namen zu erfahren.

Und konnten sie nicht zusammen durch die Straßen wandern und nach Katzenart in den Vorgärten und den Hinterhöfen stöbern? Bisher kannte er noch nichts im Viertel. Und vielleicht würden sie sogar andere Katzen treffen, um sich mit ihnen anzufreunden?

Am nächsten Morgen durchkämmte Robin angriffslustig seinen Napf, zerpflückte die Leckereien darin und balgte sich mit seiner Mutter Guinevere, die ihn nach wie vor zärtlich liebte. Sie war schließlich nicht blind. Was für ein beeindruckender Kater war aus ihrem kleinen Robin geworden!

Sorgfältig putzte er nach der Balgerei sein Fell. Unermüdlich strähnte und wusch er, bis es in dem Sonnenstrahl, der durch das offene Fenster nach den Teppichfransen griff, glänzte wie poliertes Kupfer. Mittags machte er sich endlich auf den Weg.

Als er um die Ecke in die Chippensight bog, sah er einige Häuser weiter auf der anderen Seite eine schwarze Katze lungern. Er kümmerte sich nicht um sie - er hatte schließlich Wichtigeres vor!

Unter dem bewussten Fenster angekommen, blickte er hinauf. Sein Herz sackte und sackte und rutschte in eine seiner Bauchfellfalten: Sie war nicht da! Nur die Schwärze hinter dem offenen Fenster starrte ihn an. Enttäuscht rollte er sich auf der gemauerten Einfriedung vor dem Haus zusammen. Glückliche Unbeschwertheit der Jugend: Sofort schlief er ein. Kaum versank er im Traum, blickten ihn zwei große, leuchtend blaue Augen an - so dicht vor ihm, dass sie fast seine Schnurrhaare berührten. Die Augen wurden tiefer und tiefer.

Plötzlich kletterten winzige Fellknäuel aus ihnen hervor, rot-weiß gefleckt und zärtlich miauend. Immer mehr wurden es. Sie krabbelten brabbelnd auf seinen Kopf, seinen Rücken, plumpsten herunter und kullerten zwischen Robins Pfoten. Und er hörte sich selber schnurren und brummen, während mehr und mehr dieser pelzigen Knäuelchen aus den Augen der Kätzin hervorpurzelten.

Robin wachte auf. Und blickte in zwei warme, leuchtend blaue Katzenaugen dicht vor seinem Gesicht. Steckte er noch tief im Traum? Nein. Diese Augen waren anders. Sie lebten und sie waren nicht so groß. Und vor allem: Sie blickten ihn zärtlich an. Sie waren kein Traum! Eine 100-Pfund-Glocke schlug in seinem Kopf - einmal schlug sie an und er war wach.

Robin sprang auf und stand mit hoch erhobenem Schwanz vor den Augen, die zu einer zauberhaften, weißen Angorakätzin gehörten. Und plötzlich sprach sie ihn mit sanfter Stimme an: „Ich heiße Marian." Wieder schlug die Glocke in Robins Kopf – diesmal nur viel lauter.

Er stammelte: „Robin. Ich bin Robin. Robin Cat! Ich wohne bei den Mac Beals in der Riverside Avenue."

Vorsichtig schob er seine Nase vor, um Marians Duft aufzunehmen. Sie roch nach exotischen Blüten – auf jeden Fall Veilchen und Lavendel! Ein Duft nach sorgfältiger Pflege. Noch so jung, aber jedes Haar eine Lady.

Mit ihrer weichen Stimme fragte sie ihn nach seiner Familie und ob er Geschwister habe. Er erzählte von Guinevere und von seinem besten Freund Much, der noch gar nichts von der Welt gesehen hat.

„Da geht es ihm wie mir – ich darf auch kaum aus dem Haus!", antwortete das wohlerzogene Wesen.

Marian erzählte von ihrer Familie und dass sie Lady gerufen wird. Und schon hörten sie eine Stimme: „Lady!" Das Gesicht von Mrs. De Rosa blickte streng aus Marians Fenster. Marian sprang los und blickte nur kurz zurück: „Kommst du morgen wieder?"

Und ob er kommen würde! Marian besuchen und in ihrer Nähe glücklich sein, waren ab jetzt seine heiligsten Aufgaben! So stand es jedenfalls seiner Meinung nach im großen Pflichtenbuch der Katzengöttin Bastet unter der Rubrik ‚Robin Cat'!

Am nächsten Tag kam er früh. Wieder sah er die schwarze Katze gegenüber und diesmal war noch ein roter Kater bei ihr. Er nahm keine weitere Notiz von ihnen. Marian saß in ihrem Fenster und blickte ihm freudig entgegen. Mit kurzen Sätzen überwand er die kleinen Hindernisse bis nach oben und stand vor ihr. Zärtlich begrüßte sie ihn mit einem Stupser gegen den Kopf.

„Wir sollten besser in den Vorgarten gehen. Hier kann uns jeder beobachten", sagte sie zu Robin.

„Ist das schlimm?", fragte er erstaunt.

„Da unten lungern zwei von Guys Soldaten herum. Es ist besser, wenn sie uns nicht sehen!", antwortete Lady Cat Marian.

Als Robin fragend nach drüben sah, war die rote Katze verschwunden. Nur der schwarze Kater saß unbeteiligt neben einer Reklametafel vor dem Zeitungsladen und leckte sich ausgiebig das Fell. Das Leben im Viertel um ihn herum schien ihn kaum zu bewegen.

Robin sprang hinunter in den Vorgarten, dicht gefolgt von Marian. Die Soldaten hatte er vergessen und Guy kannte er nicht – er hatte noch nie von ihm gehört. Was kümmerte er ihn?

Er hatte jetzt wirklich Dringlicheres zu tun. Marians Schnurrhaare zählen zum Beispiel. Ihm gefiel es gut, wie sie sich sanft nach vorne bogen, wenn er Marian anblickte.

Und er wusste inzwischen, dass er diese edle Katze liebte. Dass sie sein Leben bedeutete und dass er niemals eine andere Kätzin neben sich dulden würde.

Und das war ganz in Ordnung, denn Marian ging es mit Robin ebenso. Sie liebte diesen gelassenen, mutigen Kater, der sich nicht um Guy und seine Soldaten scherte, während sich alle anderen Katzen ängstlich duckten, wenn nur sein Name fiel.

Wieder ertönte Mrs. De Rosas Ruf aus dem Fenster. Marian blickte Robin noch einmal zärtlich an und verschwand mit einigen anmutigen Sätzen in ihrer Wohnung.

Robin kehrte sofort nach Hause zurück. Er bemerkte daher nicht, dass kurz darauf der rote Kater erschien in Gesellschaft eines großen Grauen und sich beide zu der schwarzen Katze legten.

Much war neugierig, von Robins Abenteuer zu hören, und wartete unter dem Fenster seines Freundes im Vorgarten.

„Erzähl' doch - wie ist es gelaufen?", fragte er, während Robin sich auf dem Pfeiler der Gartenmauer erst streckte und dann gemächlich einrollte.

Endlich berichtete er, dass sie im Vorgarten in der Sonne gelegen und sich nur angeschaut hatten. Und beiläufig erzählte er von Guys Soldaten, die gegenüber saßen.

Schreckerfüllt sprang Much auf die Beine.

Unwillkürlich sträubte sich sein Rückenfell: „Guy? Guy of Gisbourne? Verdammt. Ich hätte wissen müssen, dass es nicht gut gehen wird!"

„Warum? Was ist denn mit diesem Guy?", fragte Robin in seiner Unwissenheit.

Millers Bäckerladen ist eine der Nachrichtenzentralen des Viertels, wo alle Neuigkeiten der Nachbarschaft verbreitet werden. Die Millers sind alt und sie haben die Bäckerei seit fast dreißig Jahren. Sie kennen jeden der Nachbarn und erfahren alles, was um sie herum geschieht. So hatte Much im Laden von Guy gehört und er wusste, dass es sich um einen üblen Gesellen handelt, dem man besser aus dem Weg gehen sollte.

Man erzählt sich im Viertel, dass die Kinder der Gisbournes, zu denen er mit drei Monaten kam, nicht gerade liebevoll mit ihm umgegangen sind. Ständig neckten sie ihn und wenn er unartig war, was immer das bedeuten mochte, bestraften sie ihn hart. So wurde aus ihm der bösartige, gefürchtete Tyrann, in dessen Nähe sich alle Katzen fürchten.

„Ich weiß es nicht so genau - ich kenne ihn nur aus den Geschichten der Kunden. Aber ich glaube, Guy ist gefährlich. Er hat eine Bande von wilden Schlägerkatzen bei sich, mit denen er die Gegend terrorisiert. Jeder muss sich ihnen beugen oder er wird zusammengeschlagen. Und umgebracht hat er auch welche, wenn sie nicht so wollten wie er. Guy will der Chef sein und alles kontrollieren! Pass bloß auf, dass du dem nicht in die Quere kommst!"

„Wie soll ich ihm denn in die Quere kommen - ich hab' doch gar nichts mit ihm zu tun!"

„Das kann schneller gehen als du denkst. Vielleicht reicht es schon, wenn er dich sieht. Gerade du - so auffällig, wie du bist. Groß und stark!"

„Na gut - ich nehme es, wie es kommt. Soll er besser mir nicht in die Quere kommen!"

Bei diesen Worten dachte Robin wieder an seine geliebte Marian.

Am nächsten Tag machte er sich spät am Vormittag auf den Weg. Er hatte sich besonders gründlich geputzt und Guinevere wollte ihn nicht ohne ihre mütterlichen Ermahnungen auf die Straße lassen. Warum nur musste sie ausgerechnet jetzt so ausführlich sein?

Und draußen kam auch noch Much.

„Sei bitte vorsichtig. Achte auf fremde Katzen und lass' keine von ihnen in deinen Rücken! Und achte auf die andere Straßenseite!"

Seine gut gemeinten Ratschläge nahmen kein Ende. Konnte er nicht endlich aufhören, damit er zu seiner Marian kam? Besänftigend knuffte er Much in die Seite.

„Nun ist es aber gut. Du tust, als würde ich in den Krieg ziehen!"

Endlich ließ Much seinen Freund gehen. Mit langen Sätzen sauste Robin die Avenue herunter. Er bog in die Oakfield Grove ein und dann in die Chippensight. Kaum um die Ecke zu Marians Straße, sah er plötzlich einen großen, grauen Schatten dicht vor sich auftauchen, der aus einem der Vorgärten gekommen sein musste.

Robin konnte nicht mehr halten. Mit voller Wucht rannte er in den großen Grauen, der schon gestern in der Chippensight erschienen war.

„Was ist denn mit dir los, Kleiner - hast du keinen Respekt vor Erwachsenen?"

Robin war sprachlos und brachte keine Antwort heraus.

„Willst du dich nicht entschuldigen?“, fragte der Graue.

Keine Antwort. Robin wusste nicht, wie er reagieren sollte. Verdattert stand er vor dem Grauen und starrte ihn nur an.

„Müssen wir dir wohl Respekt beibringen!“, stellte der Graue fest und setzte eine bedrohliche Miene auf.

Robin war noch völlig unerfahren im Straßenkampf. Was er über das Kämpfen wusste, hatte er nur bei den Balgereien mit seiner Mutter oder mit Much gelernt. Aber er war mutig und er war stark für sein Alter und das Kämpfen lag ihm im Naturell. So leicht ließ er sich nicht einschüchtern! Auch nicht von dem frechen Dicksack, diesem überfressenen Kühlschrankwächter.

Robin antwortete nicht. Der Dicke stand unter seiner Würde! Aber zur Sicherheit machte er einen mächtigen Buckel und zeigte die Reißnägel in seinem Maul. Seine Ohren legten sich flach. Ein bedrohliches Fauchen kam zwischen seinen Lefzen hervor. Der Dicke lachte.

„Du bist ja ein Prachtexemplar. Trotzdem zerlegen wir dich mit verbundenen Augen!“

Warum wir? Robin drehte sich um. Da standen sie dicht an dicht in einem wilden Haufen und starrten ihn kampflustig an. Rote und grau Getigerte. Schwarze, blaue und braune Katzen.

Robin dachte: ‚Na gut, dann war‘s das eben. Aber sie werden teuer bezahlen, das schwöre ich. Und den Dicken nehme ich zuerst!’

Er drehte sich wieder zurück, um auf den Grauen loszugehen. Und blickte in zwei eiskalte, grüne Augen. Ein riesiger schwarzer Maine Coon stand plötzlich vor ihm mit bösartiger, grausamer Miene und einer tiefen Narbe über der Nase.

„Was tust du hier? Willst dich wohl wieder an den Frauen anderer Leute vergreifen?“

Robin sank der Mut und er blieb reglos stehen.

„Antworte, wenn Guy of Gisbourne zu dir spricht“, zischte der Graue.

Robin blickte über die beiden Gegner hinweg und sah in der Ferne Marian in ihrem Fenster stehen, die sehnsüchtig und ängstlich zu ihm herüberschaute. Jetzt wusste er, dass er sein Fell teuer verkaufen würde. Sollten sie nur kommen!

Guy spürte die Entschlossenheit in Robins Blick und ahnte, hier würde er nicht so leichtes Spiel haben wie mit den vielen verzärtelten Sofaschnurrern und Sahnetunkern, die er unterworfen hatte. Hier stand ein ernstzunehmender Gegner, der sich nicht einschüchtern ließ. Aber ein junger, unerfahrener Gegner! Er beschloss, seine Taktik zu ändern.

„Lass‘ deine Tatzen von Lady Cat Marian – die ist für mich reserviert, wenn sie soweit ist!“

Weitere Worte war Guy die Sache nicht wert. Er rief mit kalter Stimme zu dem wilden Haufen gegenüber: „Sheriff! Komm‘ her!“

Ein feister, blauer Chartreux-Kater schob sich an den Soldaten vorbei und fragte unterwürfig mit fisteliger Stimme, was Guy von ihm wünsche.

„Du achtest mit deinen Polizisten darauf, dass dieser Mäuseschreck sich an meine Gesetze hält und sorgst für Recht und Ordnung im Revier. Ich will ihn hier nicht mehr sehen.“

Und zu Robin: „Du verschwindest besser aus dem Viertel oder verkriechst dich hinter deinem Ofen, falls du einen hast. Wenn ich dich jemals wiedersehe, ziehen wir dir das Fell in Streifen herunter. Und das meine ich wörtlich!“

Und der Sheriff fügte hinzu: „Du bist ab heute geächtet und vogelfrei. Jeder gesetzestreue Kater des Viertels hat das Recht, dich ohne Vorwarnung zu töten, wenn er dich auf den Straßen trifft!“

Guy of Gisbourne führte zwar ein Terrorregiment – ein gewissenloser, kaltblütiger Mörder war er nicht. Er tötete nicht zum Vergnügen. Wenn er tötete, dann nur, um einen Kater zu beseitigen, der ihm auch nach einer Warnung noch im Wege stand und der sich nicht unterordnen wollte.

Er gab seinen Gefolgskatzen ein Zeichen: Drei der Soldaten machten sich über Robin her. Sie kreisten ihn ein und begannen, von allen Seiten auf ihn einzuschlagen. Robin schlug einmal zu und das Ohr eines Gegners hing in Fetzen. Wütend knufften die drei zurück – Robin wurde hart getroffen.

Wieder schlug er zu und traf eine dreist vorgereckte Nase. Einer der drei jaulte mit schmerzerfüllter Miene auf und ging erneut auf ihn los. So wie Robin einsteckte, teilte er auch aus. Und bei jedem seiner Treffer floss Blut.

Aber drei waren zuviel für ihn – unerfahren, wie er noch war.

Mit einem wilden Satz sprang er über den Grauen hinweg und rannte die Chippensight herunter. Marian, die alles mitangesehen hatte, blickte ihm entgegen. Sie hatte Angst, aber sie war auch stolz auf ihren Robin: Was war er doch für ein mutiger Kämpfer, der sich so gut gegen Guy und seine Banditen behaupten konnte!

Sie wollte nicht Guys Kätzin werden. Sie fürchtete sich vor seiner Gewalttätigkeit und Angst ist keine gute Basis für die Liebe!

Robin rannte knapp unter ihrem Fenster vorbei. Er rief, ohne anzuhalten: „Ich liebe dich, Marian - warte auf mich!"

Eine zärtliche Antwort wehte hinter ihm her. Noch lange stand sie in ihrem strahlenden Weiß im offenen Fenster.

Robin lief den Chippendale Boulevard entlang und wusste nicht, wie er nach Hause kommen sollte. Er folgte dem Boulevard immer weiter und rannte, bis er zur Barn Street kam, wo an der Ecke das hässliche Parkhaus der Riverside Mansions steht.

Hier bog er rechts ab und lief jetzt aufmerksam an den Auslagen der Geschäfte vorbei. Er entdeckte keinen vertrauten Geruch, der ihn hätte leiten können. Weit im Süden kam er von der anderen Seite her wieder an die Riverside Avenue. Endlich fand Robin den Weg zurück nach Hause, vorbei an unbekannten Häusern. Vorbei am Geschäft des Obst- und Gemüsehändlers und an den bunten Tüchern des Stoffladens, die aufgehängt an einer Leine über dem Schaufenster wehten.

Er stand wieder vor seinem Haus. Sofort ging er zu Much und berichtete nicht ganz ohne Stolz von seinem ersten großen Abenteuer.

„Much, mein bester Freund! Ich muss weg. Sie haben mich geächtet und ich kann hier nicht mehr frei leben! Ich muss mir einen Flecken suchen, wo die Soldaten nicht hingehen."

„Robin, ich bin zwar nur klein, aber ich komme mit. Ich lasse dich nicht allein!" - „Quatsch. Warum willst du mitkommen? Dir tut doch niemand 'was!"

„Wenn du weg bist, habe ich keinen Freund mehr und niemanden, der mich beschützt. Nein, ich begleite dich. Und außerdem weißt du gar nicht, wohin du gehen sollst!"

„Das ist wahr! Aber du weißt es noch weniger - du warst doch noch nie aus dem Haus!"

„Ich habe von den Kunden viel gehört. Nicht weit von hier ist der große Park - da könnten wir für den Anfang bleiben."

„Hmm. Keine schlechte Idee. Von dem großen Park haben die Mac Beals auch erzählt - früher, als sie noch jung waren, sind sie oft dort gewesen. Dort gibt es viele Bäume und dichte Büsche, zwischen denen wir gut geschützt sind und uns verstecken können. Da findet uns niemand."

Much freute sich, als er ‚wir' und ‚uns' hörte. Aber er war auch traurig, dass er seine lieben Millers verlassen sollte.

„Much, du besuchst sie, so oft es geht! Dich kennt keiner der Soldaten und du kommst in den Laden, ohne bemerkt zu werden."

Beide gingen noch einmal zu ihren Familien hinein und nahmen Abschied. Robin erklärte Guinevere die Lage und berichtete ihr von seinem Plan, mit Much in den großen Park zu gehen. Traurig leckte sie ihm noch einmal das Fell zwischen den Ohren und wünschte ihm Glück. Es sollte das letzte Mal sein, dass er sie sah.

Vor dem Haus traf er auf Much, der die Führung übernahm, denn er kannte ungefähr den Weg. Sie gingen ihre Straße herunter, vorbei an den Kisten des Obsthändlers, bis sie zur Barn Street kamen. Auf ihrer rechten Seite floss der Great River und die Stapleton Bridge überquerte den Fluss.

Much wusste nicht, dass sie nur geradeaus der Riverside Avenue hätten folgen sollen, um auf kürzestem Weg zum Marmoron Park zu kommen: Die Avenue hätte sie zum Shore Trail gebracht – zu dem Wanderweg, der immer am Ufer des Sundes entlang durch den ganzen Park von Süden bis in den Norden zum Osthafen führt.

Much und Robin bogen in die Barn Street ein, folgten dann dem Chippendale Boulevard und sahen zu ihrer Rechten einen der beiden Haupteingänge des Parks, während die Sonne hinter ihnen mattrot den Dächern entgegensank.

Schnell kreuzten sie den breiten Gehweg und tauchten in die schützende Wildnis ein. Als es dunkel wurde, standen sie vor dem streng blickenden Bronzestandbild des berühmten General Marmoron, der dem Viertel auf der anderen Seite des Boulevard seinen Namen gab: Quartier Marmoron.

Ziellos streiften sie unter Bäumen umher, über endlos scheinende Wiesen bis zum Ufer des Great River und an weitläufigen Hecken vorbei, bis sie zur Eiche dicht am Sund gelangten. Hier gefiel es Robin. Hier wollte er bleiben.

Und so kommt es, dass Robin nun die erste Nacht mit seinem Freund Much unter dem majestätischen Baum verbringt, nachdem sie einige Mäuse verspeist und vom kühlen Flusswasser getrunken haben.

Der Park

Erst spät am Vormittag springt Robin auf – gut gelaunt knufft er Much, der noch schlafend neben ihm liegt.

Was für ein tolles Abenteuer! Marian liebt ihn, er hat sogar ein paar handfeste Feinde und er hat ein Revier zum Toben und Jagen. Er ist der Herrscher im Marmoron Park! Was will ein junger, aufstrebender Kater mehr? Heiter strahlt ihm das Leben entgegen.

Die ersten Tage tollen Robin und Much nur übermütig herum, toben über die Wiesen und klettern auf Bäume, von denen sich der Park in seiner Weiträumigkeit überblicken lässt.

Wenn sie der Hunger plagt, fangen sie Mäuse und jedesmal geht die Jagd besser. Gelegentlich finden sie auch den Rest eines Hot Dog, den ein Spaziergänger fallen ließ.

So erforschen sie nach und nach ihr neues Reich und kennen es nun in der ganzen Weite. Im Norden grenzt der Park an den East Side Harbor, den Osthafen, wo die Segler der benachbarten Viertel ihre Boote vertäuen. Und der Marmoron Ruderclub 1898 hat hier eine große Halle aus Holz, wo die kleinen Einer, die Zweier, die Vierer und die langen Achter eingelagert werden.

Die Achter sind der Stolz des Clubs, seit vor vielen Jahren eine Mannschaft Landesmeister geworden war! Aber das Hafengelände gehört nicht mehr zur großen Stadt, sondern liegt bereits in der Siedlung Northern Hill im Northern Hill County.

Robin und Much finden hinter einer Schlehenhecke ein enges Loch im Zaun und klettern hindurch auf das Hafengelände. Überall sind Ruderboote aufgebockt und die Sportler schleifen und streichen, um sie für die Saison vorzubereiten. Der scharfe Geruch von abgeschliffener Farbe und die Dämpfe aus geöffneten Lackdosen stechen den Katzen in die Nase. Hier können die Mäuse gar nicht schmecken!

Much entdeckt ein Mäuschen, das aus einer Grassode hervorspringt und über eine abgetretene Sandfläche flüchtet. Offensichtlich sind die Mäuse hier auch noch viel zu klein. Die Mühe, sie zu jagen, lohnt sich kaum. Missmutig blickt Much dem pelzigen Tierchen hinterher.

Robin und Much kehren zurück in den Park und lächeln sich erleichtert zu, als sie wieder die frische, leicht salzige Luft ihres Parks einatmen. Der Sund wird vom Great River gespeist, der ihm stetig neues Süßwasser zuführt. Aber mit der Flut dringt auch Salzwasser vom Meer in den Sund – besonders, wenn steifer Ostwind auf die Mündung drückt. So bildet sich eine schwach salzige Brackwassermischung, in der sowohl Süßwasserfische des Great River als auch Schwärme von Meeresfischen leben.

Die beiden laufen zurück zur Westgrenze des Parks, die über ihre gesamte Länge dem Verlauf des Chippendale Boulevard folgt. So entdecken sie das Rondell mit dem Springbrunnen, den ein Künstler des Viertels aus unbehauenen Felsbrocken zusammengefügt hat.

Ein weitgreifender Schatten liegt auf dem Fels: Direkt hinter dem Brunnen steht ein riesiger Silberahorn, der seine Blüte beendet und schon die ersten Blätter ausgetrieben hat.

Ein spitzer Schrei dringt an das Ohr der Katzen: der Jagdruf des gewandten Kestrel. Beide blicken nach oben, in die Krone des Ahorns.

Much fragt etwas ängstlich: „Siehst du den Vogel? Meinst du, der kann uns gefährlich werden?" – „Hmm. Solange er da oben hockt, wohl nicht. Aber wenn er 'runter käme, würde ich riskieren, ihn am Schwanz zu ziehen. Mal sehen, wie fest seine Federn sitzen!" Aber Turmfalken essen keine Katzen und so bleibt alles friedlich.

Ziellos wandern sie weiter, vorbei an dem bronzenen General, über die kleine Wiese, und biegen um eine ausgedehnte Eibenhecke.

Zu Tode erschreckt fahren die beiden zurück. Dicht voraus hockt ein gefährliches Tier, das ihnen mit aufgerissenem Rachen und leblosen Augen entgegen stiert: Ein riesiger Löwe aus Stein, der ihnen keine Angst machen muss, wie sie sehr rasch merken.

Müde von ihrem langen Ausflug kehren die beiden in ihr Versteck zurück. Robin spürt, wie sich durch das viele Laufen und Springen seine Muskeln straffen und stärken. Die schartige Rinde seiner Eiche braucht er nicht mehr: Mit einem Satz erreicht er den untersten Ast und von da aus ist er mit wenigen Sprüngen auf seinem trotzig herausragenden Lieblingsast, auf dem es sich so gut nachdenken lässt.

Auch Much ist kräftiger geworden! Anfangs noch ängstlich und rasch außer Puste, folgt er Robin jetzt auf jedem Schritt – schaut sein Freund sich um, ist Much dicht hinter ihm. Und unbekümmert ist er geworden. Übermütig springt er Robin an und balgt sich mit ihm auf der Wiese. Das freie Leben tut ihm gut!

Inzwischen hat Much auch gelernt, den Hunden aus dem Weg zu gehen, ohne gleich vor Schreck gelähmt zu sein, wenn eins dieser fremdartigen Monster kläffend auf ihn zugerast kommt. Heute Morgen hat Robin seinem Freund gezeigt, wie man es richtig macht, als er von einem Foxterrier angegriffen wurde.

Er dachte gar nicht daran, zu fliehen. Als der Hund auf ihn losging, blieb er stehen und drehte ihm die offene Flanke zu. Genau im richtigen Moment sprang er zur Seite und hieb dem ins Leere jagenden Hund die Krallen ins Ohr. Was für ein Schlag! Laut heulend flüchtete er und war bald hinter dem nächsten Gebüsch verschwunden.

„Much - wir werden ab jetzt niemals vor irgend jemandem fliehen, das schwöre ich!“, war sein Kommentar und nie wieder sollte darüber gesprochen werden.

Es wird ein weiteres Mal Abend und sie ziehen sich zu ihrer Eiche zurück. Robin springt auf seinen Ast und Much folgt ihm.

Beide blicken hinaus auf das Wasser des Great River Sound. Eine Schar Purple Martins, wie die Seeschwalben hier heißen, steht rüttelnd über dem Wasser und stößt wieder und wieder herab, um kleine Sardellen aus ihrem Schwarm heraus zu schnappen.

Im Sommer kommen oft die Schwärme der Maifische, Sardinen, Heringe, Sardellen und Sprotten in den Sund und dann streiten sich die Seeschwalben mit den Möwen um die besten Happen.

Nachdenklich sagt Robin: „Much, wir dürfen Marian jetzt nicht befreien. Wo soll sie leben? Sie ist die Freiheit nicht gewohnt. Wer soll ihr Fell bürsten und was soll sie essen? Mäuse rund um die Uhr?

Und wie wollen wir uns gegen die Feinde verteidigen, um Marian vor Guy zu schützen? Solange wir allein sind, interessiert er sich nicht für uns. Aber wenn wir Marian holen, wird er uns suchen und finden. Und dann greift er mit seinen Leuten an. Wir können uns weder verstecken, denn wir kennen den Park noch nicht gut genug, noch können wir uns zu zweit im Kampf halten!

Unsere einzige Hoffnung sind Verbündete, mit denen wir das Viertel von dem tyrannischen Guy befreien. Dann können wir aufatmen und zu unseren Familien zurückkehren.“

Sie planen ihre nächsten Schritte. Während sie die letzten Tage den Park nur spielerisch durchstreiften, erforschen sie ihn nun systematisch. Sie erkunden alle geheimen Pfade und jedes Versteck.

So entdecken sie auch die Abkürzung zu ihrem Viertel, als sie dem Shore Trail in südlicher Richtung folgen und zum versteckten Parkausgang an der Riverside Avenue gelangen. Dabei überqueren sie eine Holzbrücke, die sie über den kleinen Graben führt. Auf dem Rückweg verlassen sie den sorgfältig angelegten Wanderweg und laufen durch die Gräser der Wiese.

Hier und da blüht der erste Löwenzahn, umgeben von Schafgarbe, Beifuß und Wildkamille. Weißklee, Perlgras, Lupine und Weidelgras halten die Blüten noch fest verschlossen: Sie treiben ihre Ähren erst später aus, wenn alle anderen Pflanzen ihre Blütenblätter bereits abgeworfen haben. Die Wiese verströmt einen würzigen Duft nach Kräutern, der Much und Robin angenehm in die feinen Nasen dringt.

Und am Ende des Grabens entdecken sie den Little Lake, in den das nur schwach bewegte Wasser des Grabens mündet. Nachdem sie den kleinen See umrundet haben, springen sie quer über die Wiese auf ihre Eiche zu, die alle anderen Bäume überragt.

Der direkte Zugang ist ihnen versperrt – und nun endlich entdeckt Robin bewusst den Wert ihres Verstecks: Eingerahmt von einer riesigen Feuerdornhecke lässt sich die Wiese mit ihrer Eiche und der Landspitze davor nur über den schmalen Wanderweg entlang der Küste und den einzigen Weg betreten, der quer durch den Park führt bis in ihr Versteck. Die dichte, dornige Hecke umgibt ihre Wiese schützend wie ein Burgwall und von der Eiche aus haben Robin und Much die drei schmalen Zugänge im Blick. Strategisch unübertroffen!

Das tägliche Spielen wird langsam zum ernsten Überlebenskampf. Dabei trainieren sie ihre Muskeln und sie werden zu geschickten Kletterern und Sprintern. Und täglich fechten sie in Übungskämpfen gegeneinander, um ihre Reflexe zu schulen.

Auf einem der Streifzüge in ihrem neuen Revier dringen Robin und Much wieder einmal jenseits ihrer Hecke bis an den Sund vor. Diesmal wandern sie nordwärts, dicht am Ufer entlang, auf den East Side Harbor zu. Schwärzliche Wolken schichten sich über dem Sund.

Der Geruch öliger Feuchte walmt schwer vom dunklen Wasser her über das Gras. Aus einem nahen Gebüsch tönt das knarrende Gehass einer Elster zu den Katzen herüber.

Der Vogel springt ungelenk aus dem Busch. Er hebt die Flügel und lässt seine weißen Flanken leuchten. Mutig stolziert er über das Gras und nähert sich mit blank gezogenem und bedrohlich schwingendem Schnabel den beiden verdutzten Katern bis auf zwei oder drei Katzenlängen.

Unsicher blickt Much zu Robin. Der bemerkt den furchtsamen Blick seines Freundes und sagt: „Mach' dir keine Sorgen! Ich wette, der Vogel bewacht nur seine Küken und will nicht, dass wir seinem Nest zu nahe kommen. Erinnerst du dich an die Schwalben und Tauben unter unserem Dach? Die haben doch auch versucht, uns zu vertreiben, wenn sie Junge hatten."

Fast beruhigt setzt Much seinen Weg fort und blickt sich nur noch einmal nach dem wehrhaften Tier um. Sorglos wandert Robin weiter, Much im Gefolge. Sie kommen an dem schmalen Streifen Sand vorbei, der in einer kleinen, flachen Bucht angespült wurde. Spärlicher Strandhafer bemüht sich redlich, das unsichere Lager des Sandes zu sichern.

Vor ihnen taucht ein niederer, hölzerner Steg auf, der nur wenige Meter weit über das Wasser ragt – ein Steg, den die Parkverwaltung aufgebaut hat, damit die Ruderer und Kanufahrer, die auf ihren Tagestouren vom Distrikt Battleham herüber kommen, anlegen und sich auf den Wiesen erholen können.

Die Planken sind mit unzähligen braunen Häufchen bedeckt. Robin beschnuppert sie neugierig: Vogelkot, wie ihm der Duft sofort verrät. Es ist nicht der stechend scharfe Geruch des weißlichen Guano, wie er ihn von den Parkvögeln kennt: Amseln, Stare, Schwarzkopfmeisen und Eichelhäher und die Völkchen der lustigen Spatzen. Aber auch Tauben, Rotkehlchen, Krähen und die vielen Arten der Waldsänger, die hier besonders häufig sind und in allen Bäumen ihren fröhlichen Gesang hören lassen. Selbst die großen Raben und Scharen von Wildgänsen leben zeitweise im Park.

Irritiert stellt Robin fest, dass ihm der Geruch und auch die dunkle Farbe fremd sind. Der Kot erinnert ihn an keinen der vielen Vögel, die er kennt. Während er noch mit gesenktem Kopf den Fund untersucht, ertönt ein lautes Gequacke.

Er hebt den Kopf und entdeckt am Ende des Steges einen schwerfälligen Vogel, der sich über paddelförmigen Füßen erhebt, den langen Hals reckt und ihn mit gelben Augen fixiert: eine Ente, die eben aus ihrer Mittagsruhe erwacht.

Es bleibt ihr nicht viel Zeit, sich von ihrem Schrecken zu erholen: Mit langen Sätzen jagt Robin über die Planken – ohne Warnung und ohne das geringste Geräusch.

Kurz vor der Beute setzt er die Hinterpfoten ein, um den Schwung abzufangen, und ist mit zwei weiteren flachen Sprüngen über dem Vogel, dem sich ein klägliches Quieken entringt. Mit einem Biss in den Hals erstirbt jedes Geräusch und Stille sinkt über den Steg.

Much nähert sich verdutzt, während Robin beginnt, seine Beute zu rupfen. Gründlich reißt er dem Vogel die Federn aus und Much beobachtet ihn fasziniert. Als er beginnt, an der Beute zu fressen, rückt er bereitwillig beiseite, um sie mit seinem Freund zu teilen.

Einige Minuten später zeugen nur noch die in wüsten Haufen auf dem Steg verteilten Federbüschel und wenige Knochen von Robins erster Großwildjagd. Und ein verrenkter Flügel, der auf dem Wasser treibt, wird langsam zum Ufer getragen, als eine Brise die Federn bläht.

Eines Tages entdecken Much und Robin ‚The Drainage': einen Ausfluss gleich hinter ihrer Wiese, der dicht am Ufer in den Sund mündet und durch ein Gitter verschlossen ist. Immer wieder tröpfelt Wasser aus ihm hervor. Die beiden beachten ihn zunächst nicht. Aber dann traut sich Robin, das unbekannte Phänomen zu erforschen.

Der Ausfluss gehört zu einem weitverzweigten System, das den Boden der Stadt entwässern und auch das Regenwasser ableiten soll. Die große Stadt mit ihren Distrikten Barn's Village, Battleham und Stratham und deren Quartieren wie Riverside, Marmoron und Oakwood wurde auf mehreren teils sumpfigen Inseln erbaut und die Drainage ist bereits vor mehr als 100 Jahren von klugen Stadtvätern angelegt worden.

Das Profil der Kanalisation zeigt in der Mitte ein Bett, durch das die Fluten abgeleitet werden, und zu beiden Seiten einen erhöhten Sims, damit die Kanalarbeiter in das Netz der Kanäle vordringen können. Immer wieder gelangen abgebrochene Äste hinein oder Plastikmüll verstopft einen Abfluss – Hindernisse, die entfernt werden müssen, damit es in der Stadt nicht zu Überflutungen kommt. Das Ganze wird von einem gemauerten Oval überwölbt.

Robin klettert in den Tunnel, gefolgt vom unlustigen Much. Dunkel, feucht und kalt ist es hier. Trüber Schimmer fällt in Abständen von oben her in den Gang: Über sich erkennt Robin die Rillen der Gullydeckel, durch die schwach das Tageslicht eindringen kann.

Auch Robin fürchtet sich. Aber er schiebt sich voran, um der Sache auf den Grund zu gehen. So entdeckt er das System der Gänge unter der Stadt mit anderen Löchern, die ihn wieder ans Tageslicht führen: Die Gitter der Einstiege für die Kanalarbeiter – die Öffnungen zwischen den Stäben gerade weit genug, um eine Katze durchschlüpfen zu lassen. Fluchtwege in den Untergrund, wo sie sich vor Verfolgern schützen können, sollte es einmal nötig werden!

Nach und nach erkunden sie das Netz der verzweigten Tunnel: Die Freunde entdecken, dass sie miteinander verbunden sind. Sie merken sich die wichtigsten Hauptgänge und Verästelungen, die sogar bis in ihr altes Viertel zu führen scheinen.

Auf einem ihrer Streifzüge in die Unterwelt hören sie vor sich knisternde Geräusche, die ihnen nicht geheuer sind: Sie treffen die erste Ratte, die sich ihnen wütend stellt. Much flieht ängstlich zum nächsten Ausgang.

Robin nimmt den Kampf an und tötet den Gegner.

„Much - Ratten sind viel größer als Mäuse und eine reicht als Futter für den ganzen Tag. Du musst lernen, sie zu erbeuten. Hoffentlich gibt es noch mehr von ihnen! Dann sind wir im Notfall unabhängig und können uns hier unten für einige Zeit verstecken, wenn es darauf ankommt!“

Robin meint, es reiche nicht, nur mit dem Park vertraut zu sein. Er schickt Much als Kundschafter nach Riverside, denn sie beide kennen sich dort noch nicht gut genug aus. Und vor allem kennen sie die kürzesten Fluchtwege nicht.

„Vielleicht gibt es im Viertel auch Löcher in den Untergrund, die wir nutzen können, um unter der Erde zurück in den Park zu kommen. Oben auf der Straße ist es auf Dauer zu gefährlich für uns. All die Autos und die vielen Menschen!“

Much wagt den Vorstoß in ihr altes Revier - niemand kennt ihn und er wird nicht aufgehalten. Robin plant nun, nachts mit Much als Führer selbst durch die Straßen zu streifen. Sie finden nach und nach all die Katzenwege - die Hinterhöfe, die niedrigeren Mauern, die Durchbrüche, Dächer und geheimen Schleichwege und merken sie sich genau. Gelegentlich treffen sie auf einen von Guys Soldaten.

Diese günstigen Gelegenheiten für Übungskämpfe lassen sie sich nicht entgehen: Sie stellen ihn, um ihn gründlich durchzuprügeln. Dabei trainieren und verbessern sie ihre Technik. Auch Much wird zu einem geschickten Kämpfer und seine Gegner sollten ihn inzwischen respektieren!

Und sie entdecken weitere Wege in die Dunkelwelt. Nach vielem Suchen finden sie sich in dem unterirdischen Labyrinth zurecht und kennen die schnellsten Pfade zurück in den Park. Ab jetzt benutzen sie nur noch die geheimen Gänge für ihre Streifzüge in das Viertel.

Der dritte Mann

Robin und Much gehen getrennt auf Mäusefang. Dabei entdeckt Much auf der großen Wiese hinter dem Rondell einen fremden Kater, der eine ahnungslose Maus belauert. Aufgeregt läuft er zu Robin, um ihm die Neuigkeit mitzuteilen.

„Ist es einer von Guys Banditen?"

„Nein – so sieht er nicht aus. Aber er ist groß und kräftig!"

In einer Mischung aus Ängstlichkeit, Vorsicht und Neugier beschließen die beiden, sich den Besucher näher anzusehen. Sie nehmen den Weg zur großen Wiese, vorbei am Rondell und dem Silberahorn, bis fast zum Meadow Hill, dem Wiesenhügel vor dem Birkenwäldchen. Weiß leuchten ihnen die Papierbirken entgegen, die von den Menschen auch ‚Canoe Bark Birches' genannnt werden, weil die Indianer aus der Rinde früher ihre Kanus gefertigt haben.

Unter einem Busch versteckt, mustern sie den Neuling aus sicherer Entfernung. Auch Robin hält ihn nicht für einen Spion des Gegners und will es wagen, ihn anzusprechen.

Er wartet, bis der Fremde die Maus zwischen seinen Fängen verspeist. Dann kommt er aus seinem Versteck hervor und geht offen auf den Kater zu, dicht gefolgt von Much. Bedächtig umkreisen sie den leuchtend roten Maine Coon. Mit seinen Pinselchen auf den Ohren sieht er fast aus wie ein zu klein geratener Luchs. Robin ist beeindruckt von dem schönen Tier.

Dennoch fragt er ihn mit strenger Miene: „Was machst du hier in meinem Revier? Ich bin der Herr von Marmoron Park und niemand jagt ohne Erlaubnis meine Mäuse!"

„Starker Auftritt für einen so jungen Burschen. Aber kannst du den Worten auch Taten folgen lassen?"

Der Rote richtet sich zu voller Höhe auf und zeigt die Zähne. Ernst macht er nicht, denn ihm gefällt dieser Kater, der zwar deutlich unterlegen scheint, aber dennoch mutig sein Revier verteidigt. Robin spürt, dass zwischen ihm und dem Roten keine Feindschaft liegt.

Dennoch würde er gern eine Runde mit ihm raufen.

Er greift an, der Rote verteidigt sich souverän und kampferfahren. So wogt es hin und her, aber Robin kann ihn nicht bezwingen. Beide teilen wuchtige Schläge aus, ohne die Krallen auszufahren - beide wollen den Gegner nicht verletzen.

Schließlich hält Robin ein. Er lacht und sagt: „Du bist ein wackerer Bursche, den ich viel lieber zum Freund haben möchte. Mäuse gibt es hier mehr als genug. Und wenn die nicht reichen, sind die Gänge in der Dunkelwelt voll von fetten Ratten!

Außerdem bekommen wir gelegentlich von den Menschen im Park einen leckeren Happen aus ihren Picknickkörben oder wir fangen zur Abwechselung eine Taube. Willst du dich uns nicht anschließen? Ich bin Robin Cat und hier an meiner Seite steht mein treuer Kampfgefährte Much-the-Miller's-Cat.

Wir wollen das Viertel von Guy of Gisbourne und seinem Terror befreien und du könntest uns dabei helfen."

Der Rote lacht. „Ihr alle zusammen? Ich meine, ihr beide als vereinte Streitmacht - oder teilt ihr euch in zwei Bataillone auf?"

„Lästere nicht über uns. Wir sind zwar noch allein, aber wir werden Freunde finden - unsere Gruppe wird wachsen. Es gibt noch mehr unzufriedene Katzen im Quartier, die nur einen Anführer suchen, um Widerstand zu leisten!"

„Stimmt. Davon habe ich auch gehört. Also gut, ich bleibe bei euch. Ist mir eigentlich auch egal, wo ich sterbe. Übrigens - ich heiße Will. Will Scarlet, weil ich so schön rot bin."

Robin zeigt Will den Park mit allen Verstecken und den unterirdischen Fluchtwegen. Den ganzen Tag über streifen sie durch den Park.

„Ein klasse Revier. Und wie ich sehe, habt ihr auch einen Fluss. Da können wir uns Fische fangen."

„Fische? Was sind Fische?"

„Das sind Tiere, die im Wasser leben und gut schmecken. Du wirst sehen - viel appetitlicher als Ratten. Ich werde euch das Angeln mit der Pfote noch beibringen."

„Ach ja - ich erinnere mich jetzt. Auf Mamas Dosen stand manchmal ‚Mit Fisch'. Ich dachte bisher, das seien Tiere, die in Büchsen wohnen. Ich wusste nicht, dass sie auch in Flüssen schwimmen", antwortet Robin schelmisch.

Abends zeigen sie Will ihre Lieblingseiche.

„Ein schöner Platz: Gut gewählt. Tolle Aussicht. Vor uns die Landspitze und der schützende Sund, hinter uns die undurchdringliche Hecke. Und nur drei Wege, die hineinführen in das Versteck: Leicht zu verteidigen, wenn unsere Truppe etwas größer wird."

„Das wird sie. Und dann wird die Eiche unser ‚Trysting Tree‘ – der Treffpunkt, wo wir uns versammeln und beraten.

Aber erzähle uns doch, warum du überhaupt hergekommen bist.“

„Ich habe zwei von Guys Soldaten getötet und jetzt ist er nicht gut auf mich zu sprechen. Er lässt mich suchen – deshalb wollte ich das Revier wechseln. Aber ich habe einige interessante Dinge erfahren. Ihr wollt doch gegen Guy und Sheriff Fitz kämpfen. Kennt ihr auch Richard und John?“

„Nie gehört.“

„Das solltet ihr aber, denn die beiden spielen eine wichtige Rolle. Ohne sie wären Guy und Fitz einfach nur zwei tyrannische Straßenbanditen ohne Rückhalt im Revier.

Richard ist ein ungewöhnlicher Kater. Ein echter Bengal mit ausgesprochen würdevollem Auftreten. Selten und kostbar! Mit den dunklen Streifen sieht er fast aus wie ein Tiger – und ist mit seiner imposanten Größe und Kraft auch ebenso gefährlich.

Aber er ist bei allen, die ihn kennen, beliebt. Jeder im Viertel respektiert ihn – die Hauskatzen und auch die Straßenkatzen, die in der Nähe leben. Sogar Guy, denn Richard könnte ihn mit einem Schlag töten!

Er lebt bei Familie Camposino, weiter oben an der Barn Street im Quartier Marmoron. Mr. Camposino kontrolliert die inoffiziellen Geschäfte im Viertel und ist dadurch wohlhabend geworden.

Als reichster Mann der Nachbarschaft wollte er eine ausgefallene, wertvolle Katze. So fiel seine Wahl auf Richard und bald wurde dieser ungewöhnliche Kater zum Liebling und Stolz der ganzen Familie.

Aber die Kinder der Camposinos wünschten sich ein eigenes Tier. Zu Weihnachten bekamen sie daher einen Siamkater und außerdem ein Buch über Robin Hood. Sie lieben diesen Helden der Unterdrückten, denn sie halten ihren Vater, der vielen kleinen Leuten im Viertel nicht ganz uneigennützig hilft, für eine Art modernen Robin Hood.

Und weil sie einen Richard hatten, nannten sie ihren Siam ‚Prinz John‘. Und Richard rufen sie seitdem ‚Löwenherz‘, weil er so mutig ist. Prinz John war überaus anhänglich und ging mit den Kindern sogar auf die Straße. Eines Tages wurde er beim Spielen im Hof von einem Skateboard überfahren – er bekam dabei einen Schlag gegen den Kopf und brach sich ein Bein.

Seine Wunden heilten zwar, aber sein Wesen veränderte sich: Er wurde arrogant, böse und intrigant. Die Kinder nannten ihn jetzt ‚Wicked John’, also ‚Böser John’. Trotzdem lieben sie ihn sehr. Für den Unfall und die Veränderung von Johns Wesen fühlen sie sich verantwortlich, denn sie hatten ihn auf die Straße mitgenommen!

Eines Tages musste Mr. Camposino für einige Zeit das Haus verlassen. Die Nachbarn munkeln, er sei im Gefängnis. Um in seiner Abwesenheit die Familie zu schützen, schickte er sie in sein Ferienhaus im Süden. In Marmoron blieb nur die Haushälterin; sie achtet seither auf das Haus, erledigt die Post und nimmt die Anrufe entgegen. Richard fuhr mit den Kindern in den Süden. Aber Wicked John versteckte sich während der Abfahrt, bis die Familie abgereist war. Er war neidisch auf Richard und hoffte, dessen Platz als Herrscher im Viertel einzunehmen, solange Richard im Süden ist."

„Also haben wir noch einen üblen Gegner. Das wird ja immer besser: Egal - wir nehmen sie alle. Aber immer schön hinten anstellen!", erwidert Robin etwas mutlos.

Scarlet lacht. „So schlimm ist es auch wieder nicht. John spielt keine Rolle. Er taucht nie im Viertel auf und wenn überhaupt, spricht er nur gelegentlich mit Fitz oder Guy. Er weiß, dass er eigentlich nichts zu bestellen hat und nur als Richards Stiefbruder akzeptiert wird.

Er ist aus der Distanz eine Art ‚Schirmherr des Bösen' und lässt Guy of Gisbourne freie Hand.

Als Richards Vertreter beansprucht er während dessen Abwesenheit allerdings die gleichen Rechte und Privilegien, die er nur mit Hilfe des Terrorregiments von Guy und Fitz aufrecht erhalten kann. Nicht, dass der mächtige Guy of Gisbourne ihn zu fürchten hätte - er nutzt nur den Nimbus der Macht, der von Richard ausgeht und ein wenig auf Wicked John übergegangen ist, für seine eigenen Interessen!

Fitz schleimt sich bei John ein und ist sein Spion im Viertel - auch, damit Guy nicht übermächtig wird. Immerhin hat Fitz seine jungen Raufbolde und erfährt alles, was vor sich geht.

Seit Wicked John ihn einmal gebeten hat, eine ‚nachbarschaftliche Angelegenheit' vertraulich zu regeln, lässt er sich Sheriff nennen. In seiner Umgebung wispert man, es hätte mit einer kleinen, grau Getigerten zu tun gehabt. Genau weiß man es allerdings nicht, da die Sache, wie befohlen, vertraulich behandelt wurde!

Der eigentliche Tyrann und Hauptgegner ist also Guy. Zwischen seinen Krallen laufen die Fäden des Terrors zusammen. Besiegen wir ihn, ist das Viertel frei. Trotzdem: auch Wicked John und Fitz muss man im Auge behalten, und es gibt noch andere üble Kandidaten, die Guys Rolle übernehmen könnten.

Erst, wenn Richard aus dem Süden zurückkehrt, dürfen wir hoffen, dass die alte Ordnung endgültig wiederhergestellt wird. Denn der wird sich um die Bösewichte kümmern. Das wird das Ende der Unterdrückung sein und dann herrschen wieder Gerechtigkeit und Frieden auf unseren Straßen!"

Robin kann nicht verstehen, wie sich der feige Fitz, der niemals selber kämpft und dem nicht einmal nennenswerte Geisteskräfte zur Verfügung stehen, als Führer behaupten kann.

Will berichtet, was er im Viertel erfuhr: „Er hausiert mit der Gefahr, die von seinen Freunden Wicked John und Guy of Gisbourne ausgeht. Der Sheriff hätte zu einem liebenswerten Kater werden können, wie es für seine Rasse eigentlich typisch ist. Er hatte nur das Pech, als Baby an einen einsamen, alten Grummelkopf zu geraten, der ihn nicht sehr gefühlvoll behandelte und sich kaum um ihn kümmerte.

Um etwas Beachtung zu finden, ließ er sich Streiche einfallen, die mit der Zeit immer übler wurden. Von den jungen Katern der Nachbarschaft wurde er dafür bewundert. Und Fitz verstand es, die ehrgeizigen Gesellen, die ihm bis heute die Arbeit abnehmen, für seine Interessen einzuspannen."

„Warum in aller Welt schließen sich so viele der Gang an und machen auch noch begeistert mit?", fragt Much. „Guy und der Sheriff könnten doch niemals alle Kater unter Kontrolle halten, wenn die nicht wollten."

„Da hast du Recht, Much. Es funktioniert ganz einfach. Niemand steht gerne für sich allein, wenn er schwach ist. Eine Gruppe ist stärker als jeder einzelne und sie befriedigt den Geltungsdrang. Du siehst es am Ergebnis: Das ganze Viertel hat Angst und Respekt vor der Gang, während man die einzelnen Kater kaum beachten würde.

Deshalb bilden die unreifen Kater Jugendgangs, in denen sie anerkannt werden und ihre Minderwertigkeitsgefühle überwinden, indem sie andere tyrannisieren."

„So soll es bei uns nicht werden!", stellt Robin fest.

„Das muss es auch nicht! Notgemeinschaften wie unsere finden sich freiwillig zusammen und haben ein bestimmtes Ziel – wie die Beseitigung eines Tyrannen. Sie basieren auf Freundschaft und Nützlichkeit, nicht auf Zwang und Unterdrückung.

Die Menschen in unserem Viertel machen es übrigens ganz ähnlich wie die Katzen. Sie bilden Banden, Clubs und Geheimbünde oder gehen zum Militär.

Als äußere Zeichen der Zusammengehörigkeit tragen sie Lederjacken, Basecaps, Talare oder Uniformen und entwickeln geheime Rituale wie einen speziellen Händedruck oder eine komplizierte Liturgie für die Eingeweihten.

Glaubt mir – das ist alles verquerer Mumpitz! Solche Gemeinschaften haben nur ein Ziel: Sich selbst überlegen zu fühlen, indem man alle abwertet, die nicht dazugehören."

„Und wie kommt man da wieder raus?", fragt Much.

„Erwachsen werden", antwortet Will. „Merkt euch den Leitsatz: Du sollst niemanden herabsetzen! Müsste eigentlich in die Reihe der Zehn Gebote aufgenommen werden! Aber wenn mich nicht alles täuscht, steht etwas ähnliches in der Bibel: Richtet nicht, auf dass ihr nicht gerichtet werdet.

Kein Philosoph hat jemals ein nützlicheres Gesetz für das Zusammenleben gefunden. Wenn du niemanden herabsetzt, ist niemand dein Feind. Ich sage euch: So banal es zunächst klingt, so kompliziert wird der Satz, je länger ihr ihn bedenkt. Und noch komplizierter wird es, wenn ihr versucht, ihm zu folgen! Es ist die schwerste Aufgabe von allen, den Kreislauf der Bewertungen zu durchbrechen! Und dahinter steht ganz groß die Toleranz. Die Toleranz, andere zu achten und für ebenso wertvoll zu halten wie sich selbst."

Robin denkt über Scarlets Rede nach. Dann wirft er ein: „Will – gibt es eine endgültigere Bewertung, als einen Tyrannen im Zweikampf zu töten?"

Erstaunt über Robins Klugheit, blickt Will seinen neuen Freund an und antwortet nachdenklich: „Es ist wohl noch viel schwieriger als ich bisher vermutet habe."

Much ist beeindruckt von Scarlets Betrachtungen und fragt ihn: „Woher weißt du das alles, Will?"

„Ich lebe seit einigen Jahren auf der Straße und da erfährt man eben so einiges. Aber ich hatte auch einen guten Lehrmeister. Am Ende der Riverside Avenue steht ein verlassenes, halb verfallenes Speicherhaus direkt am Fluss. Dort lebt unten in den Kellergewölben ein alter, blinder Kater. Er heißt Tuck-the-Cat und ist ein schwieriger Eigenbrötler.

Er ist unglaublich kräftig und noch dazu schlau – kaum zu fassen, was der alles weiß! Ich bin den letzten Winter über bei ihm geblieben und habe ihm bei der Jagd geholfen. Dafür hat er mir jeden Abend Geschichten erzählt.

Er sprach auch viel von der großen Katzengöttin Bastet. Eines Abends, nachdem ich ihm aus Versehen die Jagd auf eine fette Maus vermasselt hatte, gab er eine ihrer Lehren zum Besten: ‚Verweichliche nicht, wenn du jung bist, auf dass du nicht schlaff wirst im Alter' und schon hat er mir eine verpasst!

Als ich dann auf ihn los wollte, hob er die Hand und sagte: ‚Schöpfe erst die Kraft der Worte aus, bevor du Gewalt anwendest, lehrt Bastet'.

Rot vor Wut, wollte ich ihm sofort eine knallen. Ihr könnt euch nicht vorstellen, wie geschickt der Blinde den Angriff abgewehrt hat! Und dabei hat er mir noch eine gepellt. Er ist eben nicht nur schlau."

Der Vierte im Bund

Als die Sonne am nächsten Tag endlich den Frühnebel wegräumt, sitzt Scarlet am Ufer des Great River und schaut ins Wasser.

„Es wird nicht leicht, hier Fische zu finden. Der Fluss ist so trübe und schmutzig."

Reglos sitzt er und beobachtet. Robin hockt daneben und langweilt sich. Nichts passiert. Plötzlich schlägt Scarlet zu. Etwas zappelt silbern blitzend an seinen Krallen: ein schlankes Tier, das sich windet und Wassertropfen versprüht, die in Robins Fell hängen bleiben.

„Siehst du - das ist ein Fisch. Ein Barsch, wie ihn die Menschen nennen. Nicht groß, aber lecker."

„Gibt es denn noch größere?", fragt Much, der inzwischen dazu gekommen war.

„Und ob", lacht Scarlet. „Weiter oben im Great River gibt es Hechte und Karpfen, die über einen Meter lang sind. Und im Meer sollen sogar Walfische leben - angeblich größer als ein Haus. Ich halte das aber für Anglerlatein: Je weiter weg, desto größer die Monster!"

Bei diesen Worten zerrt Will den Fisch aufs sichere Ufer, hält ihn mit einer Pfote nieder und frisst ihn vom Kopf her an. Genüsslich kaut er auf ihm herum, während Much und Robin gebannt zusehen. Nach einer Weile überlässt er ihnen den Fisch zum Probieren.

„Wirklich gut - das müssen wir uns öfter besorgen", meint Robin und Much pflichtet ihm schmatzend bei.

Als von dem Probehäppchen nichts mehr übrig ist, fragt Robin: „Will, du bist ein erfahrener Kämpfer. Könntest du nicht mit uns trainieren und uns deine Kampftechniken beibringen?"

„Gute Idee. Sonst haben wir überhaupt keine Chance gegen den Feind - so unerfahren, wie ihr beide seid."

Sie stellen sich auf und Will simuliert einen Angriff, den Robin sofort pariert: Er weicht Wills Biss nach seinem Nacken aus, indem er sich auf den Rücken wirft, und greift mit den Tatzen nach dem Gegner. Er packt ihn und schlägt mit den Hinterpfoten zu.

Geschickt weicht Will den Tritten aus und versucht, Robins Fell mit den Zähnen zu fassen. Laut schreiend wälzen sich beide am Boden und suchen eine Lücke in der Deckung.

Sie fahren auseinander und stellen sich wieder auf für einen neuen Gang. Nach der dritten Runde bleibt Robin liegen. Müde und zerschlagen braucht er eine Pause.

Auch Much muss kämpfen. Er hat keine Lust, denn er will viel lieber spielen: Mäuse jagen und Tauben erschrecken. Und als Höhepunkt vielleicht sogar dem kecken Pinscher, der gerade wie jeden Morgen Gassi geht, eins auf die Nase geben.

„Much – du kämpfst jetzt mit Scarlet! Wenn wir den Feind niederzwingen wollen, müssen wir besser sein als er", ordnet Robin mit scharfer Stimme an.

Mit wehmütigem Blick lässt Much den Pinscher ziehen und absolviert brav sein Trainingsprogramm. Mit der Tatze schlagen. Den Gegner umschleichen, um den günstigsten Winkel für den Angriff zu finden. Hieben ausweichen. Und rumms, hat er sich von Will eine gefangen. Das zeckt! Verdutzt reibt sich Much das Ohr. Dann Angriff auf die Flanke. Gegner mit den Tatzen niederhalten. Biss in das Rückgrat. Aus und vorbei.

Nach dem Training springen die furchtlosen Drei in den Ausfluss der Drainage. Mit sicheren Schritten folgen sie ihr bis zum nächsten Abzweig, der in Richtung Riverside führt. Will packt eine große Wanderratte, Robin tut es ihm gleich.

Much versucht, ein kleineres Weibchen zu fassen. Es greift ihn in ihrer Verzweiflung laut quiekend an – er wehrt es mit einem Prankenhieb ab. Heftig pulsierend hockt es auf dem Beton und wartet, wie es weitergeht.

Much erholt sich von dem ersten Schreck, schleicht vor und schlägt zu. Die Ratte greift noch einmal an, aber Much zuckt nicht wieder zurück: Er wehrt sie mit beiden Pfoten ab, schlägt ihr mit ausgefahrenen Krallen mehrere Male auf den Kopf und drückt sie mit der Pfote nieder. Ein Biss in den Hals und der Kampf ist zu Ende. Laut hören Will und Robin ihn schmatzen. Sehr laut! Sie lächeln sich gegenseitig zu: Muchs erste Ratte, die er gerade stolz zerlegt.

Nach dem Essen wollen sie nach Riverside wandern, verpassen im Dunkel der unterirdischen Gänge jedoch einen Seitengang und laufen in die falsche Richtung. Robin bemerkt den Irrtum bald. Aber er ist viel zu neugierig auf Entdeckungen, um sich Sorgen zu machen. Zur Sicherheit markiert er mit einem Spritzer den Gang.

Nach langer Wanderung schimmert vor ihnen trübes Tageslicht. Sie eilen darauf zu. Vorsichtig lugt Robin ins Freie. Keiner der Soldaten zu sehen. Sie klettern nach oben und blicken verblüfft umher. Sie stehen mitten in einem verlassenen Block. Häuser mit leeren Fensterhöhlen. Trümmer auf den Wegen und kein Grün – nirgendwo.

Much seufzt: „Wahrscheinlich sind wir in Greenwood gelandet! Ich habe im Laden davon gehört: Der tote Block zwischen Fordham Lane und Burnside Avenue, das alte Gewerbegebiet von South Riverside. Es wurde schon vor zwei Jahren geräumt und soll neu bebaut werden. Aber den Investoren fehlt zur Zeit wohl das Geld.

Die Menschen haben die trostlose Kraterlandschaft ‚Greenwood' getauft, weil hier kein Halm wächst und nicht einmal eine verirrte Taube lebt. Lasst uns schnell verschwinden."

„Nicht so eilig, Much. Wir wollen das Gelände sondieren – vielleicht brauchen wir es einmal."

Sie ziehen los und schauen in jedes Haus. Überall der gleiche traurige Anblick: Mahnmale gestorbener Zivilisation.

Will legt sich nachdenklich nieder und wirft ein: „Vielleicht ist es gar nicht schlecht, dass wir Greenwood gefunden haben. Im November kommt der Winter und dann wird's schwierig für uns im Park. Wie wollen wir dort bei Schnee und Kälte überleben?"

Daran hatte Robin noch nicht gedacht – den Winter kannte er nur als lustige Kulisse hinter seinem Wohnzimmerfenster: Interessant anzusehen, wie einzelne Schneeflocken gegen die Scheibe wehen, zerschmelzen und als lustige Tröpfchen herunterrutschen.

Will fährt fort: „Im Park finden wir keinen sicheren Platz, wo wir warm und trocken bleiben. Und Mäuse oder Tauben fangen können wir dort im Winter auch nicht. Wie wäre es, wenn wir Greenwood als Winterlager nehmen? In den Häusern finden wir garantiert einen Raum, der so geschützt liegt, dass der eisige Wind nicht hereinblasen kann und auch der Schnee draußen bleibt."

„Ich glaube, du hast Recht, Will. Aber dann sollten wir uns jetzt alles genau ansehen und vor allem die Fluchtwege erkunden. Und wir finden sicher noch mehr Schlupflöcher in die Dunkelwelt. Ich habe es vorhin grummeln gehört. Bestimmt gibt es in der Nähe einen Subway-Schacht. Dort können wir den ganzen Winter über jagen und müssen keinen Hunger leiden."

„Greenwood liegt doch hinter dem Chippendale Boulevard – da fährt die Metrolinie 6 Richtung Stratham", wirft Much ein.

Die nächsten Tage verbringen sie damit, das Gelände zu erforschen und den kürzesten Weg vom Park nach Greenwood zu suchen.

Nirgends finden sie Duftmarken streunender Katzen. Das Areal scheint tatsächlich verlassen zu sein. Ein steter, warmer Frühjahrsregen geht nieder. Nach und nach füllen sich die Brüche und Löcher im Boden mit Wasser. Die Pfützen wachsen und verbinden sich hier und da zu einem flachen See.

Robin, Will und Much untersuchen den ersten Stock eines Trümmerhauses, unter dessen Eingangshalle sie einen interessanten Keller gefunden haben: Warm und trocken und vor allem mit einem verborgenen Mauerdurchbruch, der in die Dunkelwelt führt. Ein warmer Lufthauch weht ihnen aus dem Tunnel entgegen.

Das Versteck scheint tatsächlich ideal für eine Schar Geächteter, die sich von Ratten ernähren und bei einem Großangriff schnell zurückziehen müssen. Das perfekte Winterlager!

Will schaut sich im ersten Stock nach einem günstigen Ausguck um, während Much an den Resten einer toten Taube schnuffelt.

Robin liegt vor dem Fenster und schaut den beiden gedankenverloren zu. Aus der Tiefe seiner Seele taucht die Frage auf, ob das Winterlager auch für Kätzinnen mit ihren Jungen geeignet sei und ob es den Kleinen in den langen Wintermonaten genügend Raum zum Spielen bieten würde: Er folgt Ideen, über die er noch nicht sprechen will!

Plötzlich hört er draußen ein Geräusch. Es dringt durch das glaslose Fensterloch hinter ihm, wo eine Bohle von außen in den Raum hereinragt und auf der Fensterbank ruht. Frei schwebt sie wie eine schmale Brücke etliche Meter über der Erde und mündet in einem Fenster des Nachbarhauses gegenüber.

Geräuschlos erhebt sich Robin und schaut aus dem Dunkel des Gemäuers hinaus ins Tageslicht. Sein Rückenfell sträubt sich vor Schreck: Am Ende der Bohle steht ein gewaltiger Kater. Eine schwarzweiß gefleckte Killermaschine. Ein hypergalaktischer Supercat. Hatte Guy sie am Ende doch noch erwischt und diesen Kampfroboter aus einem anderen Universum geschickt?

Verdammt. Was sollen sie jetzt tun? Sich kampflos ergeben sicher nicht! Ohne länger zu grübeln, springt Robin auf sein Ende der Bohle und fährt den Fremden mit rauer Stimme an: „Keinen Schritt weiter, Zwerg. Hier endet dein Weg!“

Der Koloss lacht trocken. Er ist ein starker norwegischer Waldkatzenmischling, er ist größer als sein Gegner und er hat gelernt zu kämpfen. Warum sollte er weichen? Er bemerkt sofort, dass der junge Robin zwar mutig, aber noch kein voll entwickelter Kämpfer ist. Und er spürt, sein Gegner ist keiner dieser tyrannischen Straßenkater, die nur die Macht an sich reißen wollen. Mit anderen Worten, Robin ist ihm sympathisch. Er würde ihm einen Denkzettel verpassen, ihn aber nicht verletzen! Kaum konnte er seine bedächtigen Überlegungen zu Ende bringen, da kommt Robin auf ihn zu.

Will hat den Riesen längst bemerkt und mit seiner üblichen Gelassenheit aus der Deckung heraus aufmerksam studiert. Seine geschulten Instinkte sagen ihm, dass der Kämpfer dort drüben kein übler Geselle ist und er bleibt verborgen im Dunkel - auf dem schmalen Balken könnte er Robin ohnehin nicht helfen.

Aus den Signalen der Körpersprache des Fremden liest Will, dass er nicht die Absicht hat, Robin zu verletzen und etwas mehr Kampferfahrung kann seinem Freund nicht schaden!

Scarlet hält Much, der sich blindwütig auf den Riesen stürzen will, zurück: „Bleib‘ cool und sperr die Augen auf!“

Robin ist inzwischen vorwärts geeilt und steht jetzt mitten auf dem Balken, während der andere noch bewegungslos auf seinem Ende verharrt. Er hockt dicht vor dem Fensterloch gegenüber und wartet ab, was Robin nun anfangen wird.

Robin richtet sich hoch auf. Den Kopf leicht vorgestreckt, hält er den Rücken in einer ansteigenden Linie, den Schwanz nach unten geknickt und an die Beine gelegt: Drohende Kampfbereitschft signalisiert sein Körper, während er den Gegner durch enge Pupillen fixiert.

Unendlich langsam schiebt sich Robin jetzt voran. Eine Pfote nach der anderen setzt er nur zentimeterweise vor, wobei seine steil aufgerichteten Ohren sich nach außen drehen.

Kampferfahren wie der Riese ist, erkennt er, dass Robin jetzt seinen Angriff vortragen wird und bereitet sich darauf vor: Er erhebt sich und beantwortet Robins Zähnefletschen mit kavernösem Grollen.

Robin reagiert mit durchdringendem Gesang: Hoch setzt er an und fällt in leichten Wellen ab, steigt wieder an und fällt wiederum ab, um in ein langes Knurren überzugehen.

Mit schwenkendem Kopf nähert sich Robin dem Riesen - je näher er kommt, desto kürzer und schleppender die Schritte.

Der Riese folgt jeder Bewegung des Gegners. Wie der spiegelbildliche Bruder schwenkt er synchron den Kopf, fletscht die Zähne und setzt Schritt vor Schritt, bis beide Kater sich gegenüber stehen.

Die gespreizten Schnurrhaare berühren sich fast, während der Fremde in Robins Kampfgesang einstimmt.

Regungslos folgen Will und Much diesem gefährlichen Spiel und lauschen dem steten Auf und Ab des kriegerischen Duetts.

„Pass' auf, Much – gleich schlägt Robin zu!"

Robin hebt die linke Pfote und hält sie vor dem Gegner in der Schwebe. Mit einer zuckenden Bewegung schlägt er zu – der andere erhebt sich ebenso schnell und fängt den Schlag mit der Tatze ab.

Hoch aufgerichtet steht er jetzt auf den Hinterbeinen, mit über einem Meter Höhe Robin um Kopflänge überragend, beide Arme ausgebreitet und sowohl zum Angriff als auch zur Abwehr bereit.

Wieder stehen sie minutenlang und lassen nur ihr Schreien hören. Es hallt zwischen dem toten Gemäuer hin und her.

Plötzlich schlägt der andere ansatzlos zu und trifft Robin am Kopf. Trotz eingezogener Krallen öffnet sich ein feiner Riss an Robins Stirn und einige Tröpfchen Blut treten hervor.

Robin richtet sich auf und versucht, den Gegner mit einer Serie schneller Schläge niederzuringen. Auch der Riese erhebt sich wieder auf die Hinterpfoten und teilt seine Schläge aus.

Geschickt wehrt er Robins Paraden ab: Mal schnellt sein Oberkörper zurück, mal dreht er im letzten Moment den Kopf. Mit unglaublicher Geschicklichkeit halten beide Kämpfer ihr Gleichgewicht auf dem schmalen Balken in einem perfekt choreographierten Vor und Zurück – eine Koordination, zu der kein anderes Tier fähig wäre.

Selbst der erfahrene Will ringt sich eine bewundernde Bemerkung ab: „Nicht schlecht vorgetragen! Vielleicht wird ja noch mal was aus unserem Kumpel, wenn er das hier überlebt!"

Unsicher und ängstlich starrt Much ihn an und hofft, dass Will nur scherzt. Leider ist es kein Scherz – es ist ihm tödlich ernst!

Plötzlich erhält Robin einen gewaltigen Schlag gegen den Kopf. Wie eine tote Ratte wird er in hohem Bogen vom Balken geschleudert, mit dem Rücken voran.

Noch in der Luft dreht er sich und landet mit allen Vieren in einer großen Lache aus schmutzigem Regenwasser. Benommen richtet Robin sich auf und leckt die Oberlippe. Ein Rinnsal von Blut läuft ihm auf die Zunge. Oben auf dem Balken atmet der Riese schwer: Sein junger Gegner hat ihm mehr abverlangt als erwartet.

Für einen Augenblick vergisst er sich und setzt mit einem Knurren zum Sprung an in Robins Genick. Scarlet erkennt die Gefahr. Wie ein wutroter Blitz des erzürnten Zeus federt er mit einem gewaltigen Satz aus dem Dunkel hervor auf den Balken, dicht gefolgt von Much.

„Schluss jetzt - das reicht!“, donnert er mit eisiger Stimme. Sofort hat der Riese sich wieder im Griff und mustert die neue Gefahr. „Ihr also auch noch. Na, dann los!“

Unten steht Robin breitbeinig in der Pfütze und lacht.

„Hört auf, ihr Zwerge. Mir ist doch nichts passiert. Wie winzig ihr von hier unten ausseht. Wie Plüschkätzchen!“

Alle lachen - die frostige Stimmung erwärmt sich und endlich kommen sie dazu, sich bekanntzumachen. Robin klettert etwas angeschlagen zu den anderen empor. Die drei Freunde blicken in das gutmütige Gesicht des Riesen und stellen sich vor.

Robin fragt lächelnd: „Deine Pranken kenne ich bereits. Aber wer ist der kolossale Rest dahinter und was machst du hier?“

„Ich heiße John. Ich habe in der Richmond Avenue bei Andy Little gewohnt, auf der anderen Seite vom Great River. Leider starb Andy vor einigen Jahren bei einem Motorradunfall.“

Und weiter berichtet John, dass er von seinem Vater, einem reinrassigen norwegischen Waldkater, den seidigen Silberglanz, die Größe und die typischen Pinselohren hat. Seine Mutter war eine einfache Hauskatze, weshalb sein Fell etwas kürzer ist als bei seiner Rasse üblich.

Nach Andys Tod nahm ihn eine Nachbarfamilie auf. Aber wie viele junge Kater hat ihn die Langeweile nach draußen gezogen, um sein Glück in der weiten Welt zu suchen.

„Inzwischen habe ich genug von den ewigen Rivalitätskämpfen mit allen Katern im Block und ich suche jetzt nur noch ein ruhiges Plätzchen, wo ich in Frieden leben kann“, erzählt John weiter.

„Warum schließt du dich uns nicht an? Wir könnten einen erfahrenen Haudegen wie dich gut gebrauchen!“

Robin berichtet von ihrem Kampf gegen Wicked John und Guy und lässt auch Sheriff Fitz und die Schlägerbande nicht aus. Nachdenklich zupft der Riese an den Pinselchen auf seinen Ohren. „Dann komme ich vom Regen in die Traufe - ich wollte doch endlich Frieden.“

„John - du weißt, das ist eine naive Illusion. Es gibt keinen Frieden, für den man nicht selber sorgt. Und unser Viertel wird sehr friedlich sein, wenn wir es von Guy und seiner Truppe befreien.“

„Vielleicht hast du Recht. Und im Grunde habe ich keine Lust mehr, allein zu sein. Also gut - ich bleibe bei euch!“

„Dann heißt du ab jetzt ‚Little Cat John‘, weil du so klein und niedlich bist.“ Noch lange streicht ihr unbeschwertes Lachen um das gottverlassene Mauerwerk.

Die Falle

Die Freunde wollen in den Park zurückkehren, um Little Cat John in ihr Reich einzuführen. Noch nie haben es Robin, Much und Scarlet gewagt, den Weg über die Straßen zu suchen: Zu viele Gefahren, die hinter jeder Ecke lauern. Sie fragen John, ob sie es heute gemeinsam versuchen sollen - es kann nicht schaden, auch die Pfade der Oberwelt zu kennen! John willigt ein. Sie beschließen, bis zum Abend zu warten, damit die Straßen ruhiger werden: Es wäre nicht günstig, vom Feind entdeckt zu werden.

Den Rest des Tages verbringen sie damit, John ihr Winterlager und die Einstiege in die Dunkelwelt zu zeigen. John gefällt die Ruhe hier in Greenwood und er freut sich auf die langen Winterabende, wo sie behaglich zusammengerollt im Keller liegen und sich gegenseitig die Abenteuer des letzten Sommers erzählen werden. Er hört solche Geschichten gern - besonders, wenn er sie selbst erlebt hat!

Bei Dunkelheit brechen die Freunde auf. Vorsichtig schauen sie die Burnside Avenue herunter. Alles ist ruhig. Dicht nebeneinander wandern sie in Richtung Chippendale Boulevard. So bald wie möglich verlassen sie das belebte Terrain und biegen am Court Square in den Kings Highway ein. Sie wandern immer weiter in Richtung Süden, bis sie auf die Riverside Avenue stoßen, die dem Verlauf des Great River folgt. Hier finden sie sich auf bekanntem Gelände wieder: Much und Robin kennen diese Gegend von ihren ersten heimlichen Wanderungen durch das Viertel. Zur Sicherheit weichen sie in die Hinterhöfe aus und schleichen jetzt auf dunklen Katzenwegen weiter in Richtung Park.

Als sie hinter den Häusern der Fulham Road um eine Gartenmauer biegen, stoppt Robin vor einem Hof - vollgestellt mit Gerümpel, das von einer gelblichen Laterne und einigen hellen Fenstern spärlich beleuchtet wird. Auf einem Stapel Holzkästen erkennen sie fünf Kater. Bei ihnen der dicke Graue, den Robin bei seiner ersten Begegnung mit Guy getroffen hat.

„Na warte, Bürschchen - dich nehme ich mir auch noch vor", zischt Robin wutentbrannt. Lautlos ziehen sich die vier Freunde zurück.

„Wir sollten schnell in der Dunkelwelt verschwinden. Hier oben kennen wir ohnehin alles", flüstert Robin den Freunden zu.

Mit wenigen Sätzen springen sie zum nächsten verborgenen Einstieg und gleiten in das Dunkel der Gänge. Den roten Kater, der auf der Einfriedung lag und sie beobachtete, haben sie nicht bemerkt.

Sobald die vier Freunde in der Tiefe verschwunden sind, ruft er seine Kameraden heran und erklärt ihnen, was er gesehen hat.

„Es war Robin Cat - ich habe ihn ganz sicher erkannt. Wir haben doch damals in Marians Straße mit ihm gekämpft. Seitdem habe ich noch eine Rechnung mit ihm offen. Ihr wisst, was dieser Schurke mit meinem Ohr gemacht hat!" - „Du hast von vier Katzen gesprochen. Wer waren die anderen?", fragt der graue Riese.

„Das weiß ich nicht, die habe ich noch nie gesehen. Aber wenn sie Robins Freunde sind, müssen sie unsere Feinde sein. Wollen wir uns die Gelegenheit entgehen lassen? Wir sollten sie uns schnappen."

„Nun mal Momento. Wie sahen die drei anderen aus?", will der Graue wissen. „Einer war eine halbe Portion - den schaffen wir mit links. Die beiden anderen konnte ich im Dunkeln nicht richtig sehen. Aber was wird das schon sein? Ausgemergelte Hungerleider und Mäusefresser. Was wollen die uns anhaben?" - „Na gut, wir wollen es riskieren. Wenn wir sie erledigen, bringt uns das mächtig viele Pluspunkte beim Chef. Zeig' uns, wo sie verschwunden sind."

Der Rote geht voran und zeigt den verborgenen Einstieg: „Schau' her - so geht das! Müssen wir unbedingt Guy berichten. Vielleicht haben wir da etwas übersehen!", bemerkt der Graue nachdenklich. Noch nie hatte sich einer von ihnen in die Katakomben der Dunkelwelt gewagt, denn im Grunde ihrer Seele waren sie alle feige - warum hätten sie sich sonst einem einzelnen Tyrannen wie Guy unterworfen?

Und aus der Tiefe mit ihrem muffigen, abstoßenden Gestank erwarteten sie keine Gefahr. Ihre wenigen Widersacher wohnten oben und wurden unterworfen oder getötet! So haben sie die Tunnel noch nie näher untersucht. Sie fürchteten sich sogar ein wenig vor ihnen, was sie natürlich niemals eingestehen würden. Deshalb wollte nun jeder der erste sein und alle drängeln sich an dem engen Loch.

Der Graue entscheidet: „Ich gehe zuerst und ihr folgt leise und unauffällig. Die Geächteten sollen nicht merken, dass wir hinter ihnen sind. Vielleicht führen sie uns zu ihrem Versteck." Sie unterschätzen die geschärften Sinne der freilebenden Katzen gehörig!

Eine nach der anderen tauchen die sechs Katzen in der Öffnung im Boden unter. Finster ist es hier - nur einzelne kleine Schächte, die zur Oberwelt führen, streuen Spuren des Nachtlichts in das Dunkel.

Gut für Robin und seine Freunde, dass der Graue nicht sehr schlau ist: Hätte er einen seiner Soldaten mit einer Botschaft zu Guy geschickt, wäre es vielleicht übel für sie ausgegangen. Mit seinem Gewicht und der Gerissenheit ist er zwar vielen Katzen im Kampf überlegen - ein Denker ist er nicht.

Robin ist mit seiner kleinen Schar mittlerweile noch nicht weit gekommen. Unten hat ihnen das Geknister und Gehusche der sportlichen Ratten Appetit gemacht, denn seit dem Morgen waren sie noch nicht zum Essen gekommen.

Im Dunkel der Gänge geborgen, riskieren sie es, eine lebhaft protestierende Mahlzeit zu fangen. Bald lagern sie über ihrer verstummten Beute, um sie mit Genuss zu verzehren, während oben in aller Eile über den Fortgang der verdächtigen Angelegenheit verhandelt wird.

Hätten die sechs Verfolger gewusst, dass keiner von ihnen die Folgen ihrer Beratung überleben würde, hätten sie sich wohl mehr Zeit gelassen - oder sich anders entschieden!

Robin nimmt mit seinem feinen Gehör das Schleichen der Feinde auf. So unterbricht er zum ersten Mal in seinem Leben widerwillig und übelgelaunt seinen Schmaus. Hochempfindlichen Sensoren gleich, drehen sich seine Ohren in das Dunkel hinter den Freunden.

„Will, John, Much! Wir müssen weg. Der Feind ist hinter uns."

Die Reste ihres Mahls verbergen sie in einer tiefen Spalte und machen sich eilig auf den Weg. Robin denkt nach - rasch und präzise, wie es sich für einen guten Strategen gehört.

„Freunde - schleicht lauter!" - „Spinnst du? Dann haben wir sie gleich an den Hacken!", brummt John.

„Genau - eben drum! Sie sollen aufmerksam werden, damit sie uns nicht verlieren. Wir müssen sie niedermachen, denn wir können es uns nicht leisten, einen von ihnen entwischen zu lassen! Zu viel steht für uns auf dem Spiel. Wenn einer entkommt, verrät er Guy unsere Fluchtwege in der Dunkelwelt - und die sind unsere einzige Sicherheit. Wir müssen ihnen eine Falle stellen. Also schlurft und plappert, als ob wir uns ganz sicher fühlen."

John, der nicht alles verstanden hat, brummelt vor sich hin, hält sich aber genau an Robins Plan. Much quengelt, dass er die Hälfte seiner Ratte hat liegen lassen müssen.

Nur Will hat genau begriffen und lächelt Robin bewundernd zu. Er kennt seinen schlauen Robin und freut sich auf die mordsmäßige Keilerei.

„Kloppe, kloppe, Kuchen - Soldaten sollst du suchen", reimt er leise vor sich hin, denn er will sich den Spaß mit den Verfolger nicht selbst verderben.

So schlurfen sie durch die Gänge - aber unauffällig, um den Feind nicht misstrauisch zu machen. Scarlet kann das Scherzen nicht lassen. Laut schlägt er mit der Pfote gegen die Wand und ruft leise, aber laut genug mit schmerzerfüllter Stimme: „Robin, ich bin verletzt. Ich bin mit dem Kopf gegen die Wand gesemmelt!"

Robin schmunzelt über Scarlets klugen Einfall. Er liebt Will Scarlet für seinen unerschütterlichen Humor und vor allem für das feine taktische Gespür - es kann ihnen nur helfen, wenn die Verfolger glauben, einer von ihnen sei verletzt!

Und hinten im Gang bekommt ein schemenhafter Kater die letzte Anerkennung seines Lebens: „Gut gemacht, Soldat! Kein Zweifel - wir haben tatsächlich Robin vor uns", lobt ihn der dicke Offizier.

Ein letztes Mal schwillt dem Roten die Schwanzquaste vor Stolz. Und eifrig pirscht das Trüppchen näher heran.

„John, da vorne ist eine Nische im Gang. Da bleibst du zurück und lässt die Soldaten vorbei. Wir gehen weiter und lassen uns verfolgen. Hinter dem nächsten Abzweig bleiben wir stehen und lauern den Feinden auf. Du gehst leise hinter ihnen her und lässt niemanden an dir vorbei. Dann nehmen wir sie in die Zange."

Endlich versteht John den schlauen Plan seines Freundes Robin: „Gut ausgedacht, Kleiner. An dir ist mehr dran, als ich bisher dachte."

Er verschwindet in seiner Nische und wird unsichtbar. Die anderen gehen weiter bis zur nächsten Ecke. John hört das Gewisper und Schleichen der Verfolger. Tief drückt er sich in das modrige Gemäuer, um auch seinen Geruch zu verbergen.

Es klappt. Sechs Schatten huschen geduckt vorbei. John wittert die Luft im Gang. Der Trupp entfernt sich und folgt den Freunden.

Robin biegt inzwischen mit Much und Will um die Ecke in den nächsten Gang. Er wispert Much zu: „Du gehst langsam weiter und trappelst dabei mit allen sechzehn Pfoten, Much!"

„Wieso, ich habe doch nur ..."

„Du sollst trappeln, damit die Jungs hinter uns nicht merken, dass wir hier auf sie lauern. Sie sind mehr als wir: Wenn wir gewinnen wollen, müssen wir sie überraschen!"

„Ok, ich trappele." Und ob er versteht, worauf es ankommt - er ist ja nicht blöd! Er trappelt los. Der Trupp der Feinde nähert sich.

Der Dicke stoppt irritiert. Er ist zwar nicht der Hellste, aber seine Instinkte funktionieren wie bei allen Katzen gut. Irgend etwas stimmt nicht vorn im Gang! Er muss nicht lange rätseln. Ein Schatten huscht um die Ecke und Robin steht mit finsterer Miene vor dem Feind.

„Du bist es, Dicker! Das freut mich ganz besonders, denn wir haben wohl noch eine Rechnung zu begleichen. Aber ich kann dich trösten: Es wird deine letzte sein!"

Der Graue, der Robin nur als unerfahrenen Hauskater kennt und dessen Entwicklung seither im Dunkeln nicht bemerkt, lacht auf.

„Ihr schwächlichen Fliegenfänger wollt uns Bange machen? Vier kleine Läusenester, die sich von asthmatischen Mäusen ernähren, gegen uns. Was soll das werden?", prahlt er unsicher.

„Na, dann schau dich mal um: Hinter dir steht gerade einer von den vier Zwergen!"

Der Dicke fährt herum und sein Blut zerpulvert in Millionen winziger Eiskristalle: Der kolossale Little Cat John hält sich nicht mit langen Vorreden auf. Er schlägt dem nächstbesten Soldaten die Pranke mit ausgefahrenen Krallen an den Kopf und zerfetzt ihm dabei den Hals.

Das Blut spritzt ringsum an die Wände, und der Getroffene fällt vor John zu Boden. Er macht sich nicht einmal die Mühe, seinem Opfer die Kehle zu durchbeißen. Er greift sich sofort den nächsten und beißt ihm stattdessen ins Genick. Nun sind es nur noch vier.

Der Dicke wendet sich entsetzt um. Ein riesiger Maine Coon steht nun an Robins Seite: Scarlet, der Rasende in seiner blutrünstigsten Form. Jetzt verliert der Dicke, der so viele Katzen hat zittern lassen, endgültig die Fassung. Er erkennt seinen Fehler und weiß, es ist zu spät. Er weiß, er wird sterben.

Er zischt dem Roten, der angstschlotternd neben ihm steht, seine letzten Worte zu: „Nur vier halbe Portionen, Hungerleider, eh?"

Zum letzten Mal bäumt sich sein Lebenswille auf und er greift an. Robin lässt ihn kommen und pendelt ihn aus wie einen tapsigen Hund. Seine Tatze kracht dem Dicken hinter das Ohr. Vier feine Blutfäden färben das graue Fell.

Much sichert im Dunkel hinter Robin den Gang und schlägt jeden, der ihm zu nahe kommt, zurück. Niemanden wird er verschonen, der nicht ein passendes Losungswort ruft.

So fängt der Dicke sich aus dem Dunkel auch noch zwei saftige Hiebe von Much. Irritiert wendet er sich zurück und landet zwischen Robins Tatzen.

Unermüdlich schlägt Robin nun auf den Dicken ein, bis er endlich ins Wanken gerät. Robin hätte nicht vermutet, dass der Graue so viel einstecken kann!

Robin atmet schwer und lauscht auf das infernalische Kreischen hinter sich im Gang. Hoffentlich wird es oben nicht gehört!

Die Arbeit muss rasch beendet werden! Mit einem Satz steht er über dem Dicken und gibt ihm mit einem Biss in das Genick den Rest. Hinter ihm verstummt das Geschrei. Stille.

Nur irgendein Geisterhengst galoppiert gespenstisch hallend durch den Gang. Du-dum, du-dum, du-dum ... es ist Robins Puls!

„Will, John, Much. Alles in Ordnung?“

Drei heisere Stimmen antworten. Will tritt näher, gelassen wie immer. John kommt um die Ecke mit blutverschmiertem Fell.

Much zwitschert schon wieder munter und nörgelt mit vor Stolz steifen Beinen seiner verlorenen Rattenhälfte hinterher. Robin lächelt über seinen kleinen Freund. Auch er ist stolz auf ihn!

Unsicher tappt Robin auf die Freunde zu – er hatte den härtesten Kampf. Seine Vorderpfote schmerzt: Eine herausgerissene Kralle hängt zwischen Fetzen von Fell, und Blut tropft auf den staubigen Boden.

„Gut, dass wir alle erwischt haben. Aber ich muss mich unbedingt ausruhen.“

„Wir können hier bleiben und uns ausschlafen. Ich glaube kaum, dass wir noch etwas befürchten müssen“, meint Will.

„Wir sollten wenigstens ein Stück weitergehen, damit sich die Ratten die Kadaver holen können und nicht versehentlich uns anknabbern“, witzelt Robin mit schiefem Gesicht.

Einige Dutzend Meter weiter legt er sich auf den Boden und leckt die verletzte Pfote. Nach und nach versiegt das Blut und Robin spürt, wie der Schmerz langsam weicht.

Die Freunde lagern dicht bei ihm und Much erzählt Geschichten aus der Bäckerei: Anmutige Kätzinnen aus der Nachbarschaft mit zartem Seidenglanz auf ihrem Fell kommen darin vor. Wohlig rekelt sich John, der solche Geschichten mag.

Morgens kann Robin nicht laufen. Schmerzerfüllt verzieht sich sein Gesicht, als er versucht, mit der verletzten Pfote aufzutreten. Wieder leckt er sie, um den heilenden Speichel eindringen zu lassen.

Aber die Aktion hat sich trotz der Blessur gelohnt! Er hat seine erste große Schlacht angeführt und ohne Verluste gewonnen. Dem Feind die erste böse Wunde geschlagen - eine Wunde, die sich nicht so bald schließen würde! Und sich als glänzender Führer seiner kleinen Schar erwiesen: Er hat das Terrain auf die günstigste Weise für sich genutzt und eine erfolgreiche Strategie entwickelt. Seinen Mitstreitern die richtigen Aufgaben zugewiesen - jedem nach seinem Talent, seine Truppe perfekt koordiniert und seine Taktik unerbittlich durchgehalten.

Robin ist kein unerfahrener Jungkater mehr. Er ist nun Robin Cat, der charismatische Führer, dem seine Freunde bedingungslos folgen. Das ist die Bilanz, die er an diesem Morgen ziehen darf.

Robin grinst seine Kameraden etwas hilflos an. „Ich weiß, wie ich euch den größten Dienst erweise. Ihr marschiert ohne mich in den Park zurück, während ich mich an die Ratten verfüttere. Dann kommt ihr nächste Woche wieder und fangt hier die fettesten Happen, die der Park je gesehen hat."

„Kannst du überhaupt nicht laufen, Robin?", fragt Much ängstlich.

„Doch, doch. Irgendwie wird es gehen. Drei gesunde Füße habe ich glücklicherweise noch. Es dauert nur länger."

Much blickt besorgt auf seinen Freund und weicht ihm nicht von der Seite. Ein seltsamer Zug setzt sich in Bewegung. Will geht langsam voran, mühsam gefolgt von Robin, Much dicht an der Seite. Der riesige John sichert den Rückzug der Freunde. Keine Frage - trotz Robins Verletzung sind sie stolz auf ihren Sieg. Und Robin ist der Held, dem er zu verdanken ist! Er hat aus Einzelkämpfern eine Gruppe mit klarem Ziel geformt - einem Ziel, das sie gemeinsam handeln lässt und dem sie sich gerne beugen. Frei und ohne Zwang!

Niemand könnte sagen, wie lange der Rückmarsch bis jetzt gedauert hat. Die Freunde wissen es nicht und es spielt auch keine Rolle: Der wichtigste Offizier des schrecklichen Guy ist besiegt. Er ist tot und wird nie wieder Unheil stiften!

Nur mühsam schlepppend kommt Robin voran. Kaum verzieht er schmerzvoll das Gesicht, kreischt Much erschreckt auf, ruft Will zurück und der Zug macht eine Pause. John legt sich neben Robin und summt eins der Lieder, die Andy Little in seiner Jugend für ihn sang.

Keiner der Freunde ahnt, wie sehr er diesen Somali-Kater liebt, der hier vor Schmerzen zitternd im Staub der Katakomben liegt. Noch nie hatte er eine solche Persönlichkeit getroffen: Einen Kerl, der bereit ist, sein Leben für die Freunde zu wagen, ja sogar für Fremde in Not und für seine Liebe zur Gerechtigkeit.

Wieder rafft sich Robin auf und humpelt einige Schritte weiter. Nach endlos gedehnten Stunden wird es dunkel. Dicht nebeneinander eingerollt, schlafen die Freunde und Robin erholt sich träumend von seinem Schmerz. Er träumt von Marian und ihren strahlendblauen Augen. Wie gerne würde er jetzt bei ihr sein! Nach einer unruhigen Nacht weiss er, dass er sie besuchen wird, sobald er wieder laufen kann. Aber es wird einige Zeit dauern – das ist ihm klar.

Und dann haben sie es endlich geschafft: Sie sind zurück in ihrem geliebten Marmoron Park. In Sicherheit, Wärme und Sonnenlicht. Die Amseln tirilieren ihre Frühlingslieder, herzerweichend in ihrer süßen Sehnsucht nach Liebe. Menschen stehen nahe dabei und flüstern ergriffen: „Wie schön die Nachtigallen wieder singen." Banausen!

Den Weg auf seinen Lieblingsast schafft Robin heute nicht. „Much, ich bleibe hier unter der Eiche liegen. Willst du John durch den Park führen, damit er unser Revier kennenlernt? Es reicht, wenn Scarlet bei mir bleibt."

Es ist ein berauschender Anblick, der sich John bietet. Die meisten Bäume in frischem, leuchtendem Grün, während einige Nachzügler wie die Linden noch blühen: Ihr schwüler, klebriger Duft schwebt in Wolken unter ihren dichten Kronen.

Und Woody Woodpecker, der Buntspecht, tackert munter seine Trommelwirbel durch den Park. John atmet das erste Mal seit langem wieder frei. Hier fühlt er sich zu Hause. Geborgen. Und er hat Freunde! Glücklich lächelt er zu seinem Führer Much hinüber.

Mit hoch erhobenem Schwanz stromert er hinter jeden Baum, jeden Busch und setzt beglückt seine Marken. Wenn jetzt noch eine Kätzin in ihren Park käme ... Tief atmet er ein und schickt einen sehnsüchtigen Blick hinauf in die Wipfel.

Als die Sonne hinter den Bäumen untertaucht, springen John und Much zurück zu Robin, der schlafend unter der Eiche liegt. Scarlet sitzt am Ufer des Sunds. Er versucht, einen Fisch für den Kranken zu fangen - jetzt, in der sommmerlichen Wärme, kommen die Schwärme der Jungfische bis dicht unter das Ufer.

Am nächsten Tag geht es Robin besser - bei einem jungen, gesunden Kater heilen auch tiefere Wunden rasch! Die Schmerzen haben nachgelassen, auftreten kann er allerdings nicht.

John beschließt, bei Robin zu bleiben, denn einer der Freunde muss ihn bewachen. Ein Angriff von Guy ist sicher nicht zu fürchten - das Geheimnis ihres Lagers haben sie mit der Beseitigung des Offiziers und seiner Truppe gewahrt.

Aber im Park streunen Hunde frei umher, während ihre Herrchen und Frauchen auf den Bänken sitzen, sich von der Sonne das Gemüt erwärmen lassen und ihre Zeitung durchblättern. Zu groß ist die Gefahr, dass einer der Hunde den verletzten Robin aufstöbert, der sich weder wehren, noch auf die Eiche flüchten kann.

Little John kennt sich mit Hunden gut aus. Er weiß, dass man nur entschlossen genug auf sie losgehen muss, um einen Golden Retriever, einen Airdale Terrier oder Irish Setter in die Flucht zu schlagen.

Natürlich hätte er in einem ernsten Kampf keine Chance gegen solche gefährlichen Gegner. Aber die meisten Familienhunde sind eigentlich gutmütige Wesen, denen gar nichts daran liegt, einer Katze ans Leben zu gehen.

Ihre unruhigen Nasen werden mehr von der Neugier geleitet und im Grunde sind sie nur auf einen Spielkameraden aus. Da sie jedoch nicht so schlau sind wie Katzen, wissen sie nicht, dass Katzen mit Hunden nicht spielen. Und nur das würde ihnen John mit einem Scheinangriff vermitteln.

John ist glücklich. Er freut sich über die friedliche Stimmung zwischen den Menschen, Hunden und Katzen im Park. Einige Mädchen spielen auf den frischen Gräsern mit ihren Puppen, während die Brüder ihre Bälle über den Rasen kicken. Andere schaukeln die Kinderwagen ihrer kleinsten Geschwister oder schieben sie auf und ab.

John ist verblüfft, als plötzlich ein etwa vierjähriges Mädchen mit schwarzem Kraushaar unter die Büsche lugt und ihm fröhlich plappernd ein Stückchen Hot Dog vor die Nase hält.

Munter rufend springt es zu seiner Mutter zurück, wobei die Zöpfe mit ihren eingeflochtenen Perlen widerspenstig wippen: „Mom - da liegt ein Puma-Katz im Busch. Guck mal, er hat von meinem Hot Dog abgebissen!“

Die dunkelhäutige Mutter lacht. „Liebling, das ist kein Puma wie in dem Film gestern, sondern eine Katze. Vielleicht ist es eine von den wilden Katzen, die neuerdings hier wohnen. Wenn du magst, darfst du ihr morgen einen Käse-Rolli mitbringen!"

„Au ja! ……… Mom? Ich glaube, jetzt ist schon morgen."

Tatsächlich kommt das Mädchen am nächsten Tag und bringt Rollis für die Freunde, die sie mit der größtmöglichen Gerechtigkeit verteilt: eins für ihren Puma-Katz John - eins für Robin - eins für John - eins für Much - eins für John - eins für Will - und ein letztes für John. Er liebt diese Art von Gerechtigkeit. Wenn doch das ganze Leben so gerecht zuginge!

„Mom - ich glaube, der braune Katz ist verletzt!" Mit dem einfühlsamen Blick einer Krankenschwester kommt die Mutter näher und spricht Robin mit sanfter Stimme an: „Hab' keine Angst, ich will mir nur deine Pfote ansehen."

Aufmerksam richtet sich Little John auf und verfolgt gespannt das Geschehen. Die Mutter bemerkt es und sagt zu ihm: „Du musst dir keine Sorgen machen, ich will deinem Freund nur helfen!"

Vorsichtig nimmt sie Robins Bein. Er lässt es geschehen. Sie untersucht die Verletzung und stellt dann fest: „Wie gut, dass du die Wunde so gründlich geleckt hast - entzündet ist sie nicht. Zur Sicherheit werden wir deine Pfote trotzdem verbinden!"

Sie eilt mit ihrer Tochter an der Hand nach Hause. Wenig später ist sie zurück und packt eine kleine Hausapotheke aus. Sie verteilt etwas Salbe auf der Wunde und wickelt einen lockeren Verband aus Mull um Robins Pfote. Will und Much liegen ganz ruhig bei Robin, während John der Mutter einmal sanft um die Beine streicht und sich zu der Kleinen legt. Sie streichelt ihren Liebling John, während er in seinen tiefsten Tönen brummt und schnurrt.

„Können wir die Katzis nicht mit nach Hause nehmen, Mom?"

„Mein Schatz - das sind keine Hauskatzen. Sie sind das freie Leben hier im Park gewöhnt und im Haus wären sie sterbensunglücklich. Aber du darfst sie besuchen, so oft du magst."

Lange denkt das Kind nach und sagt schließlich mit feierlichem Ton: „Dann bringe ich ihnen mein Puppenhaus - da haben sie es schön warm und gemütlich!"

Die Mutter lacht. „Katzen schlafen nicht in Puppenhäusern, Liebling!" Vergnügt winkend verabschieden sich die beiden von den Freunden. Jeden Tag kommen sie wieder und wechseln Robins Verband.

Will und Much beschließen eines Abends, heimlich das Viertel zu besuchen: Vielleicht können sie etwas über Guy aufschnappen – zum Beispiel wie er den Verlust seiner Leute verschmerzt. Sicher wird er sich fragen, warum er nichts von ihnen hört!

Sie kommen mit schlechten Nachrichten zurück.

„Guy ist zu klug – er spürt, dass etwas Schlimmes geschehen sein muss. Er vermutet, dass seine Leute erschlagen sind und ich glaube, er ahnt auch, von wem! Irgendwie muss er von uns gehört haben.

Es laufen so viele Katzen im Viertel herum. Eine von ihnen wird uns gesehen und ihm zugetragen haben, dass Robin nicht mehr allein ist."

„Wart ihr auch bei deinen Millers im Laden, Much?"

„Ja, John. Sie haben sich über meinen zotteligen neuen Freund gewundert!", schmunzelt Much zu Scarlet herüber.

Will fährt sich über die Schnurrhaare und sagt: „Wir haben von einem neuen Mann gehört: Roger, ein schwarzer Kater mit schrägen, mandelförmigen Augen und dreieckigem Gesicht. Er soll zur Familie Doncaster gehören, irgendwo am Rand von Riverside. Er ist nicht so stark wie der Dicke, aber hinterhältig und gemein – und ziemlich helle. Der kann uns noch viel Ärger machen! Seit der Dicke weg ist, steht er an Guys Seite und ich glaube, er ist sein neuer Offizier!"

„Wir müssen die Bande zukünftig besser im Blick behalten", schließt John besorgt aus Wills Bericht.

„Denkt einer von euch verwahrlosten Flohhütern daran, dass man kranke Freunde pflegen und vor allem reichlich füttern soll?", brüllt Robin von seinem Krankenlager herüber. „Seit heute Morgen liege ich hier und verschimmele in meinem Pelz! Ich bin doch kein Beuteltier – was soll ich mit der Hungerfalte über meinem leeren Bauch?"

Vorsichtig erhebt er sich und trippelt mit zaghaften Schritten zu seinen Kameraden hinüber. „Das habt ihr gut gemacht, Freunde. Erstklassige Arbeit – auch wenn die Nachrichten nicht günstig sind. Was haben wir denn erwartet? Soll Guy eine Delegation mit der weißen Fahne schicken? Jetzt wissen wir wenigstens, wie die Dinge liegen. Aber Hunger habe ich wirklich! Lieber, lieber Will – erbarme dich eines notleidenden Kriegsveteranen und fang' mir einen Fisch!"

Will lacht und stößt John mit dem Kopf in die Seite: „Komm, Pinselohr, erfüllen wir zusammen Robins letzten Wunsch."

„Selber Pinselohr! Na los, auf geht's", antwortet John grinsend.

Und als es Dunkel wird, schmatzen vier zufriedene Kater laut schnurrend ihre Fische.

Der Besuch

Nach einigen Tagen der Pflege durch die Mutter geht es Robin besser. Jeden Morgen hatte sie die Pfote mit Wundsalbe behandelt und eine neue Mullbinde aufgelegt. Nie war die Prozedur beendet, bevor die Kleine mit wichtiger Miene ihre ‚Heilkuchen' mit Käsearoma verteilt hatte! Und damit die Pfote noch besser heilt, bekam jede der Katzen einige Stücke von der kostbaren ‚Medizin'.

Wie selbstverständlich fiel für den Puma-Katz John dabei eins extra ab, damit es wirklich hilft - wo er doch so groß ist! Hell strahlten die Augen der Kleinen und der Mutter aus ihren dunklen Gesichtern, wenn sie ihnen zum Abschied winkten.

Während er auf seinem Rasenflecken unter der Eiche liegt, kommt Robin eine Idee. Seit Tagen quält ihn die Sehnsucht nach Marian - warum sollte er sie nicht bei hellem Tageslicht besuchen? Er konnte zwar noch nicht springen und ganz sicher nicht kämpfen, aber er konnte ohne Schmerzen laufen. Begeistert ruft er zum Ufer, wo seine Kameraden beim Fischfang einträchtig nebeneinander hocken: „Freunde, ich habe einen Plan. Ich besuche Lady Cat Marian!"

John guckt Scarlet ratlos an, der schaut zu Much.

„Robin hat sich von dem Dicken zu viele Schläge an den Kopf eingefangen. Ich würde mich nicht wundern, wenn er wie Muhammed Ali auch noch den Parkinson bekommt!", grummelt John zu den beiden. Und das war ganz bestimmt nicht abfällig gemeint, denn er verehrt diesen großen Kämpfer und Sportsmann als Held der Unterdrückten!

Besorgt blickt Much zu Robin. „Ich glaube, er meint es ernst!"

Nach einigen vorsichtigen Schritten steht Robin hinter ihnen. „Während ihr wie alte Männer die Zeit mit Angeln totschlagt, muss ich etwas unternehmen. Ich habe lange genug herumgelegen und noch nichts von Marian gehört. Ich muss erfahren, wie es ihr geht."

Mit diesen Worten läuft er auf den nächsten Einstieg in die Dunkelwelt zu. Much springt auf und will ihm folgen. „Bleibt hier - ich bin sofort wieder zurück. Ich gehe nur kurz in den nächsten Gang!"

Er verschwindet im Dunkel. Nervös zuckt Muchs Schwanzspitze hin und her. John kratzt sich fahrig hinter dem Ohr.

Nur Will starrt konzentriert ins Wasser.

Nach einer langen Wartezeit hören sie ein Geräusch. Alle drei springen gleichzeitig auf und drehen sich um. Hinter ihnen steht ein zerzauster, vom Alter gebückter, schmutzig-brauner Kater, der sich nun humpelnd nähert und einen der Läufe nachzieht.

Scarlet will ihn schon stoppen, da fällt sein Blick auf einen schmutzigen Verband an der linken Vorderpfote. Befreit lacht er auf. „Robin, Robin – was wirst du noch alles anstellen?"

John schmunzelt. „Hättest du ihn nicht erkannt, ich hätte ihn für einen alten Putzlappen gehalten und in die nächste Mülltonne geworfen, Will." – „Klasse Verkleidung, oder? Ich glaube, so erkennt mich nicht einmal Marian!" – „Wie hast du das nur hinbekommen?", fragt Will.

„Ganz einfach. Erst durch den Feuerdorn dahinten, um das Fell zu zerwühlen. Dann im Tunnel in den Pfützen mit ihrem uraltem Schlamm welzen und fertig ist der heimatlose Veteran."

Much schnüffelt und verzieht die Nase. „Ich glaube, bei deinem Gestank würde Marian sogar Guy zu Hilfe rufen, um dich von seinen Leuten in die städtische Desinfektionsanstalt schleppen zu lassen!"

„Macht euch keine Sorgen. Ich werde vorsichtig sein. Um einen wie mich kümmert sich niemand! Und ich werde die Augen und Ohren aufsperren: Vielleicht erfahre ich etwas Neues. Ich verspreche, nichts anzustellen. Nur kurz Marian sehen und gleich komme ich wieder!"

Ganz wohl ist den Freunden nicht. Aber es ist sinnlos, Robin aufhalten zu wollen und sein Plan ist ja nicht völlig absurd.

Zielstrebig wandert Robin durch die geheimen Gänge bis in die Nähe von Marians Block. In einem der Hinterhöfe der Chippensight taucht er auf und humpelt die Straße entlang bis zu ihrem Haus.

Wie erwartet, treiben sich auch jetzt wieder zwei Katzen auf der anderen Straßenseite vor dem Zeitungsladen herum und behalten Marians Haus im Auge: Guy lässt sie rund um die Uhr bewachen.

Als Robin näher kommt, sieht er, dass es zwei Polizisten aus der Bande des Sheriff sein müssen – sie sind jung und relativ unerfahren. Offensichtlich eine Auswirkung der Kämpfe, bei denen Guy insgesamt acht seiner Soldaten verlor, die jetzt hier und da fehlen!

Gelassen hinkt er auf die beiden zu und spricht sie mit verschwörerischer Stimme an: „Hallo, Jungs! Den Sheriff heute gesehen?"

„Klaro, er hat uns doch hergeschickt."

„Ich habe eine gute Nachricht für ihn. Wenn er schlau ist, kann er beim Boss Punkte sammeln!" Die beiden starren ihn mit Spannung an. „Guy sucht doch Robin Cat. Ich habe ihn gerade gesehen, wie er in seinem alten Haus in der Riverside Avenue verschwunden ist – wahrscheinlich seine Familie besuchen. Und er sah gar nicht gut aus. Guy könnte leichtes Spiel haben mit ihm! Er wird ja wohl einmal wieder 'rauskommen. Wenn ihr ihm alle draußen auflauert..."

Nervös beraten die beiden, was sie tun sollen. Können sie es riskieren, ihren Posten hier aufzugeben? Schlau wie sie sind, entwickeln sie einen ausgeklügelten Plan: „Bleibst du hier und beobachtest das Haus dort drüben? Guy wird dich sicher belohnen! Und der Sheriff schickt dir bald eine Ablösung. Mein Freund geht zu ihm, damit er Guy Bescheid sagen kann. Ich gehe zu Robins Haus und passe auf, dass er nicht verschwindet."

„Gute Idee, Jungs."

Er blickt zu Marians Haus. Stolz aufgerichtet sitzt Lady Cat Marian reglos wie eine Puppe im Fenster und fixiert ihn mit ihrem scharfen, klugen Blick, der Stärke und Entschlossenheit verrät. Sie ist gereift, seit Robin sie zum letzten Mal sah!

Eine heiße Welle steigt aus seinem Bauch bis in die Spitzen der Schnurrhaare. Glücklicherweise haben sich die beiden Jungs eifrig in Richtung Oakfield Grove auf den Weg gemacht und bemerken Robins Erregung nicht.

Steifbeinig und humpelnd überquert Robin die Straße. Mühsam schleppt er sich mit hängendem Kopf voran. Immer näher kommt er Marians Haus. Er steht vor den letzten Stufen. Mit kurzen, energischen Sätzen springt Marian aus dem Fenster und auf die Straße.

„Robin", haucht sie in sein Ohr und reibt ihn zärtlich mit der Nase. „Wie siehst du nur aus. Und wie du riechst!"

Wieder schlägt die Glocke in Robins Kopf – viel zu lange hatte er ihren Klang nicht mehr gehört!

„Was ist mit deinem Bein? Bist du schlimm verletzt?"

„Liebste, das ist nur ein Teil meiner Verkleidung, damit mich niemand erkennt." Zärtlich streifen sie umeinander. Verliebt leckt Robin ihr über das Fell. Er hält sie zurück, seine Zärtlichkeiten zu erwidern: „Bitte, du darfst nicht meine Tarnung ablecken, sonst komme ich hier nicht mehr lebend weg!"

Endlich fragt Marian: „Was hast du nur die ganze Zeit gemacht? Wo bist du gewesen?"

Robin berichtet ihr vom Park und den neuen Freunden und wie gut sie es dort haben. Er erzählt von dem friedlichen Leben, von der Mäusejagd und den Fischen, die sie im Sund und im Great River fangen.

Und er erzählt auch von Greenwood und dem Winterlager, das sie für die kalten Monate vorbereitet haben. Sehnsüchtig lauscht Marian dem Bericht über all die kleinen Abenteuer, die Robin täglich erlebt.

Aber sie ahnt auch, dass dies nicht alles ist. Streng fragt sie ihn: „Robin - ich habe gehört, dass Guy sechs seiner Leute vermisst. Weißt du etwas darüber?"

„Liebste, bitte frage nicht!" - „Ich will es aber wissen!"

Bedrückt und verlegen senkt Robin den Blick. „Sag' es!"

„Darf ich nicht einfach nur deine Schnurrhaare zählen und dann wieder gehen?", mault Robin.

Verliebt blickt Marian ihren Robin an. Wie schön sie dabei ist! „Nein. Erst wird erzählt und dann wird gezählt!"

„Wir mussten sie erschlagen! ... Marian, wir sind im Kampf gegen die Unterdrücker. Und im Krieg bleibt niemand unschuldig!

Glaube mir, es ließ sich nicht vermeiden. Wir saßen in der Falle und es gab keinen anderen Weg! Das Töten macht mir keine Freude. Ich würde viel lieber mit dir in unserem Park leben und alles um uns herum vergessen! Aber du weißt, dass es nicht geht. Guy würde uns nicht in Ruhe lassen!"

„Ich weiß, Robin - ich mache dir keine Vorwürfe. Ich wollte nur hören, ob die Gerüchte stimmen und ob ich mich tatsächlich jede Minute um dich ängstigen muss. Jetzt weiß ich, dass alle Sorgen berechtigt sind!"

„Ich bin nicht allein, Marian! Wir haben gemeinsam gekämpft und gesiegt. Auf meine Freunde ist Verlass. Sie beschützen mich."

Und er berichtet von seinen Zukunftsplänen: Er wird noch mehr Gefährten suchen und mit den Unzufriedenen des Viertels eine Gruppe aufbauen. Eine Gruppe, mit der er Marian verteidigen und gegen Guy kämpfen kann, um das Viertel zu befreien.

Er wird jeden zu sich nehmen - auch die Angstlichen und die Alten, die nicht kämpfen können. Sie sollen sich alle bei ihm sicher fühlen!

Und Marian berichtet kurz, was sie über den neuen Offizier Roger of Doncaster und dessen Pläne weiß. Viel zu früh wird ihr Gespräch unterbrochen: Der Sheriff kommt mit zwei seiner Polizisten und einem von Guys Soldaten die Straße herauf. Wer beweist hier den richtigen Instinkt? Guy oder Roger?

Fragen kann er die Feinde nicht. Er muss weg, bevor sie ihn erreichen! Zärtlich blickt er Marian noch einmal in die Augen und wendet sich ab. Unverletzt wäre er mit schnellen Sätzen um die Ecke in die

Höfe gesprungen - niemals hätten sie ihn eingeholt! Aber mit seiner Wunde ist er nicht schnell genug. Seine Pfote beginnt zu schmerzen. Nach wenigen Sekunden stehen die Vier um ihn herum.

Der Sheriff sieht ihn misstrauisch an und fragt, was er bei Marian zu suchen hat, erkennt ihn jedoch nicht. Soweit will es Robin auch nicht kommen lassen.

Er reagiert sofort: Ohne Warnung schlägt er einem der Burschen die gesunde Tatze an den Kopf - der taumelt zu Boden. Sofort steht Robin neben ihm und beißt ihm in die Kehle. Mit einem Satz springt er den überraschten Sheriff an und schlägt ihm eine gewaltige Maulschelle.

Starr vor Schreck zucken die anderen zurück. Bis sie sich gefangen haben, gewinnt er Abstand und herrscht die Feinde an: „Weg mit euch! Jedem, der mir zu nahe kommt, geht es ans Leben!“

So schnell er mit dem verletzten Bein kann, überquert er die Chippensight. Jetzt setzen ihm die Feinde nach. Schrill quietschen Bremsen - einer der drei liegt zuckend am Boden, überrollt von einem Lieferwagen. Ängstlich schrecken die beiden letzten zurück und wagen nicht mehr, die Fahrbahn zu betreten.

Wieder und wieder wird Guy vor Wut die Krallen wetzen, als er später die Geschichte hört. Denn klug wie er ist, ahnt er, wer der zerlumpte Vagabund war! Warum hatte er Robin nicht getötet, als sich damals die Gelegenheit bot? Schon bei der ersten Begegnung spürte er, dass ihm dieser Kater Ärger machen würde!

Robin ist im Schutz der Höfe verschwunden. So schnell es geht, eilt er zum nächsten Gang in die Tiefe. Vorsichtig schaut er sich um - es sollte nicht noch einmal passieren, dass er seine geheimen Fluchtwege unachtsam verrät! Erst als er sicher ist, dass er nicht beobachtet wird, taucht er in der Dunkelheit unter. Seine Pfote schmerzt.

Er schafft es, den Weg zum Park ohne Rast zurückzulegen und bald taucht er im hellen Licht zwischen den friedlich rauschenden Bäumen wieder auf. Was für ein Glück! Er hatte Marian gesehen und er hatte dem Feind einen weiteren bösen Streich gespielt! Er sucht die Freunde. Auf der letzten Strecke über die Wiese muss er den Behinderten nicht spielen - er kann tatsächlich fast nicht mehr laufen!

Ein nervöser Much kommt ihm entgegen. „Ist alles gut gegangen? Hast du Feinde gesehen? Was macht dein Bein? Wie geht es Marian?“

Robin muss lachen. „Lass‘ mich leben, Much! Wenn Fragen Löcher machen könnten, würde ich jetzt aussehen wie ein Stück Schweizer Käse!“

„Will und John warten schon ungeduldig. Ich konnte sie kaum zurückhalten – fast wären sie dir gefolgt!"

Zurück im Lager, legt sich Robin sofort nieder, um seinen verletzten Fuß zu schonen. John atmet vorwurfsvoll durch und Will schaut auch nicht gerade glücklich drein. Umständlich säubert Robin sein Fell, um den Schmutz der Tarnung loszuwerden.

„Nun erzähl' doch endlich, wie es gegangen ist!", platzt Will vor Neugier heraus.

„Zwei der Banditen sind tot!"

Robin berichtet von seinem Besuch und dem Kampf. Much stöhnt. Wenn er Robin einmal allein gehen lässt, gibt es gleich ein Desaster!

„Und ich habe Marian gesprochen. Sie hat mir auch einige Neuigkeiten erzählt – sie erfährt von den Soldaten das eine oder andere!

Roger of Doncaster ist der neue Offizier an Guys Seite. Ich bin sicher, es ist seinem Gespür zu verdanken, dass Guy so schnell einige Leute zu Marian geschickt hat. Er scheint äußerst gefährlich zu sein!"

Aber Robin hatte noch mehr von Marian gehört.

„Als Offizier meint Roger, er hätte sich Privilegien verdient und beansprucht nun Alice, eine lebhafte schokofarbene Havana-Kätzin, die drüben am Rockabout Parkway wohnt – nicht weit von der Barn Street. Jeder, der sie kennt, mag ihr elegantes Auftreten und ihr temperamentvolles, liebenswertes Wesen. Immer ist sie zu Späßen aufgelegt. Oft klettert sie außen an ihrem Haus empor, um sich auf dem Dach in der Sonne zu wärmen.

Alle Kater der Nachbarschaft sind verrückt nach ihr. Aber sie liebt nur einen: ihren Alan-A-Dale aus dem nächsten Haus. Sie kennt ihn von klein auf und hat kein Ohr für das verliebte nächtliche Gemaunze der fremden Kater unter ihrem Fenster!

Roger muss sie bei seinen Streifzügen gesehen haben und jetzt verlangt er von Guy freie Hand. Alice ist verzweifelt – sie mag Guy und seine Gehilfen nicht und findet Roger abstoßend. Aber sie weiß auch, dass sie und Alan machtlos sind. Ich befürchte, dass Roger den Rivalen umbringen lassen wird, um den Weg frei zu machen.

Cat Alan ist kein Freund von Guy, das macht die Sache für ihn noch schlimmer. Eine verzwickte Lage. Ich denke, da müssen wir etwas tun!", schließt Robin nachdenklich seinen Bericht.

Lange denkt Robin nach, während die Sonne untergeht und das Spatzenvölkchen auf seinen Schlafzweigen zur Ruhe kommt. Ein abgemagerter Mond schiebt sich mühsam die Bäume hinauf und gießt sein fades Licht über den Park.

Wie kann Robin seiner Marian eine Botschaft für Alan zukommen lassen? Er darf es nicht wagen, sie zu besuchen - auch in der Verkleidung nicht, denn nach seinem letzten Besuch dürfte Guy sie von erfahrenen Kämpfern bewachen lassen. Sollte er Much zu ihr schicken, den niemand kennt? Nein, denn gibt es Ärger, ist Much verloren! Oder den gewitzten Will? Würde ihn jemand erkennen? Aber wie käme er an den Wachposten vorbei? Wie soll er Alan helfen? Es gibt keine Lösung. Endlich schläft er ein.

Wüsste Robin nur, wie gut er sich auf Marian verlassen kann - er könnte viel ruhiger schlafen. Wie viele Liebende spürt sie Robins Gedanken und Gefühle: Auch sie sucht nach einem Weg, wie sie Alan und Alice helfen kann.

Die Bewachung durch Guy hat zwar etwas von Gefangenschaft. Aber in diesem Fall erweist sie sich als Vorteil: Wenn Marian ihre Abneigung überwindet und einige höfliche Worte mit den Soldaten wechselt, erfährt sie alles von ihnen, was im Viertel geschieht. Auf diese Weise hatte sie in der Vergangenheit von Robins Taten erfahren und bleibt auch in der Sache Alan-A-Dale auf dem Laufenden.

Und mit ihrem Kontakt zu seinen Soldaten wiegt sie den verhassten Guy in Sicherheit, der daraus schließt, sie würde ihren Widerstand gegen ihn langsam überwinden. Ein verblendeter Fehlschluss, der aus der Neigung tyrannischer Männer stammt, sich eitel mit ihrer Unwiderstehlichkeit zu schmeicheln!

Und so entwickelt Marian ihren Plan. Vor längerer Zeit hatte sie sich mit Sophie, einer älteren sterilisierten Hauskatze von der anderen Straßenseite angefreundet. Sie lebt bei den Leuten, die den Zeitungsladen besitzen. Ähnlich wie Much erfährt sie in ihrem Geschäft vieles von dem, was in Riverside geschieht.

Oft sehen sie sich nicht, aber gelegentlich kommt die Freundin zu Besuch über die Straße. Die Soldaten haben Anweisung, sie durchzulassen – Marian ist schließlich nicht Guys Gefangene, sondern seine zukünftige Partnerin. Und die Bewachung dient in diesen gefährlichen Zeiten, wo sich so viel Gesindel auf den Straßen herumtreibt, selbstverständlich nur ihrem Schutz!

Es trifft sich gut, dass Sophie gerade an diesem Morgen, an dem Marian besorgt über Alan-A-Dale und Alice nachdenkt, Lust hat auf einen Plausch im Garten. Marian erzählt der Freundin von ihrer Absicht, den beiden zu helfen und fragt, ob sie Alan eine Nachricht von ihr überbringen würde.

Gerne ist sie dazu bereit, denn wie viele Kätzinnen der Nachbarschaft mag sie Guy und seine Leute nicht. Und sie steht nicht unter Bewachung, kann also gehen, wohin sie möchte.

Der Vorteil enger nachbarschaftlicher Kontakte ist, dass jeder jeden kennt – und wenn nicht direkt, dann hat man einen Freund, dessen Kollege eine Schwester hat, deren Geliebter ...

So ähnlich ist es auch hier: Sophie berichtet, dass ein Sohn ihrer Familie mit dem Sohn von Alans Familie, dem kleinen David Henley, in eine Klasse geht und die beiden nachmittags auf einem Hof in der Upper Lessingham Road zusammen Basketball spielen.

Sie ist nun entschlossen, sich auf die Suche nach Alan zu machen. Sie muss dazu zwar den Chippendale Boulevard überqueren, aber an der nächsten Kreuzung gibt es eine Ampel und sie hat wie alle Katzen des Viertels gelernt, darauf zu achten, wie die Menschen das grüne Signal nutzen! Der Boulevard ist die Haupteinkaufsstraße des Viertels Riverside. Viele Fußgänger sind mit ihren Einkaufsbeuteln unterwegs und die Autos fahren daher langsam und vorsichtig. Und abends ist die Straße ohnehin fast ausgestorben. So hält sie die intelligenten Großstadtkatzen im Viertel nicht ab, ihre Freund- und Feindschaften auf der anderen Seite zu pflegen!

Beim Beobachten besitzt Sophie wie alle Katzen eine unendliche Geduld. Den Hof, auf dem die Kinder spielen, kennt sie genau. Hier wird sie den Sohn von Alans Familie finden und ihm auf dem Heimweg folgen. Gleich am nächsten Tag macht sich Sophie auf den Weg. Wie vorausgesehen, entdeckt sie den Jungen und folgt ihm bis zu dem Haus der Henleys am Rockabout Parkway: Breite Vorgärten schirmen hier die Häuserfronten ab.

In fast allen Gärten stehen Wildrosenbüsche und andere blühende Pflanzen, die von den Bewohnern sorgfältig gehegt werden. Birkenfeigen stehen jetzt in riesigen Töpfen draußen vor der Tür. Für die

Wintermonate, die hier in der Gegend hart werden können, werden sie in die Häuser gebracht.

Viele Fenster sind mit Blumenkästen geschmückt, aus denen die üppigsten Petunien, Geranien und Fuchsien wuchern.

Die Häuser haben über dem Hochparterre ein Stockwerk und fast flache, nur leicht gegiebelte Dächer. Einige Regenrinnen werden von Zweigen und Laubwerk überragt: kleine Dachgärten, wo in der gespeicherten Wärme der Häuser auch exotische Pflanzen aus den Mittelmeerländern gedeihen.

Vor dem richtigen Haus angekommen, geht es leichter als erwartet. Oben auf den Stufen liegt ein heller Balinese-Kater schlafend in der Sonne: bräunlich-blaue Strähnen im Fell, genau wie Marian ihn beschrieben hatte. Leise spricht Sophie ihn an: „Bist du Alan-A-Dale?“

Der Fremde öffnet seine kobaltblauen Augen und erhebt sich sofort. Mit einer angenehmen, weichen Stimme antwortet er: „Ich bin Alan.“

Sie spricht rasch weiter: „Und ich heiße Sophie. Meine Freundin Lady Cat Marian schickt mich mit einer Botschaft für dich. Sie hat von dir und Alice gehört und von Rogers üblen Absichten. Sie weiß, dass du in Not bist und Roger of Doncaster dich beseitigen lassen will, um an Alice heran zu kommen. Wusstest du das?“

Alan nickt schweigend.

„Hast du von Robin Cat und seinen Freunden gehört?“

„Tut mir leid – nein“, antwortet er.

So berichtet sie von Robin und seinem Kampf gegen Guy. Und sie erzählt von dem Leben im großen Park, soweit Marian davon wusste.

In die Geheimnisse der Fluchtwege und der Dunkelwelt hat Marian die Freundin nicht eingeweiht, denn so hielt sie es für sicherer.

„Alan – du solltest dich schnell auf den Weg machen und zu Robin in den Park gehen. Bei ihm findest du Schutz und nach allem, was ich bisher über ihn gehört habe, wird er dir auch bei Alice helfen. Willst du das tun?“

„Ich glaube, es wird mir nichts anderes übrig bleiben. Aber es fällt mir schwer, Alice und meine Familie zu verlassen.“

„Betrachte es realistisch, Alan. Wenn du tot bist, kannst du Alice bestimmt nicht schützen!“

„Da hast du Recht. Vorher muss ich noch einmal zu ihr auf das Dach. Danach versuche ich, mich in den Park durchzuschlagen.“

„Marian bat mich, dir noch eine Botschaft für Robin Cat mitzugeben, falls du dich entschließt, ihn aufzusuchen: Sie denkt jede Minute an ihn und schickt ihm die sehnsüchtigsten Grüße. Und sie bittet ihn inständig, nicht wieder so leichtsinnig zu sein!"

Cat Alan lächelt und versichert, dass er die Grüße getreulich ausrichten wird. Es ist keine leichte Entscheidung, die Alan nun zu treffen hat: Sollte er in der zerbrechlichen Sicherheit seiner Familie bleiben?

Das bedeutet, er würde die Wohnung auf unabsehbare Zeit nicht verlassen und nichts zu Alices Schutz unternehmen können. Bei dem Gedanken an seine geliebte Alice wird ihm angst und bange: Schutzlos ist sie den Nachstellungen Rogers ausgeliefert.

Und sicher wird er ihren Widerstand eines Tages überwinden, denn die Natur hat es nun einmal so eingerichtet, dass Kätzinnen Junge wollen, wenn die Zeit reif ist. Der Wunsch nach Jungen wird so übermächtig, dass die arme Alice, vom Ansturm ihrer Triebe überwältigt, sich selbst einem Scheusal wie Roger hingeben wird.

Alan beschließt, in der nächsten Nacht den Weg zum Park zu wagen. Dort wird er Robin um Hilfe bitten. Sollten ihn die Banditen unterwegs stellen, wird er kämpfen bis zum Tod. Für Alice ist er bereit, sein Leben einzusetzen: Besser im Kampf sterben als sich wie ein Feigling in der Wohnung verkriechen!

Mit hängendem Kopf schleicht Alan hinüber zu Alice. Er nimmt Abschied und gibt ihr ein wenig Hoffnung für eine glücklichere Zukunft. Zärtlich leckt er ihr noch einmal das braune Fell.

Wie Marian ihn eindringlich hat bitten lassen, verrät er nichts von Robin, den Freunden und dem Park – zu groß ist die Gefahr, dass die falschen Ohren das Geheimnis hören. Es wäre das Ende für Robins kleine Schar und das Ende seiner Hoffnung auf Hilfe.

Mehrfach schärft er ihr ein, nicht das Haus zu verlassen und auch ihren Lieblingsplatz auf dem Dach zu meiden, bis er wieder bei ihr sein wird. Ein schweres Opfer, das er von ihr verlangt!

Als er sich endlich von ihr trennt, lässt er eine unglückliche, angstvolle Alice zurück.

Er geht in die Wohnung seiner Familie und verbringt dort ein letztes Mal den Abend. Mit unendlicher Wehmut verabschiedet er sich zärtlich von jedem. Gerührt blickt ihn die Familie an – noch nie haben sie ihren Alan so anhänglich erlebt. Nur die kleine Tochter ahnt, dass sie ihn verlieren. Traurig drückt sie ihren geliebten Freund und ein paar winzige Tränen tropfen Alan aufs Ohr.

Als kaum noch Geräusche von unten heraufdringen, springt Alan auf die Fensterbank und von dort aus auf die Straße. Sophie konnte ihm wenigstens ungefähr die Richtung zeigen, in der er den Park finden würde. Unsicher wandert er den Rockabout Parkway herunter und verschwindet in einem einsamen Hinterhof nahe der Fulham Road.

Quer durch die Gärten streift er weiter in Richtung Marmoron bis zur Barn Street. Dort wählt er die falsche Richtung und entfernt sich immer weiter vom Park.

Fast an der nördlichen Grenze des Quartier Marmoron angekommen, biegt er rechts ab und geht in einer entfernten Parallelstraße wieder zurück in die Richtung, aus der er kam. Unwissentlich nähert er sich jetzt dem Chippendale Boulevard und damit seinem Ziel.

Endlich, nach etlichen Stunden des planlosen Suchens, erkennt er am Ende der Straße die Kronen einiger Bäume. Mit langen Sätzen eilt er ihnen entgegen.

Die Häuserschlucht öffnet sich und gibt den Blick frei auf ein riesiges Gelände mit Bäumen, Büschen und Wiesen, die sich im schwachen Mondlicht erahnen lassen. Nur noch die Fahrbahn des breiten Boulevard trennt ihn von der Geborgenheit des Parks.

Er schaut nach links und nach rechts – keins der stinkenden Blechmonster zu sehen, in denen die Menschen fahren. Rasch und sicher wie alle erfahrenen Großstadtkatzen überquert er die Straße und steht in der kühlen Luft der Bäume.

Tief atmet er durch. Eine so frische, reine Luft kannnte er noch nicht! Endlich ist er sicher. Er legt sich unter einen Busch, um einige Stunden zu schlafen. Am nächsten Morgen wird er Robin suchen!

Erholt wacht er auf. Die Sonne steht hoch über den Bäumen. Irritiert schaut er sich um und sinniert, warum er nicht in seinem Körbchen liegt. Dann fällt es ihm wieder ein: Er ist auf der Flucht und er ist allein! Aber von Marian weiß er auch, dass er hier Freunde finden wird. Der Anblick des Parks im Sonnenlicht berauscht ihn und macht ihn glücklich bis zum Übermut. Was soll er sich noch sorgen?

Unbeschwert springt er über die Wiese und wälzt sich im Gras. Als er sich wieder aufrichtet und weiterlaufen will, bemerkt er eine kleine, graue Hauskatze, die in einiger Entfernung hockt, und ihn misstrauisch beäugt. Alan läuft auf die Katze zu.

„Hallo – lebst du hier im Park?"

Vorsichtig wittert Much und antwortet kurz angebunden: „Ja – das ist unser Park!"

„Unser? Wer denn noch außer dir?"

„Das geht dich nichts an. Sag' mir lieber, wer du bist und was du hier willst."

„Ich heiße Alan. Alan-A-Dale. Und ich suche Robin Cat."

Überrascht und erleichtert stößt Much hervor: „Wa-a-as? Du bist der leibhaftige Alan? Dem großen Katzenschöpfer sei Dank. Komm. Komm schnell! Da wird Robin staunen!"

Und er saust los. Alan kann dem kleinen Turbokatz kaum folgen. Nachdem sie zwei weitere Wiesen überquert haben, sieht Alan Wasser in der Sonne leuchten, davor eine riesige Eiche. Und auf einem der Äste bemerkt er einen sandfarbenen Kater.

Von weitem ruft Much: „Robin – schau her, wen ich hier habe: Alan. Es ist Cat Alan!"

Fast fällt Robin vor Überraschung von seinem Ast. Ungläubig springt er herunter und erwartet die beiden heranjagenden Kater.

Robin betrachtet den Besucher ausgiebig: eine edle Zeichnung – helles Fell und nur Gesicht, Ohren und Schwanz dunkel gefärbt. Er glaubt gerne, dass Alice diesen attraktiven Bengel liebt!

Alan wird etwas unsicher unter Robins strengem Blick, aber das Ergebnis der Prüfung fällt günstig für den Neuankömmling aus: Robin mag diesen aristokratischen Kater mit seinen tiefgründigen, sensiblen Augen im dreieckigen Gesicht. Eine kraftvolle, geschmeidige Gestalt mit geheimnisvoller Ausstrahlung, die ihn fast etwas distanziert wirken lässt.

Sicher kein geübter Kämpfer. Aber das kann ja noch werden, denkt Robin, der sich im Augenblick mehr ans Praktische hält.

Robin lächelt Alan an und begrüßt ihn erleichtert: „Schön, dass du jetzt hier bist, Alan. Da zermartere ich mir Nächte lang das Gehirn, wie wir dich vor Roger und seinen Schurken schützen und du kommst einfach so in unseren Park stolziert! Unglaublich. Wie hast du das nur geschafft?"

Das Begrüßungszeremoniell wird unterbrochen: Um den Busch kommen zwei mächtige Kater – jeder eine tote Ratte in den Fängen.

Jäh bleiben die beiden stehen, als sie den Neuling bemerken: Will und John, die mit ihrer Jagdbeute aus der Dunkelwelt zurückkehren. Much berichtet ihnen kurz von der unerwarteten Ankunft. Robin stellt seine Freunde vor und brennt nun darauf, die näheren Umstände von Alans Flucht zu erfahren.

Alan berichtet von Marians Botschaft und vergisst auch nicht, ihre zärtlichen Wünsche auszurichten. Robin schaut sich etwas verlegen nach seinen Freunden um, die betont diskret an ihren Frühstücksratten knabbern. Alan schildert seine Flucht und hebt hervor, wie umsichtig er war, um das Versteck der Freunde nicht zu verraten.

Robin erzählt Alan von ihrem freien Leben im Park, von den nächtlichen Streifzügen in das Viertel und den Streichen, die sie Guy of Gisbourne gelegentlich spielen. Er erwähnt auch, dass sie früher ganz normale Hauskatzen waren, sich aber durch das Leben in der Natur und ihr regelmäßiges Training zu widerstandsfähigen und unabhängigen Freikatzen entwickelt haben.

Alan versichert, er würde gerne bei ihnen bleiben und auch am Training teilnehmen – klug wie er ist, weiß er, dass sein Kampf gegen Roger und seine Verbündeten sonst aussichtslos wäre.

Den Rest des Tages verbringen die Freunde damit, dem neuen Kameraden ihr Revier zu zeigen. Robin bittet Much, sich in den nächsten Tagen um Alan zu kümmern und ihm die geheimen Katzenpfade und vor allem auch die Fluchtwege und die verborgenen Gänge ins Viertel zu zeigen.

Nach dem Frühstück nimmt Alan an seinem ersten Training teil: klettern, springen und jagen – und Scarlets gut platzierten Hieben ausweichen. Gar nicht so einfach für einen ungeschulten Aristokraten! Die Freunde schauen zu und wundern sich, wieviel Kraft in dem feingliedrigen Alan steckt.

Alan ist begeistert von der weiträumigen Freiheit, die sie genießen. Hier darf er laufen und laufen, ohne Mauern ausweichen und seinen Bewegungsdrang an Wohnzimmergardinen austoben zu müssen!

Nach einem Ausflug mit Much in die Dunkelwelt ist Alan das erste Mal in seinem Leben abends übermüdet. Er legt sich unter einen Busch und schläft sofort ein. Er schläft die ganze Nacht und träumt von Alice. Erst spät am nächsten Vormittag wacht er wieder auf.

Auch Robin trainiert jetzt wieder täglich – seine Wunde ist mittlerweile verheilt und er hat sie bereits vergessen. Nach ihrem Training ruhen die fünf Freunde aus. Das Faulenzen, wie sie es von früher her kennen, haben sie auch im Park nicht verlernt!

Nach einem ausgiebigen Schläfchen führt Much den neuen Freund wieder in die dunklen Gänge und zeigt ihm den geheimen Weg in ihr zukünftiges Winterlager. Alan ist begeistert von Greenwood. Die Vorteile des Lagers überschaut er sofort.

Als die beiden am späten Nachmittag in den Park zurückkehren, finden sie ihre Freunde am Ufer des Great River. Will und John fischen; Robin liegt wie üblich faul dabei und hängt seinen Träumereien nach. Er blinzelt nur gelegentlich, wenn er es plätschern hört. Much springt sofort zu seinen beiden angelnden Freunden und hockt sich dazu. Alan kommt langsam näher und bleibt in einigem Abstand stehen. Was machen die beiden dort? Wissen sie nicht, dass Katzen Wasser nicht sonderlich mögen? Befremdlich! Endlich traut er sich, zu fragen. Will dreht sich grinsend um und sagt zu Alan: „Wart's ab. Wir fangen eine Dose Fisch, aber ohne Blech drum herum!"

Seltsam, seltsam! Alan muss nicht lange über Scarlets Geisteszustand grübeln: Will schlägt zu und schleift einen zappelnden Fisch auf das Ufer. Neugierig kommt Alan näher. Solch ein Tier hat er noch nie gesehen! Vorsichtig beschnuppert er es. Plötzlich springt das fremdartige Wesen und dreht sich in der Luft. Ein Flossenschlag landet an Alans Nase. Erschreckt zuckt Alan zurück. Als weiter nichts Verdächtiges passiert, wagt er sich langsam, langsam wieder heran und beriecht die merkwürdige Beute: ein Geruch, der ihn an nichts Bekanntes erinnert. Und ganz bestimmt nicht an etwas Essbares!

Scarlet veräppelt ihn doch nicht? Unsicher schaut er ihn an. Will, der Alans Verlegenheit belächelt, legt eine Tatze auf den Fisch und frisst ihn an. Genüsslich verzehrt er Happen um Happen, während Alan daneben hockt und ihn aufmerksam studiert.

Endlich überlässt Will dem Freund die Beute. Alan beißt mutig ein Stück heraus und kaut mit prüfendem Blick darauf herum. Gar nicht schlecht! „Sushi auf Tang“, scherzt Will.

Alan hat noch nie rohen Fisch gegessen. Auch die rohen Mäuse sind ihm fremd, denn von zu Hause ist er lecker zubereitetes Essen gewohnt: entweder feines Dosenfleisch mit Gemüse und gekochtes Hühnchen oder auch mal ein Stück leicht angebratene Leber. Alan ist begeistert von dem neuen, freien Jägerleben und an die fremdartige, natürliche Nahrung wird er sich gewöhnen!

Langsam dunkelt es und die Freunde lagern bei der Eiche. Sie erzählen Alan ihre großen Abenteuer und schmieden Pläne für die Zukunft: Wie sie Guy und Roger und Fitz bekämpfen werden, um das Viertel von den Unterdrückern zu befreien.

Alan wirft ein, dass es vor langer Zeit einen großen Kämpfer für die Gerechtigkeit gab. Einen Geächteten, der sich und die Seinen vom Überschuss anderer ernährte, die Unterdrücker bekämpfte und die Schwachen schützte.

Alle schreien gleichzeitig: „Bitte, Cat Alan - erzähle uns davon!“

Alan sagt, dass er ein Lied darüber geschrieben hat, rückt sich in Positur und beginnt mit seiner schönen, sanften Stimme zu singen. Und sein ausgeprägter Sinn fürs Poetische gibt dem Gesang einen so anrührenden Ausdruck, dass die Freunde reglos lauschen.

Alan-A-Dale's Song No. 1:
The Song of Robin Hood
My name is Cat Alan and I'll sing you a song.
In the times of King Richard and evil Prince John
lived Robert Locksley of Huntingdon.
The wicked Prince John, when Richard was gone
stole his name, his land and his fathers home.

Robert Locksley than lived in the wood,
all over the country called Robin Hood.

With Little John and Scarlet and all
and Lady Marian, a maiden so dear
he hunted the king's hare and boar and deer.
They hit the game such hunters they were,
never did they know the meaning of fear.

All the year through they lived in the wood,
Rob' the brave and his true brotherhood.

From nobles and clergy they took the gold
and gave it away to feed the poor and old.
They fought so hard the sheriff and his men,
but in the end they could not win
as much as they tried they couldn't win.

Summer and winter they lived in the wood,
Rob' the cunning and his true brotherhood.

Brave hunters with bow and arrow they were
and loved the life of the Merry Men so dear,
they freely lived in Sherwood's heart.
In our hearts they might live away
for ever and for good there they might stay!

Dieses Lied, das Alan über den Helden der Legende gedichtet hat, ist nur in englisch überliefert. In freier Übersetzung bedeutet es:

Das Lied von Robin Hood
Ich heiße Cat Alan und ich singe euch dies Lied.
Zur Zeit König Richards und des üblen Prinz John
lebte Robert Locksley von Huntingdon.
Der Prinz stahl Roberts Namen und Land,
als König Richard nach Jerusalem fuhr,

Von nun an lebte Robert Locksley im Wald,
im ganzen Land als Robin Hood bekannt.

Mit Freunden wie Much und Little John
und Lady Marian, der zarten Maid,
jagte er des Königs Hasen und Hirsch.
Sie schossen das Wild - so gute Jäger waren sie
und weder kannten sie Angst noch Furcht.

Das ganze Jahr lebten sie in Sherwood -
seine treue Bruderschaft und der mutige Rob'.

Sie stahlen das Gold der Edlen und der Pfaffen
und gaben es hin für die Armen und Schwachen.
Gegen des Sheriffs Söldner kämpften sie stets,
am Ende aber siegen konnten sie nicht -
gewinnen konnten sie am Ende nicht.

Sommer und Winter lebten sie in Sherwood,
seine treue Bruderschaft und der listige Rob'.

Mutige Jäger mit Pfeil und Bogen waren sie
und liebten das Leben als freie Männer so sehr -
in Freiheit lebten sie im Herzen von Sherwood.
In unseren Herzen weiterleben sollen sie -
für immer und ewig dort bleiben sie!

Als Alan sein Lied beendet, erkennt er seine Freunde kaum wieder: John wälzt sich verzückt im Gras, Robins Augen glänzen verträumt den Sternen entgegen, Will lächelt entrückt vor sich hin und Much hält vor lauter Glücksgefühl die Augen fest verschlossen und schnurrt.

Es dauert lange, bis sich die Freunde wieder fassen und Alan mit Fragen bestürmen: „Wer war Robin Hood? Hat er wie wir fette Ratten gejagt oder musste sich der Arme die ganze Zeit von Mäusen ernähren? Wo hat er gewohnt - auf unserer Seite in Barn's oder drüben in Battleham, auf der anderen Seite vom Sund? Lebt einer von seinen Freunden noch? Wollen wir nicht in seinen Wald umziehen?", prasseln die Fragen auf ihn ein.

Alan lacht und antwortet: „Robin Hood und seine Freunde waren Geächtete wie wir, aber sie waren Menschen, die vor vielen hundert Jahren im alten England lebten. Für heute ist die Geschichte zu lang - lasst uns das für später aufheben! Aber ich will euch gerne erzählen, wie ich von den Helden aus Sherwood erfahren habe. Interessiert euch das vielleicht?"

„Ja, bitte erzähl' es uns!"

„Also gut. David Henley, der jüngere Sohn meiner Familie, ist mit Franklin Camposino befreundet – sie kennen sich aus der Schule und spielen oft Basketball zusammen.

Als ihr Biologielehrer eines Tages fragte, wer in der Klasse ein Haustier besitzt, fanden die Freunde heraus, dass ihre beiden Familien große Katzenliebhaber sind. Franklin erzählte David von dem Buch über Robin Hood und wie er und seine Geschwister aus Begeisterung für die Abenteuer ihre Kater Löwenherz und Prinz John tauften.

David gefiel die Geschichte von Robin Hood so gut, dass er sich von Franklin das Buch auslieh. Abends las er seiner kleinen Schwester laut daraus vor und so habe ich nach und nach alles über Robin Hood und seine Freunde erfahren. Schließlich nannten die Kinder mich dann Alan-A-Dale oder manchmal auch nur kurz Cat Alan."

Die Abenteuer des Robin Hood geraten vorläufig in Vergessenheit: Zu dringlich sind die Aufgaben, die Robin Cat nun bewältigen muss.

Oft liegt er auf seinem Lieblingsast, durchdenkt die nächsten Schritte und bespricht sie mit den Freunden. Er ist entschlossen, seine kleine Schar zu erweitern, indem er versucht, so viele von Guys Opfern in den Park zu holen, wie er finden kann.

Und er wird sich um die unglücklichen Straßenkatzen kümmern, die einsam und zurückgezogen in ihren Verstecken hausen und sich von Abfällen ernähren, die sie nachts in aller Heimlichkeit beim Herumstöbern in den Mülltonnen finden. Und die Küchenabfälle der Restaurants gehören noch zum Besten, was diese Katzen bekommen.

All die Ausgestoßenen, die Geflohenen, die Zurückgelassenen und die Geächteten will er um sich scharen, ihnen mit der Freundschaft der Gruppe zu neuem Selbstbewusstsein verhelfen und sie zu einer schlagkräftigen Widerstandstruppe formen.

Alan hat ihn über den Leidensweg vieler dieser Wesen aufgeklärt, wie er es selbst beobachtet oder durch Berichte erfahren hat: Nicht alle Menschen gehen mit Katzen so verständnisvoll um wie es Much, Alan und Robin von ihren Familien kennen.

Manche Menschen finden ihre Kätzchen nur niedlich, solange sie klein und kuschelig sind, vergessen aber, dass die Tiere erwachsen werden mit eigenen Ansprüchen auf Lebensraum und Bewegung. Andere Menschen spielen grausame Spiele mit ihnen, misshandeln oder schlagen sie. Und wieder andere vergessen sie beim Umzug oder setzen sie aus, bevor sie in den Urlaub fahren.

Viele dieser gequälten Kreaturen enden auf der Straße und werden wegen Unterernährung und fehlender Pflege krank. Auch ist ihr Selbstvertrauen nicht stark genug, um sich im Revier durchzusetzen.

Auf seinen Streifzügen durch die Hinterhöfe hatte Robin gelegentlich einzelne von ihnen aus der Ferne gesehen. Bei seinem Auftauchen huschten sie schreckerfüllt davon und er kümmerte sich nicht um sie, da sie ihn nicht angriffen. Unerfahren, wie er damals war, verstand er ihre verzweifelte Lage nicht. Und außerdem war er nur an einzeln oder zu zweit streunenden Soldaten und Polizisten interessiert, um die neuesten Bezirksnachrichten aus ihnen herauszuprügeln. Aber jetzt würde er sich bemühen, diese Einzelgänger aufzuspüren.

Mit reichlichem Futter und regelmäßigem Training würde sich manch einer von ihnen zu einem wertvollen Kampfgenossen entwickeln! Robin fragt die Freunde, was sie von seinen Plänen halten. John möchte gerne wissen, ob auch Kätzinnen aufgenommen werden.

„Selbstverständlich, du Klotzkopf - wie soll denn sonst eine Gemeinschaft von Freikatzen überleben?", ist Robins Antwort.

Sie beraten, wie sie die neuen Aufgaben unauffällig bewältigen können. Much wird wieder einmal seine Millers im Laden besuchen und sich dort umhören. Robin will es wagen, seine Verkleidungskünste für einen Besuch im Viertel einzusetzen.

„Keine Angst - ich gehe nicht zu Marian. Ich besuche nur ihre Freundin Sophie und die wird nicht bewacht. Ich schleiche mich über die Hinterhöfe zu ihr!"

Das Risiko, Marian zu besuchen, ist selbst ihm zu hoch. Er hofft, dass Sophie andere vertrauenswürdige Kätzinnen kennt, die bereit sind, eine Botschaft weiterzutragen: Die Nachricht, dass alle unterdrückten, verfolgten und ausgestoßenen Katzen im großen Park willkommen sind und dort Schutz und Nahrung finden werden.

Robin schickt John und Much aus, um sich vorsichtig in den entlegenen Winkeln der Hinterhöfe umzusehen. Vielleicht entdecken sie einige der traurigen Wesen, die ihr Dasein im Verborgenen fristen.

Alan und Will machen sich gemeinsam auf den Weg - sie durchforschen die weitläufigen Gänge der Dunkelwelt. Sie untersuchen jeden Zugang, jeden Lichtschacht. Sie schnüffeln in jeder Ecke, um Marken versteckter Kater aufzuspüren.

Unermüdlich verfolgen die fünf Freunde Woche um Woche ihr Ziel. Ein heißer Sommer legt sich über den Park. Viele Menschen verlassen die Stadt, um ihren Urlaub am Meer zu verbringen. Manche Straßen wirken mittags wie ausgestorben - kaum ein Auto rollt durch die leeren Häuserschluchten.

Die Geduld der Freunde wird belohnt: Sophie erweist sich als äußerst umsichtige und geschickte Botschafterin! Bald hat sie mit Hilfe ihrer Freundinnen einige Katzen, die es angeht, über die neue Hoffung im großen Park informiert.

Zuerst kommt ein Kater, den es von weither in das Revier verschlagen hat. Behutsam betritt er den Park und entdeckt mit seinen vom Straßenleben geschärften Sinnen die Spuren der fünf Freunde.

Mit vorsichtigen Schritten wandert er über die große Wiese und nähert sich dem Standbild des General Marmoron, die fremden Duftspuren in der Nase. Keine Katze lässt sich sehen, kein Hund, den er zu fürchten hätte, stöbert umher.

Er stößt einen Ruf aus und legt sich nieder. Es dauert nicht lange, da taucht hinter ihm im Gebüsch eine kleine, graue Katze auf: Much, der den Fremden, einen rotbraunen Cornish Rex, unbemerkt beobachtet. Der Eindringling ist feingliedrig und nicht sehr groß, trägt aber riesige Segelohren auf dem kleinen Kopf. Dazu ein kurzes, dicht gelocktes ‚Schafsfell' und lange, ungewöhnlich muskulöse Beine.

Der Fremde macht nicht den Eindruck eines Flüchtlings – eher den eines zufällig gestrandeten Wanderers, der einen Hauch der großen, weiten Welt mit sich bringt. Ein Abenteurer, der sich durch die Lande treiben lässt, und sicher seit langer Zeit keinen eigenen Fressnapf vorgesetzt bekam.

Wenige Augenblicke später legt sich ein schwarz-weißer Riesenkater neben Much: John, der es für richtig hält, erst einmal abzuwarten, ob noch weitere fremde Katzen erscheinen. Als es ruhig bleibt, erhebt sich Much und geht auf den Fremden zu. Der hört die leisen Schritte hinter sich, springt auf und bleibt reglos stehen, als Much ihn neugierig beriecht.

Mit einem Blick in die Runde hat er John unter dem Busch bemerkt. Much fordert ihn auf zu erklären, warum er in den Park gekommen ist. Der Fremde fragt nach Robin Cat und erzählt, dass er einen alten Straßenkater kennt, der ihm von den Freunden im Park und ihrer Botschaft berichtet hat.

Much ist erfreut. Er will ihn zu Robin führen, damit er der Gemeinschaft seine Geschichte erzählen kann. Sofort läuft er voraus, gefolgt von dem Fremden und John. Nach wenigen Augenblicken stehen sie vor dem Ausfluss, der in das Tunnelsystem führt. Ein kurzer Ruf und drei Kater tauchen aus der Dunkelheit auf: Robin, Will und Alan.

Der Fremde stellt sich vor: Peterkin, der Gaukler und Herumtreiber, der mit seinen Kunststückchen die Zuneigung der Menschen und vorübergehend ein ruhiges Plätzchen gefunden hat. Nachdem sich alle bekannt gemacht haben, erzählt er, dass er vor langer Zeit auf die Straße ging, um die Welt zu entdecken und sich seither auf Wanderschaft befindet.

Robin bietet Peterkin an, bei ihnen zu bleiben, solange er mag und stellt ihm frei, an ihrem Kampf gegen Guy teilzunehmen. Er verheimlicht ihm nicht, dass sie jetzt eine riskante Phase durchleben. Ihre bisherige Sicherheit bestand darin, dass der Feind von ihrer Existenz im Park nichts wusste. Sie lebten im Verborgenen und achteten darauf, ihre Absichten geheim zu halten.

Diesen Schutz haben sie aufgegeben und ihre Botschaft in Umlauf gebracht. Gefährlich, wenn sie in falsche Ohren gerät! Daher ziehen sich die Freunde vorläufig in die Deckung der unterirdischen Gänge zurück, wo sie vor Überraschungsangriffen sicher sind. Und bei der drückenden Hitze sind die kühlen Gänge wenigstens angenehm erfrischend!

Den Abend verbringen die Freunde auf dem Rasen vor ihrem Versteck. Alan singt eins seiner Lieder und Much erzählt Klatschgeschichten aus Millers Laden.

Peterkin führt akrobatische Kunststücke vor, die Robin und seine Freunde staunen lassen. In seinen langen Beinen steckt eine so unglaubliche Kraft, dass sie ihn meterweit in die Luft springen lassen, wobei er im Sprung noch die verblüffendsten Kapriolen vollführt.

Holzstückchen, die er aus den Büschen klaubt, wirft er in die Luft und springt hinterher, um sie zu fangen. Er rast senkrecht an einem Baumstamm hoch, mit dem richtigen Schwung noch unter einem der dicken Äste entlang, greift nach einem eingebildeten Feind und landet mit einem Salto wieder auf dem Boden. Unfassbar!

Und dabei ist er auch noch lustig und guter Dinge – schlechte Laune und Mutlosigkeit scheint es für ihn nicht zu geben. Ein wahrhaft wertvoller Kamerad, der sich ihnen da angeschlossen hat. Wertvoll und unterhaltsam! So vergehen die Stunden in unbeschwerter Heiterkeit und an diesem Abend vergessen sie die Gefahr.

Am nächsten Morgen schlägt Robin vor, zusammen mit Peterkin den alten Kater aufzusuchen, der ihm den Weg in den Park gewiesen hat. Peterkin – erfreut, sich nützlich zu machen – stimmt sofort zu.

Nach langem Suchen finden sie Simon, der vor vielen Jahren von seiner Menschenfamilie ausgesetzt wurde, in einem entlegenen Hinterhof in South Riverside. Sie überzeugen ihn, seine Einsamkeit aufzugeben und mit ihnen zu gehen. Kämpfen wird Simon zwar nicht mehr – dafür ist er zu alt. Aber er kennt jeden Winkel und jede Katze des Viertels. Sein Wissen und seine Erfahrung werden für die Freunde nützlich sein!

Und die Geächteten spüren noch weitere Straßenkatzen in ihren Verstecken auf, die sich zunächst ängstlich verkriechen. Der erste

Kontakt erweist sich als schwierig. Aber wenn die Freunde behutsam und mit freundlichen Worten näherkommen und sie nicht verschrecken, lassen sich die meisten Einzelgänger von ihren friedlichen Absichten überzeugen.

Nur zwei dieser Wesen sind so verstört, dass sie ihr Misstrauen nicht überwinden. Die anderen sind bereit, ihr zurückgezogenes Leben aufzugeben und folgen den Freunden in den Park.

So füllt sich das Lager nach und nach mit Neuankömmlingen. Einige Flüchtlinge schleichen nachts in den Park. Dort werden sie von den Verbündeten, die mittlerweile die Zugänge zum Park bewachen, freundlich empfangen und zum Versteck geführt.

Zwei Wochen später haben sich dreißig Katzen im Lager eingefunden – mit den fünf Freunden ist die Gruppe nun auf fünfunddreißig Mitglieder angewachsen.

Darunter sind auch drei Kätzinnen – Bekannte von Sophie, die ohne ihre Partner nicht im Viertel bleiben wollten: die beiden Schwestern Olly und Polly und die junge Jasmin. Also entschlossen sie sich, ihren Freunden William, Sylvester und Lucky in den Park zu folgen.

Und die Gruppe erhält auf ungewöhnliche Art noch weiteren Zuwachs. Die Mutter kommt nach wie vor mit ihrer Tochter in den Park und besucht die Katzen. Meist öffnet sie dann eine große Dose Futter, die sie in eine mitgebrachte Schale entleert, während die Tochter ihre Käse-Rollis verteilt.

Eines Tages schiebt die Kleine mit betont wichtiger Miene ihren Puppenwagen vor sich her. Über dem Bettdeckchen lugt der blonde Haarschopf ihrer Lieblingspuppe Emily hervor. Im Versteck der Katzen angekommen, schlägt die Tochter die Decke zurück und ein zufriedenes Schnurren und Brummen breitet sich aus.

Neugierig streifen die Freunde und einige der Neuen um die Räder des Puppenwagens. Robin richtet sich auf, stützt seine Pfoten auf dem Rand des Wagens ab, und wirft einen Blick in das Innere. Er entdeckt einen jungen, schwarzer Kater, der schlafend auf dem Polster ruht, eine weiße Pfote über die Nase gelegt: Gilbert.

Die beiden hatten das offensichtlich ausgesetzte Katzenkind auf der Straße gefunden. Für die Aufnahme bei Menschen ist es zu klein – es braucht noch die Obhut einer mütterlichen Kätzin. Aber täglich werden sie dem Kleinen ein Fläschchen Aufzuchtsmilch bringen!

Die Tochter nimmt Gilbert behutsam auf, streichelt ihn und legt ihn vorsichtig ins Gras. Zwei Katzen kommen herangerast und legen sich mit mütterlich entrücktem Blick links und rechts neben das Katzenbaby: Olly und Polly adoptieren Gilbert spontan. Sie werden keinen Widerspruch dulden und lecken dem Kleinen von beiden Seiten gründlich das Fell. Der kleine Neuling wird von der Runde aufmerksam beäugt und Much schlägt vor, ihn Gilbert Whitehand zu taufen. Der Vorschlag wird angenommen.

Nachdem sie genüsslich die leckeren Rollis verzehrt haben, rufen John und Will ihre Mannschaft zur Ordnung.

Besonders die Neuen müssen täglich ein umfangreiches Trainingsprogramm absolvieren. Die Ausbildung beginnt mit Übungen für die körperliche Fitness: Rennen, Springen und Klettern – Disziplinen, die zur Grundausstattung jeder gesunden Katze gehören. Wie sich zeigt, ist das Training dringend nötig, denn einige der Neuen sind als faule Hauskatzen schwerfällig und ungelenk!

Zum Ausbildungsprogramm gehören aber auch die Jagd auf Mäuse, Tauben und Ratten und der Fischfang, für den Will und John ihrer Abstammung nach wie geschaffen sind.

Auch das gelegentliche Plündern von Picknickkörben und andere Formen des Mundraubs werden geübt, so wie es zum Handwerk eines ‚Geächteten' gehört, denn man kann sich nicht nur von Mäusen, Ratten und Fischen ernähren!

Besonderen Wert legen John und Will auf die Ausbildung im Straßenkampf. Will liebt es, den Neulingen Angst vor seinem Freund einzujagen: „Nehmt euch in Acht – John ist der gefährlichste Kämpfer im ganzen Revier. Wären wir Menschen, hätte er eine Hells Angels-Tätowierung auf der Brust und würde auf einer Harley-Davidson sitzen. Dann wäre er den ganzen Tag mit seiner Rocker-Gang unterwegs und würde euch Küchenschaben in den Hintern treten!"

Und John zahlt es seinem Freund heim, indem er die Jüngsten der Neuen mit Geschichten über Will in Panik versetzt: „Schaut euch diesen Kämpen genau an – der berüchtigte Captain Jenks of the Horse Marines mit seinen beißfreudigen Säbelzähnen ist der Ahnherr aller Maine Coons und Wills Ur-Ur-Urgroßvater! Nicht umsonst heißt er bei uns ‚Der zornige Will'. Also nehmt euch zusammen!"

John grinst dabei so gutmütig, dass ihm die ganze Bande johlend auf den Rücken springt und in wilden Knäueln mit ihm über den Rasen purzelt.

Achtzehn der Neuen sind jung und kräftig und man sieht ihnen die Leidenschaft beim Training an. Und auch einige der Älteren nehmen am Training teil. Aber solange sie noch in der Ausbildung sind, dürfen sie nicht an Robins gelegentlichen Expeditionen ins Viertel teilnehmen, um sie nicht zu gefährden. Zu groß ist die Gefahr einer Begegnung mit Guy und seinen Leuten und einem Kampf auf Leben und Tod wären sie nicht gewachsen.

Auch die älteren Neulinge erweisen sich als nützliche Mitglieder der Gruppe. Simon ist ein umsichtiger Beobachter und Organisator, der John mehr und mehr beim Wachdienst entlastet. Eines Tages überlässt John ihm die Leitung.

Mit größtem Geschick organisiert Simon die Wache so, dass nur wenige Katzen alle strategisch wichtigen Punkte des Parks im Blick behalten können.

Die Verantwortung für die einzelnen Abschnitte übergibt er den älteren, nicht kämpfenden Katzen: Überwachung der Fluchtwege in die Dunkelwelt und der Zugänge zum Park. Damit weist er ihnen eine wichtige Aufgabe zu und sorgt gleichzeitig dafür, dass sie sich nicht nutzlos fühlen.

Und in Abwesenheit der kämpfenden Truppe fällt es ihnen zu, das Lager zu bewachen und im Fall eines Gegenangriffs die Kätzinnen und die Schwachen in die Verstecke der Dunkelwelt zu führen.

Die Jagd auf wehrhafte Wanderratten steht aus Sicherheitsgründen am Ende der Ausbildung und bleibt den Anwärtern für die kämpfende Truppe vorbehalten.

Ratten sind gefährliche Gegner, deren Bisse wegen der Erreger, die sie übertragen, tödlich sein können. Erst wenn seine Lehrer sicher sind, dass ein Anwärter gerüstet ist, um es mit einer ausgewachsenen Ratte aufzunehmen, darf er an der Abschlussprüfung teilnehmen.

Heute sind zwei junge Burschen mit speziellen Talenten bereit, es zu wagen: William Lightfoot, der schnellste Läufer von allen und Sylvester Brighteye, der eine selbst für Katzen ungewöhnliche Sehkraft besitzt. John schärft ihnen äußerste Vorsicht ein, bevor er sie einzeln in die Dunkelwelt schickt. Als erster geht Lightfoot.

„William“, sagt John, „die Regel ist einfach: Einer geht rein – zwei kommen raus. Also geh' los und fang' dir eine Ratte. Viel Erfolg, Junge!“

William Lightfoot verschwindet im Dunkel der Gänge. Die Katzengemeinschaft hat sich bis auf die Wache vollständig versammelt, um draußen in höchster Anspannung den Ausgang des Rituals abzuwarten.

Es dauert nicht lange, da hören die wartenden Freunde ein martialisches Kreischen und Quieken. Kurz darauf erscheint Lightfoot mit einer Ratte zwischen den Fängen im Eingang des Drainage-Tunnels.

Alle Katzen atmen erleichtert auf und beglückwünschen ihn zu seiner bestandenen Abschlussprüfung. Auch Gilbert hätte sicher die allgemeine Freude geteilt, hätte er nicht die ganze Aktion wie üblich in der Obhut von Olly und Polly verschlafen!

Sylvester Brighteye ist nun an der Reihe. Auch er taucht in die Dunkelwelt ein. Lange ist draußen nichts zu hören. Unruhig streicht John vor dem Tunnel auf und ab, Will Scarlet zupft nervös seinen Backenbart. Ihre Sorge erweist sich jedoch als grundlos: Ein weit entferntes Fiepen zeigt, dass Sylvester Kontakt zur Beute aufgenommen hat. Auch er erscheint bald darauf mit einer toten Ratte im Tageslicht.

Er legt sie John vor die Pfoten und beklagt sich schalkhaft bei seinem Freund Lightfoot: „William – das Gekreisch deiner Ratte hat den ganzen Clan vertrieben und ich musste bis nach Stratham laufen, um noch eine zu erwischen!“

Auch Sylvester hat seine Prüfung mit Bravour bestanden: Anlass genug für ein heiteres Fest, bei dem die Beutestücke neben einigen Fischen und ungezählten Mäusen den Festschmaus abgeben.

William und Sylvester sind nun Mitglieder der ‚Fighting Division' – der Kampftruppe, die das Lager beschützt und gegen den Feind operieren kann.

Bis auf die Wachtposten, die stündlich wechseln, lagern alle erwachsenen Katzen und ein schläfriger Gilbert rund um die Eiche. Peterkin versetzt die Runde wieder mit seinen Kunststücken in Verblüffung und Alan wird gebeten, zu singen.

Er singt die Ballade von Robin Hood – die Neulinge hören sie zum ersten Mal und die alten Freunde freuen sich über das schöne Lied, das ihnen so vertraut geworden ist. Alle sind begeistert von Alans anmutigem Gesang und betteln um eine Zugabe.

Alan lässt sich nicht lange bitten. Er singt nun in melodischem Sprechgesang die Ballade vom armen Ritter, die er für den feierlichen Anlass gedichtet hat – Williams und Sylvesters bestandene Prüfung.

Alan-A-Dale's Song No. 2:
Der arme Ritter (Das Gastmahl)
Richard of the Lea ritt durch Sherwood
die Augen trüb vor Sorge und Gram.
Little John und Scarlet im Wald
laden den traurigen Ritter zum Mahl –
vom listigen Robin ausgesandt,
den edlen Gast zur Tafel zu bitten.
Zum Gastmahl, wie Robin Hood es liebt
mit Fisch und Wild und Wein und Gesang.

Sollte der Gast normannischer Herr
oder beleibter Kirchenfürst sein,
wohl ihm, wenn er die Schatulle bringt
und üppig fließen lässt sein Gold
wie Rob' zuvor so strömend den Wein.
Reiche Gaben sind in Sherwood
reichen Lohnes wert, so das Gesetz
der Herren des Waldes, spricht Robin Hood.

Traurig lächelt Sir Richard of the Lea.

Normanne von Normannen beraubt,
hat er sein Gut an den Abt von St. Mary
verpfändet, um den Sohn zu befrei'n,
der im Turnier die Lanze schwang
und schuldlos traf des Gegners Herz.
Das Sühnegeld aufs Jahr erpresst,
läuft ab die Frist den morgigen Tag!

Bringt er das Pfand nicht bis zur Nacht,
verliert er sein Gut an den gierigen Abt.
Robin erlässt ihm den Lohn fürs Mahl
und bietet ihm 400 Pfund in Gold
als Leihgabe aus des Räubers Schatz.
„Die Jungfrau Maria als Bürgin gebt mir,
wenn Ihr keine bessren Bürgen wisst
und zahlt Eure Schuld nach Jahres Frist!"

Kaum glaubt man noch den Schuldner zu sehn,
als Richard spät an die Pforte klopft –
der Abt beendet eben sein Mahl.
Der Ritter prüft des Pfaffen Herz
und bittet um kurzen Aufschub der Frist.
Mit kaltem Blick verweigert der Abt,
ohne den Ritter zur Tafel zu laden.
Hart fordert er: Gold oder Land.

Münze für Münze wirft Richard im Zorn
400 Pfund in Gold auf den Tisch.
Über Fett und Lachen von schwerem Wein
rollen sie bis über den Rand,
mit wildem Geklingel fallen sie.
Mit rotem Kopf und schwitzend vor Gier
die feisten Knie' in Pfützen und Dreck
sammelt der Pfaffe die Goldstücke auf.

Genau auf den Tag ein Jahr darauf
schickt St. Mary's schändlicher Abt
seinen Kellerer durch Sherwood.
Von Robin Hood, der Richard erwartet,

der seine Schuld begleichen soll,
wird der Mönch zum Mahl geladen.
Mit falschen Blicken der Pfaffe schwört
bei Jungfrau Maria, er habe kein Gold!

„Hat dich die heilige Jungfrau nicht
geschickt, um das Darlehen zu bezahl'n?
Die Frist ist um auf den heutigen Tag!"
Derweil prüft Scarlet mit kundigem Blick
des Kellerers Taschen und ruft entzückt
„Seht den Beutel mit 800 Pfund!"
„Nun habt Ihr doch mein Gold gebracht
mit reichlich Zinsen noch dazu."

Spät abends trifft Ritter Richard ein:
„Verzeiht, dass ich euch warten ließ,
ein armer Landmann brauchte Schutz."
„Der Schwachen Schutz ist Ehrenpflicht",
wird der Ritter froh empfangen.
„Ich bringe euch die 400 Pfund,
die Ihr so großherzig geliehen habt,
und diesen Bogen samt Köcher als Dank."

„Behaltet das Gold - getilgt ist die Schuld,
denn eben sandte die Jungfrau Maria
als Boten aus ihrem eigenem Haus
den Kellerer ihres Klosters St. Mary,
um Eure Schuld mir zu begleichen,
mit 800 Pfund - - zuviel der Zinsen!
Nehmt diese 400 Pfund von mir,
um Euren Nachbarn beizusteh'n!"

So endet die Geschichte vom reichen Gastmahl für einen armen Ritter, mit einem Pakt der Freundschaft besiegelt! Robin fragt Alan, ob er Lust hat, ihnen nun etwas mehr über Robin Hood zu erzählen.

„Ich weiß zwar auch nur, was meine Familie aus dem Buch vorgelesen hat, aber das will ich euch gerne berichten."

Alan setzt sich bequem zurecht und beginnt. „Robin Hood lebte zur Zeit von Richard Löwenherz in England. Kurz vorher hatten die Normannen das sächsische Land erobert und das Volk wurde von den fremden Baronen unterdrückt und ausgeplündert.

Als König Richard Löwenherz den englischen Thron übernahm, war es sein Ziel, für Gerechtigkeit zu sorgen, um endlich Frieden zwischen seinem Volk und dem gierigen Adel zu schaffen.

Unglücklicherweise wurde er vom Papst berufen, das Kreuz zu nehmen: Er sollte nach Jerusalem gehen und die heiligen christlichen Stätten von den Mohammedanern befreien.

Sobald er abgereist war, riss sein eifersüchtiger Bruder Prinz John die Macht an sich. Er unterstützte die normannischen Unterdrücker und bereicherte sich am sächsischen Landvolk. Seine Herrschaft war ein Regiment des Unrechts und der Willkür und viele Menschen, die alles verloren hatten, flohen in die Wälder.

Einer von ihnen war der sächsische Earl of Huntingdon. Auch er wurde geächtet und man nahm ihm seinen Besitz und den Namen. Im Wald nannte er sich fortan Robin Hood und schwor, bis zu Richards Rückkehr vom Kreuzzug gegen die Unterdrücker zu kämpfen. In Zukunft würde er den Armen helfen und die Schwachen und die Frauen schützen. Er nahm sich vor, der Jungfrau Maria zu dienen und ein gottgefälliges Leben zu führen.

Er scharte viele andere Geächtete um sich und gründete mit ihnen die Brotherhood of Merry Men – die Bruderschaft der glücklichen, freien Männer. Alle Mitglieder der Bruderschaft mussten einen Schwur auf Robins Grundsätze ablegen.

Im Sommer lebten sie in Sherwood Forest, den die Bauern der Umgebung auch Greenwood nannten. Im späten Herbst zogen sie sich in ihr Winterlager im Wald von Barnesdale zurück. Von diesen sicheren Verstecken aus überfielen sie reiche Adlige und Kirchenfürsten. Sie nahmen ihr Gold und verteilten es an das Hunger leidende Volk.

Besonders gefürchtet waren Robins Einladungen zum Gastmahl, bei denen das Opfer reich bewirtet wurde und mit seinem gesamten Hab und Gut dafür bezahlen musste – der Gast wurde bis auf die Leibwäsche ausgeplündert.

Einer der Gäste war Richard of the Lea, wie es im Lied besungen ist. Und wie das Lied beweist, konnten arme Reisende auch reich von Robin beschenkt werden – selbst wenn es arme Normannen waren!

Ihrem Erzfeind, dem bösen Sheriff von Nottingham, spielten sie manch üblen Streich und Robin Hood machte sich einen Spaß daraus, den Sheriff der Lächerlichkeit preiszugeben.

Seine Abenteuer wurden im ganzen Land bekannt und das Volk lachte über den Sheriff. So wurde Robin Hood zum berühmtesten Geächteten aller Zeiten und zum Volkshelden, den man bis heute in tausend Liedern und Geschichten verehrt."

Robin Cat ist fasziniert von Alans Bericht. Er ruft aus: „So wie Robin Hoods treue Bruderschaft wollen wir sein! Lasst uns die Brotherhood of Merry Catz gründen und einen Schwur ablegen!"

Alle stimmen begeistert zu. Sie stellen sich in einer Reihe auf und wollen sofort schwören. Mit feierlicher Stimme ruft Robin: „Wir von der Bruderschaft der freien Katzen schwören, gemeinsam gegen Unrecht und Tyrannei in unserem Viertel zu kämpfen.

Wir wollen die schwachen Katzen, die sich nicht selbst helfen können, beschützen und unser Essen mit den Notleidenden teilen. Die Kätzinnen, die unsere Jungen gebären, stehen unter unserem besonderen Schutz und wir wollen nicht dulden, dass ihnen Leid zugefügt wird. Das schwören wir!"

Alle Katzen schwören. Selbst Gilbert Whitehand, der für einen Augenblick seine Balgerei mit Olly und ihrer Schwester unterbricht, hebt eine weiße Pfote und fiept mit zarter Kinderstimme: „Ich schwöre."

Und Will Scarlet meldet sich mit einem weiteren Vorschlag zu Wort: „Unsere Bruderschaft braucht natürlich auch einen Anführer. Wir wollen Robin Cat zu unserem Oberhaupt wählen."

Little Cat John brummelt: „Das ist er doch längst - und so soll es bleiben."

Alle Catz der Bruderschaft stimmen zu, denn niemand in der Runde wird so verehrt und geliebt wie Robin: Seine Herrschaft beruht auf Freundschaft und Solidarität - die Mitgliedschaft bei den ‚Merry Catz' ist freiwillig und jede Stimme wird bei der Beratung gehört. Nicht Machtgier hat ihn zum Anführer gemacht, sondern sein großer Mut, sein Witz, seine Intelligenz und seine Fähigkeit, Freunde zu gewinnen und für ihr gemeinsames Ziel zu begeistern!

Nachdem die Zeremonie beendet ist, schlägt Robin vor, ihr Versteck rund um die Eiche bis zu den dornigen Hecken, einschließlich der Landspitze vor dem Sund, ab heute Barnesdale Park zu nennen.

Alle sind einverstanden: Vierunddreißig Katzenpfoten und eine Kinderhand trommeln ihr ‚Ja' auf den Boden.

Es ist September geworden und die drückende Sommerhitze lässt langsam nach. Auch die neuen Mitglieder der Brotherhood haben nun jeden Baum, jeden Strauch im Park beschnüffelt und kennen die kürzesten Fluchtwege. Selbst im Dunkel der geheimen Gänge sind sie in der Lage, jedes Ziel im Viertel auf kürzestem Weg zu erreichen.

William Lightfoot als schnellster Läufer und der überragende Kundschafter Sylvester Brighteye sind die meiste Zeit im Viertel unterwegs. Sie beobachten den Feind und seine Operationen im Block.

Eines Tages kommt Lightfoot atemlos aus einem der Gänge gestürzt. Er ruft nach Alan, der mit Will und John am Ufer des Great River hockt, wo sie ihrer Lieblingsbeschäftigung nachgehen: Sie fangen Barsche, die in Scharen silbrigen Jungfischen an der Wasseroberfläche nachjagen.

Lighty, wie die Freunde ihn seit seiner Prüfung nennen, berichtet hastig: „Alan – deine Alice ist leichtsinnig geworden und klettert wieder auf dem Dach herum. Roger dürfte es mittlerweile auch erfahren haben, denn während wir in unserem Ausguck lagen, kam einer der Soldaten vorbei. Und als er Alice auf dem Dach bemerkte, verschwand er verdächtig schnell."

„Das ist schlimm. Ich befürchte, Roger wird sie jetzt nicht mehr aus den Augen lassen!", sagt Alan besorgt. „Ich traue ihm zu, dass er ihr von seinen Leuten den Rückweg in die Wohnung versperren lässt und dann auf dem Dach über sie her fällt oder sie entführt. Wenn ich sie nur dort wegholen könnte!"

John und Will haben inzwischen ihre Angelei unterbrochen und lauschen gespannt dem Bericht ihres Kameraden Lightfoot. Nachdenklich blicken sie auf Alan und überlegen, wie sie ihm helfen können.

Will Scarlet ergreift das Wort: „Vielleicht ist das eine gute Gelegenheit, Guy of Gisbourne mal wieder eine Lektion zu erteilen.

Wir waren den ganzen Sommer über häuslich und brav. Wahrscheinlich fühlt sich der Bursche inzwischen sicher. Alan – glaubst du, Alice würde ihre Familie aufgeben und dir in den Park folgen?"

„Ich weiß es nicht, Will. Ich müsste sie fragen, ob sie dazu bereit ist. Es ist keine leichte Entscheidung, das sichere und bequeme Leben bei den Menschen aufzugeben für eine riskante Existenz in der Unabhängigkeit. Aber es ist möglich, dass ihre Neugier über die Ängstlichkeit siegt."

Will entwickelt seinen Plan weiter: „Wir dürfen wohl davon ausgehen, dass sich Roger of Doncaster unbeobachtet fühlt. Wie ich Lighty und Brighty kenne, hat sie nicht einmal ein Mäuschen in ihrem Versteck entdeckt."

Stolz spreizt der zierliche Lightfoot bei diesem Lob sein Fell. Will fährt fort: „Wenn sich Roger sicher fühlt, wird er glauben, er hätte leichtes Spiel. Er dürfte also kaum die ganze Truppe mitbringen, sondern höchstens drei oder vier seiner Soldaten.

John – was hältst du davon: Wollen wir mit Alan, Much und Lighty Alice besuchen und sie fragen, ob sie zu uns kommen will? Mehr von uns werden kaum nötig sein."

John überlegt kurz und schlägt vor, Robin Cat zu befragen, wie er ihren Plan beurteilt. Die vier Freunde gehen los und finden Much und Robin wie erwartet bei der Eiche.

Robin liegt auf seinem Ast und brummt im Tiefschlaf vor sich hin, während Much unter dem Baum dösend versucht, die kätzische Variante von Rodins Denkerpose nachzustellen. John ruft: „Wacht auf, ihr Nachtmützen. Wir haben etwas zu besprechen."

Much springt auf und kommt eifrig angelaufen. Robin blinzelt dagegen schläfrig und reckt sich ausgiebig. Gemächlich springt er von seinem Ast und tritt zu den Freunden.

„Euer verschwörerischer Gesichtsausdruck lässt Schlimmes ahnen. Also raus mit der Sprache – was habt ihr vor?"

John und Will blicken verlegen zu Alan. Endlich entschließt sich John, mit ihrem Plan herauszurücken: „Alice ist in Gefahr. Roger wird sie wahrscheinlich belauern und auf einen günstigen Augenblick warten, um sie zu schnappen. Wir würden ihm gerne zuvorkommen und sie in den Park holen."

„Und wer soll das tun?", fragt Robin.

„Nur wir vier und Much, wenn er mag."

John schaut fragend zu Much, der seinen Eifer bereits kaum noch zügeln kann. Endlich mal wieder ein richtiges Abenteuer. Käme jetzt gerade recht! Robin durchdenkt das Vorhaben gründlich und versucht, die Risiken einzuschätzen. „Wenn ihr vorsichtig seid, könnte es klappen. Eine größere Gruppe wäre zu auffällig, die Aktion muss still und in aller Heimlichkeit ablaufen. Und noch etwas: Wenn ihr ihn packen könnt, sollte Roger nicht lebend davonkommen – dann wären wir einen gefährlichen Gegner und Strategen los und ihr hättet gleichzeitig Guys Image einen schweren Schaden zugefügt.

Aber eine Bedingung, Lightfoot! Du bleibst am Eingang zum Schacht, um ihn zu bewachen – auch wenn es dir schwer fällt! Einer von euch muss den Fluchtweg offen halten, um uns zu benachrichtigen, wenn etwas schief geht. Und du bist nun mal der schnellste von uns allen."

Lightfoot ist enttäuscht. Zu gerne würde er die Chance nutzen, sich im Kampf zu beweisen, aber er sieht ein, dass Robins Anweisung vernünftig ist.

Robin bemerkt Lightfoots große Enttäuschung und ahnt als kluger Anführer den Grund. Deshalb macht er einen diplomatischen Vorschlag, der Lightfoot den Verzicht erleichtern soll: „Du weißt, wie wichtig deine Aufgabe ist. Am liebsten würde ich euch deshalb begleiten und bei dir bleiben, während die anderen Alice befreien – einverstanden?"

Lightfoot ist beglückt von dem Angebot, das ihn für den Verlust an Kriegsruhm entschädigen soll und die anderen sind stolz, dass Robin sie diese wichtige Aufgabe selbständig übernehmen lässt. Will blickt hoch und prüft den Stand der Sonne.

„Es bleibt genügend Zeit – Alice ist sicherlich noch auf dem Dach. Wenn ihr einverstanden seid, können wir die Sache gleich jetzt erledigen. Dann haben wir es bis heute abend hinter uns. Je eher wir angreifen, desto überraschter wird der Gegner sein und wir haben es leichter."

Zustimmend schauen die Freunde ihn an und hoffen ungeduldig, dass es endlich losgeht. Sie überlassen Lightfoot die Führung und verschwinden nacheinander in der Drainage.

Schweigend marschieren sie durch die Tunnel und Schächte bis zu einem Ausgang, der Alices Haus am nächsten liegt: Sie stehen in einem Hinterhof der Fulham Road, nicht weit vom Rockabout Parkway entfernt.

Hier trennen sich die Freunde, nachdem Lightfoot umständlich beschrieben hat, wo sich Brighteye versteckt hält, um die Lage im Blick zu behalten. Robin und Lighty bleiben im Eingang des Tunnels versteckt, die vier anderen schleichen bis zum nächsten Haus und spähen vorsichtig um die Ecke.

Vor ihnen liegt ein gefährlicher Moment, denn sie müssen die Fulham Road überqueren. Was, wenn sie von einem der gegnerischen Späher dabei entdeckt werden? Innerhalb kürzester Zeit stünden sie Guys gesammelter Truppe gegenüber – eine Herausforderung, der die vier nicht gewachsen sind.

Und Guy würde sich die Chance kaum entgehen lassen, der Brotherhood mit ihrem Tod einen entsetzlichen Verlust zuzufügen! Entsprechend vorsichtig beobachten sie beide Seiten der Straße, bevor sie sich entschließen, ihre Deckung zu verlassen. Mit kurzen Sätzen überqueren sie endlich die Fahrbahn. Dicht hintereinander schleichen sie an der Häuserfront entlang.

Much schlägt vor, allein voraus zu gehen. Er will Brighteye finden, während die anderen im Schutz eines Vorgartens zurückbleiben. Much biegt vorsichtig in den Parkway ein und streicht dicht an Brighteyes Schlupfwinkel vorbei, ohne ihn zu bemerken. Der Kundschafter gibt ein leises Signal.

Fast erschreckt bleibt Much stehen, sichert kurz mit erhobener Nase, erkennt den Freund und schlüpft zu ihm ins Versteck hinter dem Pfeiler eines Vorgartens, schräg gegenüber von Alices Haus.

„Ist inzwischen etwas passiert, Brighty?“, fragt er.

„Leider ja, Much! Wie wir befürchtet haben, ist Roger gekommen und er hat fünf Soldaten mitgebracht.

Er war eben noch dabei, alle Fluchtwege zu verstellen und hat sich wahrscheinlich bereits an Alice herangemacht. Bis vor einigen Minuten hatte sie die Burschen allerdings noch nicht bemerkt! Wenn du dich zur Ecke vorschiebst, hast du einen guten Blick auf Alices Haus.“

Much gleitet mit flach an den Boden gepresstem Körper Zentimeter für Zentimeter vor. Die Nase dicht über dem Pflaster, wagt er einen Blick um die Ecke. Er sieht Alices Haus: Auf dem Dach kauert sich Alice inzwischen ängstlich auf einen Schornstein. Darunter auf der schwarzen Dachpappe ein dunkler Kater mit dreieckigem Gesicht und schlankem Körperbau, der sich eitel die Pfoten leckt. Das muss Roger sein, der Alice belauert!

Vor dem Haus zwei Soldaten: Einer liegt direkt vor dem Eingang, der andere hockt mitten auf dem Bürgersteig und blickt die Straße hinunter. Zwei weitere Kater sind auf dem Dach verteilt, den fünften kann Much nicht entdecken – wahrscheinlich sichert er die Rückseite. Lautlos zieht sich Much wieder zurück.

Er flüstert Brighteye ins Ohr: „Behalte die Kerle im Auge und pass’ auf, was sie tun. Ich hole schnell die anderen. Wir sind keine Minute zu früh gekommen – es bleibt uns keine Zeit. Wir müssen Alice sofort da rausholen! Kommst du mit, wenn wir die Bande angreifen?“

„Was hast du denn gedacht? Meinst du, ich bleibe hier hocken und warte, bis es gebratene Mäuse regnet?“, wispert Brighteye zurück.

„Danke, Brighty! Wir brauchen Deine Hilfe!“

Unauffällig wie er gekommen ist, schleicht Much zu den wartenden Freunden. Besonders Alan war während Muchs Abwesenheit kaum zu halten: Am liebsten wäre er ohne Besinnung zu seiner Alice gestürzt. Sein Schwanz peitscht nervös hin und her, einmal Scarlet mitten durchs Gesicht. Erleichtert springt Alan auf, als er Much endlich sieht.

„Wie steht es? Kommen wir noch rechtzeitig?“, bestürmt er Much.

„Ja, aber wir müssen uns ranhalten – Roger ist schon da und er wird aufdringlich! Es scheinen fünf seiner Leute bei ihm zu sein.“

Und er erklärt genau, wo jeder der Gegner steht.

„Also brauchen wir einen Schlachtplan, um an sie heranzukommen, ohne dass sie uns bemerken. Zu dumm, dass wir Robin nicht dabei haben – dem wäre sicher ein Trick eingefallen!“, meint John.

„Das kriegen wir auch alleine hin“, antwortet Will. „Ich bin dafür, wir versuchen es von der Rückseite her. Wenn wir den Weg durch die Hinterhöfe von der Fulham Road aus nehmen, kommen wir bis an das Grundstück. Ihr anderen bleibt in der Deckung zurück, während ich mit Much faul über den Hof schlendere.

Much – du machst dabei auf verspieltes Katzenkind und ich tue ein bisschen blöd, das wird mir wohl nicht schwerfallen! Wenn wir dicht genug heran sind, schnappen wir uns den Kerl. Vielleicht können wir ihn sogar ausschalten, ohne die beiden Stubenhüpfer vorne etwas merken zu lassen.

Sobald wir mit ihm fertig sind, schleicht ihr am Haus vorbei zur Straße und kommt von rechts. Much und ich versuchen, uns von links her um das Haus herum zu drücken. Dann nehmen wir die beiden Straßenposten in die Zange.

Und danach müssen wir abwarten, was auf dem Dach passiert. Wenn einer der Kissenhocker da oben Fracksausen bekommt und abhaut, geben wir ihm nur ein paar Ordnungsschellen mit auf den Weg.

Aber Roger greifen wir uns und seifen ihn ab. Robin hat uns eingeschärft, ihn auf keinen Fall entkommen zu lassen! Männer – ist alles klar? Bei dir auch, John?“, witzelt Will respektlos.

„Scarlet, altes Lästermaul – ich bin zwar etwas langsam in der Murmel, aber nicht dämlich. Wart's ab.“

Schmunzelnd knufft er seinen Freund in die Seite.

„Na, dann los. Lasst uns keine Zeit vertrödeln, Kameraden.“

Much übernimmt die Führung, denn unterwegs müssen sie noch Brighty abholen, der sie ungeduldig in seinem Versteck erwartet. Bei ihm im Vorgarten eingetroffen, erklären sie in aller Kürze ihren Angriffsplan und machen sich auf den Weg. Sie kehren unauffällig zurück in die Fulham Road, überqueren eilig den Parkway und schleichen durch die Hinterhöfe und Gärten.

Nach wenigen Minuten finden sie sich an der Rückseite von Alices Haus wieder. Tatsächlich entdecken sie auf der Stufe vor der Gartentür Rogers fünften Helfer – gut, dass es nicht zwei sind! Das hätte ihren Plan, einen Überraschungsangriff auszuführen, empfindlich gestört, denn zwei Soldaten ließen sich unmöglich ausschalten, ohne die Aufmerksamkeit der beiden Wächter vor dem Haus zu erregen.

Much schaut sich kurz nach Will um und springt los. Er spielt den jungen, unterwürfigen Kater, der verspielt und planlos durch die Gegend stromert. Will folgt ihm mit hängendem Kopf und unsicher tapsend. Sofort richtet sich Rogers Soldat auf und gibt ein drohendes Fauchen von sich, um die Störenfriede zu vertreiben.

Much tut, als ob er den Fremden eben erst sieht und springt voller Spielfreude mit hoch erhobenem Schwanz auf ihn zu. Scarlet maunzt kläglich, als wolle er seinen unreifen Gefährten halten, und folgt ihm mit wackligen Schritten.

Buckelnd und knurrend erhebt sich jetzt der Soldat und geht auf die beiden zu. Offensichtlich muss er ihnen eine Lektion erteilen! Aber ehe er reagieren kann, ist Will plötzlich über ihm und packt ihn im Genick. Das Kreischen erstickt dem Feind im Rachen, als Will ihm mit leisem Knacken die Wirbelsäule zerbeißt und das Rückenmark durchtrennt.

Kein Laut mehr ringsum. Nur das meckernde Schnarren einer Elster verhallt im Hof: „Vorsicht – Feinde“, verkündet sie den Bewohnern der Bäume und Büsche ringsum.

Unsicher blickt Much in die Runde, während Will den leblosen Körper des Gegners zu Boden gleiten lässt. Nichts rührt sich – ihre Taktik scheint zu funktionieren!

John, Alan und Brighty kommen aus ihrem Versteck und eilen vorwärts in Richtung Straße. Will und Much schleichen dicht an der Hausmauer entlang, um von der anderen Seite her die Falle zuschnappen zu lassen.

Kurz darauf späht Will vorsichtig um die Ecke des Gartenmäuerchens und entdeckt die beiden Kater vor dem Haus. Einer liegt oben vor der Tür und döst vor sich hin. Der andere kratzt den Boden neben einem Straßenbaum auf und verrichtet sein Geschäft.

Es sollte sein letztes sein!

Sorgfältig bedeckt er seine Hinterlassenschaft mit lockerer Erde. Glücklicherweise klettert er nun die wenigen Stufen bis zur Haustür hinauf und legt sich zu seinem Kumpan. Ganz hinten, am Ende des Grundstücks, erkennt Will seinen Freund John, der ebenfalls um die Ecke starrt.

Beide schleichen jetzt jeweils von ihrer Seite aus die Straße entlang, von den Einfriedungen der Vorgärten gedeckt, und dicht gefolgt von Brighty, Much und Alan. Vor dem Eingang zu Alices Haus angekommen, machen sie ohne jede Taktik kurzen Prozess.

Die fünf Freunde fallen über die beiden ahnungslosen Kater her, die bis zur letzten Sekunde mit keinem Angriff rechneten. John greift sich den ersten und versetzt ihm einen Prankenhieb, der dem Gegner das Fell zerfetzt und eine tiefe Wunde reißt, an der er wenig später verblutet.

Will und Alan verpassen dem anderen währenddessen abwechselnd knackige Schellen. In höchster Panik kreischend, springt er über das Geländer, das ihn vom Vorgarten trennt, in die Tiefe und flüchtet mit riesigen Sätzen die Straße hinunter, als hätte ihm jemand eine brennende Fackel an den Schwanz gebunden. Die Freunde lassen ihn ziehen, denn auf ihn hatten sie es nicht abgesehen!

Much und Brighty sind unzufrieden, dass ihnen Alan, John und Will keinen Gegner übriggelassen haben. Will lacht und sagt: „Bisher ging doch alles prima. Die drei da oben dürften jetzt ahnen, was die Uhr geschlagen hat. Ihr beide schnappt euch Rogers Kumpane. Roger selbst bleibt für Alan reserviert. Keine Angst, Alan – wenn es eng wird, hilft dir John ein bisschen aus!“

Die fünf Abenteurer müssen nicht lange rätseln, wie es weitergehen soll: Durch die offen stehende Haustür hören sie das Trappeln leichter Füße, die möglichst unauffällig die alten Holzstufen herunter eilen.

Vier Freunde verbergen sich als Empfangskomitee hinter der Haustür und warten ab, während John sich neben der untersten Stufe versteckt, damit niemand entkommt.

Zwei junge Burschen erscheinen fauchend und knurrend in der offenen Tür – das Rückenfell gesträubt und mit ängstlich zuckendem Schwanz. Much verpasst dem ersten zur Begrüßung eine Ohrfeige, Brighty tut es seinem Freund mit dem anderen gleich.

Verängstigt wollen die beiden in den Hausflur flüchten, wo Will und Alan warten. Sie hämmern den beiden je einen Schlag an den Kopf und treiben sie zurück vor das Haus.

Hier müssen sie weitere Knüffe von Much und Brighty einstecken, bis die beiden Freunde den Weg zur Straße freigeben, damit die kreischenden Soldaten von Entsetzen getrieben flüchten können.

John, der feixend die Schlacht von unten verfolgt hat, ohne einzugreifen, stellt befriedigt fest: „Der erste Teil wäre geschafft!"

Will grinst zurück und bemerkt: „Viel ist nicht los mit Guys Truppe. Wenn die alle so sind, haben wir bis zum nächsten Frühjahr mit ihnen aufgeräumt! Aber jetzt kommt dein Einsatz, Alan."

Dem ist gar nicht wohl bei dem Gedanken an seinen ersten Kampf auf Leben und Tod. John, der Alans Unsicherheit spürt, stärkt seine Zuversicht mit aufmunternden Worten: „Alan - du hast so oft im Training mit Will und mir gekämpft und dabei immer eine gute Figur gemacht. Glaubst du, dass es schlimmer kommen kann? Außerdem sind wir dicht bei dir - es kann also nichts passieren! Und denk' an deine Alice. Was meinst du, wie stolz sie auf dich ist, wenn sie sieht, wie mutig du sie verteidigst!"

Bei dem Gedanken an Alice vergisst Cat Alan seine Furcht. Mit wütendem Knurren verschwindet er im Dunkel des Flurs und jagt entschlossen die hölzernen Stufen empor. Stolz blicken John und Scarlet ihm nach und beeilen sich, dem leichtfüßigen Alan zu folgen. Much und Brighty sind schon unterwegs.

Am Ende der Treppe steht die Tür zum Dach einen Spalt weit offen. Nacheinander schieben sich die fünf Krieger hindurch und betreten das Dach. Im hellen Tageslicht verengen sich ihre Pupillen zu Schlitzen, um nicht geblendet zu werden. Will bleibt an der Tür - niemand wird an ihm vorbei durch den Hausflur flüchten!

Die anderen verteilen sich mit bedächtigen Schritten über das Dach. Sofort entdeckt Alan seine Alice, die verängstigt auf einem Schornstein liegt. Als sie Alan kommen sieht, geht ein leichtes Zittern durch ihren schlanken Körper. Mit eleganter Bewegung springt sie auf und steht wie eine erhabene Statue der Göttin Bastet in voller Schönheit im Sonnenlicht.

Gott, wie bezaubernd sie ist! Alan verharrt voll Bewunderung und Liebe und blickt sie sanft schnurrend an. Jetzt weiß er, dass Gefahr und Mühe sich lohnen und ist bereit, seinem Nebenbuhler den Garaus zu machen.

John hat Roger inzwischen hinter einem Mäuerchen aufgespürt, wo er in einer Ecke kauert. Johns kurzes, böses Fauchen reicht als Signal für die Freunde.

Roger hat die Schreie seiner Gefährten gehört, wie auch früher die Gerüchte über Robin Cats gefährliche Freunde zu ihm durchgedrungen sind und er ahnt, was ihm blüht.

Von seiner anmaßenden Selbstsicherheit ist ihm nichts geblieben. Angstvoll starrt er auf den mächtigen John und erwartet sein Schicksal ohne jede Gegenwehr.

Ratlos blickt John auf Alan, der mittlerweile neben ihm steht. Einen kämpfenden Gegner kann er töten, aber einen wehrlosen? Hilflos erwidert Alan seinen Blick und knallt Roger sozusagen zur Aufforderung eins an den Kopf. Als einzige Reaktion drückt sich der Nebenbuhler noch enger an das Mauerwerk und legt die Ohren an.

„Soll ich diesen Jammerlappen wirklich erwürgen, John?"

Und zu Roger sagt Alan: „Hör' jetzt genau hin, du Plüschtiger! Wir haben zwar den Auftrag, dich zu erledigen, aber ich lasse dir eine letzte Chance. Entweder ich mache dich nieder oder du verschwindest aus dem Viertel, ohne dich von Guy oder jemandem sonst zu verabschieden! Such' dir ein neues Plätzchen in Stratham oder noch weiter weg. In unserem Revier will ich dich nie wieder sehen. Hast du mich verstanden? Überlege dir gut, was du jetzt sagst – eine zweite Chance gibt es für dich nicht!"

Roger muss nicht lange nachdenken: „Ich verschwinde und ich werde mit niemandem sprechen – mein Ehrenwort."

Alan glaubt ihm, denn welcher eitle Kater gibt freiwillig seine tiefste Schande preis? Mit hängendem Kopf schlurft Roger auf das Treppenhaus zu. Will gibt den Weg frei und Roger ist aus ihrem Leben verschwunden.

Jetzt endlich kann Alan sich seiner Liebsten zuwenden, die jede Bewegung von ihrem erhöhten Posten aus verfolgt. Wie stolz sie auf ihren Alan ist! Nie hätte sie diesem feinsinnigen Poeten solch einen entschlossenen Auftritt zugetraut!

Mit einem anmutigen Satz springt sie von ihrem Hochsitz herunter auf das Dach und berührt ihn zärtlich mit dem Kopf – wieder und wieder streifen die beiden verliebt umeinander.

Lautlos stehen die anderen dabei und bestaunen das schöne Paar. John denkt versonnen daran, wie wunderbar es wäre, wenn er auch eine Freundin hätte!

Nur Will zwingt sich abrupt, an ihre heikle Lage zu erinnern: Schnell könnte sich das Blatt gegen sie wenden, sollte Guy, von den Flüchtlingen informiert, rasch genug eine Streitmacht versammeln, um es mit ihnen aufzunehmen. Dann säßen sie plötzlich auf dem Dach in der Falle! Sanft mahnt Will zum Aufbruch: „Alan - wir müssen weg. Hier sind wir nicht sicher."

Alan erklärt seiner Liebsten ihre Absicht, sie in den Park mitzunehmen. Er erzählt ihr mit wenigen Worten von dem freien Leben im Barnesdale Park und dass sie dort Frieden und Schutz finden, bis Guy beseitigt ist und alle Katzen zu ihren Familien zurückkehren können.

„Willst du mich begleiten, Alice?"

„Was soll ich denn ohne dich tun? Du siehst ja, was hier passiert, während du dir mit deinen Freunden ein schönes Leben machst!"

Und nach kurzem Nachdenken fügt sie hinzu: „Natürlich gehe ich mit - wer soll sich sonst um dich kümmern?"

Verschmitzt grinsen sich die wartenden Freunde an und Will drängt jetzt endgültig zum Aufbruch. Während die sinkende Sonne sich müde an einen Schornstein auf der anderen Straßenseite lehnt, rückt die Gruppe ab.

Will geht voran und John übernimmt wie üblich die Nachhut.

Die Freunde ahnen nicht, wie berechtigt Scarlets Sorge war: Guy ist mit einer gewaltigen Truppe seiner stärksten Kater unterwegs, um sie abzufangen. Als er wenig später den Kampfplatz erreicht, findet er nur noch die beiden toten Soldaten am Haus, während Roger für alle Zeiten verschwunden bleibt.

In einem Tobsuchtsanfall faucht und knurrt er und wetzt die Krallen am blanken Gestein. Zum ersten Mal in seinem Leben spürt der fürchterliche Guy so etwas wie Angst! Angst vor einem Gegner, den er nicht packen und niederwerfen kann.

Und die Nachricht von der erneuten Niederlage verbreitet sich rasch: Von jetzt an weiß jede Katze im Viertel, dass der Tyrann im Park Widersacher hat, die ihm trotzen und gefährlich werden können.

Derweil sind die Geächteten am Eingang in die Unterwelt, wo sie ein äußerst nervöser Robin und ein gelangweilter Lightfoot erwarten.

Mit einem Blick erkennt Robin, die Mission war erfolgreich.

Niemand fehlt und außer der einen oder anderen Schramme gab es keine Blessuren. Erleichtert begrüßt er jeden der Kameraden mit einem freundschaftlichen Stups. Alice betrachtet er scheu und überlässt es Alan, ihn und Lighty mit ihr bekannt zu machen.

„Ich bin froh, dass du bei uns bist, Alice. Nun müssen wir uns nicht mehr um dich sorgen!“, wird sie von Robin begrüßt.

Die schöne Katze ist beeindruckt von dem stolzen Anführer der Geächteten. Was für ein ansehnlicher und verwegener Bursche! Also stimmen die Gerüchte, die zwischen sämtlichen Kätzinnen des Reviers kursieren! Fast so attraktiv wie ihr Alan!

Eilig macht sich die Gemeinschaft auf den Weg zurück in ihren geliebten Barnesdale Park, wo sie eines ihrer typischen Feste unter dem Trysting Tree erwartet.

Mit knappen Worten erstattet John auf dem Rückweg seinen Bericht und vergisst nicht, Alans Mut und sein großherziges Abkommen mit Roger hervorzuheben.

Insgeheim ist Robin froh, dass sie die Sache erledigen konnten, ohne auch noch Roger zu töten – es tut ihm um jede Katze leid, die ihr Leben lassen muss im Kampf gegen den Tyrannen!

Auch Lighty und Brighty gehen nicht leer aus: Robin und Alan danken für ihren mutigen Einsatz, ohne den Alice nicht hätte gerettet werden können!

Das Fest

In Barnesdale Park werden die Freunde mit Spannung erwartet, denn es hat sich herumgesprochen, in welch gefährlicher Mission das Trüppchen ausgerückt ist. Niemand ist zum Herumtoben aufgelegt - selbst der kleine Gilbert schaut angstvoll kauernd auf die anderen und lässt die Ohren nervös spielen.

Bis auf Simons Wachdienst hat sich die gesamte Bruderschaft um den Tunneleingang verteilt. Nahezu reglos warten sie auf die Rückkehr und kein Wort unterbricht die Stille. Nur das Spatzenvölkchen in den Bäumen tobt zwitschernd und tschilpend gegen das lastende Schweigen an und von der kleinen Wiese am steinernen Löwen rollt das kehlige Blaffen eines Rottweilers herüber.

Endlich hört Peterkin, der als vorgeschobener Horchposten tief im Tunnel lauert, leises Getrippel, das in der Ferne der unterirdischen Gänge hallt. Als er die ersten Stimmen erkennt, rast er mit riesigen Sätzen zurück ins Lager und ruft: „Sie kommen - ich habe Robin und Little Cat John gehört!"

Das Trippeln kommt näher und die Bruderschaft hat sich nun rund um Peterkin geschart. Zur Sicherheit ziehen sich Olly und ihre Schwester mit Gilbert in den Hintergrund zurück.

Robins lauter Ruf erschallt: „Freunde! Wir haben Alice und niemand ist verletzt!"

Alle schwatzen jetzt befreit durcheinander und jeder will die schöne Fremde begrüßen. Neugierig kommen auch die Schwestern angelaufen und Gilbert dappelt vergnügt hinterher. Alan wird von den wartenden Kameraden erleichtert geknufft, bis er sich kaum noch auf den Beinen halten kann.

Lachend lässt er sich auf die Seite fallen und jammert: „Erbarmen - einen zweiten Straßenkampf überstehe ich heute nicht!"

Robin ruft die übermütige Bande zur Ordnung. Feierlich stellt er Alice als neues Mitglied der Bruderschaft vor: „Ihr seht, dass unser Einsatz erfolgreich war. Alan hat nun endlich seine Alice bei sich und wir haben heute allen Grund, zu feiern.

Und es gibt noch zwei weitere Anlässe, aber darüber sprechen wir später. Lasst uns jetzt Fische und Mäuse fangen im Überfluss, damit keiner von uns beim Festessen hungert." Robin schickt verschmitzt einen vielsagenden Blick zu John.

Das lässt sich niemand zweimal sagen – alle Catz jagen auseinander, um ihr Glück bei der Pirsch zu versuchen. Selbst Will und John machen sich leicht mitgenommen, wie sie von dem Ausflug sind, auf den Weg zum Ufer, denn niemand fischt so erfolgreich wie sie.

Much und Robin gehen mit; nur Alan zieht es vor, Alice die Schönheit des Lagers zu zeigen: Die königliche Eiche, die eifersüchtig und gebieterisch ihren Platz behauptet und keinen anderen Baum in ihrer Nähe duldet.

Der saftige und von Mäusen wimmelnde Rasen – in der weiteren Umgebung von Buschgruppen und zwei kleinen Erlen durchbrochen, in denen die letzten Sonnenstrahlen den Schatten für heute die besten Plätze überlassen müssen. Der weite Blick über das Wasser und die ersten blinkenden Lichter von Battleham herüber, denn langsam sinkt nebliges Dunkel auf den Fluss.

Überwältigt von den neuen Eindrücken, legt sich Alice ins Gras. Von Ferne ruft das verträumte dee-dee-dee eines Black Capped Chickadee herüber und ein Artgenosse antwortet ebenso melodisch der Schwarzkopfmeise. Wie aufregend das Lager ist! Alice hatte zwar einiges von ihren Freundinnen gehört, denn heimlich gehen die Gerüchte im Viertel seit langem von Ohr zu Ohr. Aber keine von ihnen hat je den Barnesdale Park betreten, um sich selbst ein Bild zu machen!

Und noch niemals hat sie so viele Katzen versammelt gesehen. Katzen, die frei und unbefangen leben – ohne Rivalität und ohne Streit.

Glücklich blickt sie auf ihren Geliebten. Hier fühlt sie sich wohl und hier will sie später einmal ihre Jungen aufziehen.

Nach und nach tauchen immer mehr Catz auf, die ihre Jagdbeute zum Trysting Tree tragen. Als sich die Nacht über Bäume, Büsche und Wiesen legt und auch das letzte abendliche Himmelsblau in ein von den Lichtern der Stadt rötlich angehauchtes Schwarz übergeht, sind alle Catz an der Eiche versammelt.

Hungrig fallen sie über ihre Beute her – jeder sucht sich, was ihm am besten schmeckt: Fische, Berge von Mäusen und Ratten und einige junge Tauben stehen zur Wahl. Robin hatte in der Dämmerung seine Freunde Will und John verlassen. Er ging auch auf die Jagd und bringt nun als kulinarischen Höhepunkt ein ausgewachsenes Kaninchen angeschleppt. Ein seltener Leckerbissen, denn nur die Stärksten sind in der Lage, eine so gewichtige Beute zu schlagen!

Lange hört man zufriedenes Schmatzen und Schnurren im Lager – niemand hat es beim Essen eilig. Als sich John wie üblich als Letzter satt und faul zusammenrollt, fragt Robin: „Will, einige von uns wissen noch nicht viel über euer Abenteuer. Ich selbst kenne nur, was mir John in aller Kürze auf dem Rückweg berichtet hat. Magst du uns Unwissenden die Einzelheiten erzählen?"

Will Scarlet lässt sich nicht lange bitten – seine Kameraden haben sich vorbildlich bewährt und eine Ehrung ist mehr als angebracht!

„Ihr wisst, worum es uns in erster Linie ging: Wir wollten Alice befreien und das haben wir geschafft. Schaut euch die beiden verliebten Schmusekätzchen nur an, wie sie da hinten turteln!"

Alle blicken auf Alan und Alice, die sich schnurrend aneinander schmiegen. Etwas verunsichert halten sie ein, als sie spüren, wie sich die Blicke auf sie richten. Aber gleich schließt Alice wieder die Augen und legt ihren Kopf an Alans Schulter, so ungezwungen fühlt sie sich in der Runde ihrer neuen Freunde.

Will lächelt und fährt mit ernsterem Ton fort: „Aber das ist nicht alles. Wir hatten außerdem von Robin den Geheimauftrag, Roger of Doncaster auszuschalten und damit den feindlichen Strategen unschädlich zu machen. Das ist uns dank der Geschicklichkeit und dem Mut der Gruppe glänzend gelungen. Besonders muss ich Lighty, Brighty und Alan loben, für die es der erste gefährliche Außeneinsatz war!

Und es sind dabei nur zwei Gegner zu Tode gekommen. Roger haben wir mit einer Verwarnung ziehen lassen. Er dürfte inzwischen unser Viertel verlassen haben – gebunden durch den Schwur, es nie wieder zu betreten. Wir sind ihn also los."

Nach einem donnernden Applaus muss Will zeigen, wie er sich mit Much an den Hofwächter herangemacht hat: Wie Betrunkene torkeln die beiden im Lager umher. Und als Abschluss dann Roger und sein heiliges Versprechen: Wieder und wieder wird Alan aufgefordert, die Szene vorzuspielen, wobei Brighty sich bereit erklärt, Rogers Part zu übernehmen – nicht frei von leichten Übertreibungen.

Will liegt währenddessen bei seinem Freund John und beide schauen in bester Laune dem heiteren Treiben zu. Besonders John ist begeistert, denn wie jeder weiß, liebt er Geschichten, in denen er und seine Freunde die Hauptrollen spielen!

Als es langsam ruhiger wird, fragt Robin, ob Alan bereit ist, ihnen ein Robin Hood-Lied zu singen. „Gerne, denn was wäre ein Katzenfest ohne Lieder?", gibt er zur Antwort.

Er tritt in den lockeren Kreis, ganz dicht am Trysting Tree, und setzt sich zurecht. Es wird still, bis nur noch zart das aufgeregte Geschwätz der Blätter im Nachtwind zu hören ist.

Alan fragt die Freunde, ob sie die Geschichte kennen, wo Robin als falscher Metzger den Sheriff von Nottingham besucht und ihm nach allen Regeln der Verkleidungskunst eine schmerzhafte Lektion erteilt.

„Nein – kennen wir noch nicht!" Und: „Er-zäh-len, er-zäh-len!", schallt es ihm vielstimmig skandierend entgegen.

Er beginnt: „Robin Hood, der die Raffgier des Sheriffs kennt, verkleidet sich als Metzger und kauft bei den Bauern der Nachbarschaft eine Herde Kühe zusammen, die er mit dem Gold bezahlt, das er dem Sheriff vorher gestohlen hatte.

Mit den Bauern und Händlern der Umgebung plaudernd, die alle dem gleichen Ziel zueilen, treibt er die Rinder am Markttag über die große Landstraße nach Nottingham, um sie zu verkaufen.

Den vom Sheriff ausgeplünderten Bauern, die dort mit ihren armseligen Gütern Handel treiben, bietet er sie zu einem ungewöhnlich günstigen Preis, um sie für die Verluste zu entschädigen, die sie durch den räuberischen Sheriff zu erleiden hatten.

Der Sheriff hört von dem vorteilhaften Angebot. Er schickt seinen Hofvorsteher, die restlichen Kühe zu kaufen. Als er die Schar gutgenährter Rinder endlich in seinem Hof erblickt, eilt er hinunter und reibt sich glücklich über den guten Handel die Hände.

Listig denkt er sich ‚Wir wollen doch mal sehen, was das für ein einfältiger Bursche ist, der seine Rinder fast verschenkt – vielleicht hat er noch mehr zu bieten'.

Mit diesem Gedanken schickt er seinen Vorsteher zurück, um den Metzger zum Abendessen einzuladen. Robin Hood, der sich in seiner Verkleidung sicher fühlen darf, nimmt die Einladung freudig an und erscheint zur festgesetzten Stunde an der Tafel des Sheriffs.

‚Hast du nicht noch mehr Rinder? Ich würde sie dir gerne alle abkaufen', fragt er bei der zweiten Flasche Wein den Metzger.

‚Oh doch – ich möchte euch meinen ganzen Besitz anbieten! Ich habe zweihundertfünfzig Kühe und fünfundzwanzig Morgen Land von meinem Vater geerbt. Das will ich alles verkaufen und in London einen Handel eröffnen. Was meint ihr, was ich dafür bekommen kann?'

Der Sheriff bietet ihm lächerliche dreißig Pfund. Wider erwarten sagt Robin sofort: ‚Einverstanden. Lasst uns morgen gleich in der Frühe hinüber reiten und das Geschäft besiegeln'.

Der Sheriff ist hoch erfreut und reitet am nächsten Morgen mit dem Metzger und einer kleinen Eskorte los. Als sie am Wald von Sherwood ankommen, wird dem Sheriff bange.

Der Metzger beruhigt ihn, es sei nur noch ein kurzes Stück und führt die Gruppe tief in den Wald hinein.

Kaum stecken sie im Unterholz, stößt Robin Hood in sein Horn und eine Schar verwegener Waldleute taucht hinter den Bäumen auf. Selbst als sie dicht vor dem Sheriff stehen, sind sie in den braunen Hosen und ihrem grünen Wams kaum von den Eichen zu unterscheiden.

Ohne Warnung fallen sie über die Eskorte her und prügeln sie aus dem Wald. Der Sheriff wird mit verbundenen Augen zum Lager der Geächteten geführt. Dort bittet ihn Robin zu einem Gastmahl, um die großzügige Einladung vom Vorabend zu erwidern.

Die Waldläufer tafeln mit bestem Appetit - Braten, frisches Brot, Geflügel und Kannen von bestem Wein werden gereicht.

‚Und nun sollst du großzügig sein und uns das festliche Mahl vergüten', sagt Robin zu dem ängstlichen Sheriff.

Robins Männer nehmen die Satteltaschen an sich, in denen das Geld für die Rinder neben etlichen weiteren Goldstücken steckt. Dem Sheriff ziehen sie die kostbaren Gewänder aus und stecken ihn in raues, bäuerliches Tuch, das von einem Strick um den feisten Bauch gehalten wird. Lachend und johlend führen sie ihn nun mit verbundenen Augen aus dem Wald und jagen ihn zurück nach Nottingham, um ihn dem Gespött der Nachbarn auszuliefern."

So endet die Geschichte vom falschen Metzger.

Will und John knuffen sich gegenseitig vor Begeisterung in die Seiten und die anderen Merry Catz schwatzen heiter durcheinander.

„Ich habe dazu auch das passende Lied gedichtet - das würde ich gerne für euch singen", bietet Alan der Runde an.

Sofort tritt ehrfürchtiges Schweigen ein. Verliebt reibt sich Alice, die während der Erzählung immer näher an ihn herangerückt war, an seiner Wange und rollt sich dann zu Alans Füßen ein. Mit seiner sanften, aber kraftvollen Stimme beginnt er den Gesang, während die Kameraden reglos lauschen.

Alan-A-Dale's Song No. 3:
Das Lied vom falschen Metzger
Nach Nottingham zum Markttag eilt
ein falscher Metzger, der verweilt.

Verkauft das Rind weit unter Preis,
und spielt den Trottel, der's nicht weiß.

Sheriff lädt zu Speis und Trank,
Spiel vergnügt sie - und Gesang.

„Herrgott, segne unser Essen."
(Mög' er's Trinken nicht vergessen!)

Sheriff giert auf Metzgers Land,
dreißig Pfund nur - auf die Hand.

Alles will er - Vieh samt Weide,
der betrügerische Heide.

Falscher Metzger - locken - jagen,
Sheriff wird Verlust beklagen!

Folgt dem Metzger nach Sherwood,
nicht erkennt er Robin Hood.

Sheriff wird nun ausgeplündert,
Festschmaus kaum die Schmerzen lindert.

Hohngelächter, wilder Spott
jagt den Sheriff heim im Trott.

Alice blickt ihren Alan an und bittet ihn leise: „Singe es noch einmal für mich!"

Als Bestätigung klopfen alle Catz wortlos mit den Pfoten auf den Boden. So beginnt er das Lied aufs Neue - diesmal zu einer anderen Melodie und rhythmisch variiert, wobei er jeden Vers gleich zwei Mal bringt. So wird aus dem derben Bauernschwank eine kunstvolle Arie, die sich in langgezogenem Diskant bis über die Bäume schwingt.

Alle blicken jetzt in grenzenloser Bewunderung auf ihren guten Freund Alan.

‚Wenn er so kämpft wie er singt, wird Guy in Zukunft wenig Freude an ihm haben!', denkt Robin anerkennend. Und dass er auch ein kluger und mutiger Recke ist, hat er heute bewiesen!

Einige Katzen machen sich nun über die Reste ihres Festmahls her. Olly und Polly bieten Gilbert, der eben wieder erwacht, ein leckeres Mäuschen an, das er laut brummend beschnuffelt, um es dann Häppchen für Häppchen zu vertilgen. Die anderen liegen wohlig eingerollt im Gras und sinnen ihren Träumen nach, in denen ganz sicher der gefoppte Sheriff eine wichtige Rolle spielt!

Endlich ergreift Robin Cat das Wort: „Freunde – ich habe euch vorhin gesagt, dass es weiteren Anlass zum Feiern gibt."

Die gesamte Bruderschaft blickt ihn erwartungsvoll an. Freudige Spannung breitet sich im Lager aus.

Nach einer Kunstpause fährt Robin fort: „Ihr habt heute unser Liebespaar erlebt und wir sehen ihnen an, wie glücklich sie sind.

Wie viele von euch wissen, haben wir noch zwei heimliche Paare im Lager. Und nachdem sich die vier seit langem einig zu sein scheinen, wird es Zeit, offiziell ihre Verlobung bekannt zu geben!"

Lighty und Brighty drehen sich fragend zu Robin um und treten verlegen von einer Pfote auf die andere. Unsicher blicken sie zu ihren Freundinnen, die sich betont hingebungsvoll und energisch mit Gilberts Fell befassen: Ergeben in sein Schicksal lässt er nun die dritte Ganzkörperpflege des Abends über sich ergehen.

Die jungen Kater der Bruderschaft lachen ein wenig neidisch, die älteren seufzen ihren Erinnerungen hinterher und Robin schmunzelt seinen Freunden zu.

„Lighty! Brighty! Wie steht es jetzt mit euch? Habt ihr Olly und Polly nichts zu sagen?"

Lighty nimmt die Herausforderung an und wagt den ersten Schritt. Schüchtern geht er auf Olly zu und fragt, ob sie ihn gerne hat und mit ihm zusammenleben möchte.

Nachdem sein bester Freund den Anfang gemacht hat, traut sich auch Brighty zu fragen, ob Polly seine Kätzin werden will.

Beide wollen! Und so gratuliert die Bruderschaft den Paaren und wünscht ihnen alles Gute und vor allem viele Junge, wie besonders Robin sehnlichst wünscht!

Die Spätsommersonne steht hoch über den angeberisch aufragenden Türmen von Stratham, als sich Robin wohlig rekelt und seine kuschelige Schlafmulde verlässt. Will sitzt etwas abseits in der kleinen sandigen Bucht am Ufer und blickt über den Sund, wo kreuzende Segelboote im steifen Wind kränken. Robin entdeckt ihn auf seinem Morgenspaziergang. Er begrüßt den Freund und legt sich neben ihm auf den erwärmten Sand.

Will putzt ausgiebig sein dichtes Fell und sagt dann nachdenklich zu Robin: „Ich wundere mich über die Verlobung gestern. Ist das nicht Menschensitte? Ich habe noch nie gehört, dass so etwas bei Katzen üblich ist. Merkwürdiger Einfall von dir!"

Robin antwortet nicht gleich. Erst muss er seine Gedanken ordnen; so viele Pläne gehen ihm durch den Kopf. Endlich findet er die richtigen Worte: „Weißt du, Will - ich habe in der letzten Zeit oft darüber nachgedacht, wie es mit uns weitergehen soll. Solange wir fünf alleine waren, hatten wir es leicht. Wir sind die besten Freunde, die man sich denken kann und es gibt zwischen uns keine Probleme. Aber jetzt sind wir sechsunddreißig Katzen und da ist es nicht mehr so einfach! Nicht jeder ist mit den anderen so eng befreundet wie wir untereinander und das geht wahrscheinlich auch nicht.

Natürlich ist ein junger Kater beim Training mal neidisch auf den Erfolg eines Kameraden und es gibt Zoff. Normal, oder? Kleine Reibereien gibt es in einer Gruppe immer wieder. Aber mittlerweile leben drei erwachsene Kätzinnen und die junge Jasmin im Lager. Du kennst uns Katzen - es muss zwangsläufig zu Eifersüchteleien und Rivalitäten kommen!

John hat uns doch von den ständigen Kämpfen der Kater erzählt! Und das verträgt unsere kleine Gemeinschaft nicht. Wenn es kalt wird, wollen wir in unser Winterlager nach Greenwood ziehen. Und dort werden wir hoffentlich Junge haben. Stell' dir vor, was daraus wird, wenn Olly, Polly und Alice ständig von den anderen Katern belagert werden. Das sollten wir verhindern, wenn wir zusammen bleiben wollen. Unsere drei Paare lieben sich und feste Partnerschaften müssen von den anderen respektiert werden!

Zu Hause hat sich meine Familie oft Tierfilme in dem schwarzen Kasten angesehen und hinterher manchmal darüber gesprochen; da habe ich eine Menge gelernt. Wir sind keine Wildkater mehr – die haben sich früher ständig um die Kätzinnen gerauft und sind einsam gestorben. Und die Katzen haben sich nicht in einen Kater verliebt, sondern sich wahllos mit vielen gepaart. Hauptsache, sie hatten Nachwuchs. Vielleicht war das damals nötig, damit unsere Art überlebt.

Aber wir sind inzwischen zivilisierte Freikatzen geworden mit zivilisierten Gefühlen: Wir freuen uns, wenn wir nachts zusammen an der Eiche sitzen; und wenn Alan für uns singt, träumen wir. Wir hassen unsere Feinde und werden zornig, wenn sie uns angreifen. Wir sind traurig, wenn sich einer von uns im Kampf verletzt. Dann zeigen wir ihm unser Mitgefühl und pflegen ihn gesund. Wir achten unsere Freunde und sorgen uns um sie. Wir lieben unsere Kätzinnen und verzehren uns vor Sehnsucht, wenn wir nicht bei ihnen sind.

Und wir wollen, dass die Freunde unsere Liebe respektieren! Nur so kann die Gruppe überleben. Denk' an unser großes Ziel – das erreichen wir nur gemeinsam!"

Robin muss auch an seine Marian denken, die er so gerne bei sich hätte. Will ist sprachlos. Fast bewundernd blickt er seinen Freund schweigend an.

Endlich bringt er heraus: „Robin – ich verehre dich für deine Ideen. So jemand wie du ist mir noch nie begegnet. Ich hoffe, dass wir deine Pläne verwirklichen können."

„Du hast uns doch ganz am Anfang von dem blinden, alten Raufbold erzählt. Erinnerst du dich?"

„ Du meinst Tuck-the-Cat?"

„Ja, genau den. Vielleicht könnte der uns helfen. Der weiß doch so viel über die Katzengöttin Bastet. Wäre gar nicht schlecht, wenn wir ihn hier hätten – sozusagen als obersten Vertreter der moralischen Instanz. Ein bisschen Religion ist gut, um das Gewissen wach zu halten. Und gut für die Moral!"

Scarlet grinst vor sich hin. „Ganz schön ausgebufft für dein zartes Alter, Kleiner! Aber du hast doch wieder einen Plan? Los – raus damit, bevor mich der Überdruck zerreißt."

Robin lacht. „Lieber nicht. Ich will nicht vor dem Frühstück deine Fellfetzen zusammenflicken müssen. Du weißt sicher noch ungefähr, wo der Bursche haust? Wie wäre es, wenn wir nachher mit John und Much auf die Suche gehen und ihn überreden, mit uns nach Barnesdale zu kommen, falls wir ihn finden? Du meintest, er sei etwas schwierig, aber vielleicht kann ich ein wenig nachhelfen, um ihn zu überzeugen."

Lachend antwortet Will: „Deine Art, die Leute zu überzeugen, kennen wir gut: Erst auf die Nase und dann an den Kopf. Stell' dir das bei Tuck nicht so einfach vor – der ist gefährlich. Selbst ich habe ihn nicht geschafft! Er ist zwar ein Gemütstier, aber völlig humorlos. Der haut erst zu und betet dann."

Dicht vor Scarlets Nase plätschert es im Wasser und einige Silberlinge blitzen durch die leichten Wellen. Will schlägt mit der Tatze ins Wasser und ein Fisch hängt an seinen Krallen.

„Time for Breakfast – haben wir ganz vergessen", sagt Will lächelnd und knabbert an seiner Beute.

Robin denkt sich ‚Na warte, Bursche – das kann ich auch', und schlägt ebenfalls zu, bevor der Schwarm verschwindet. Sekunden später liegt er mit einem Fisch unter der Tatze neben Will und beide schmatzen im Duett. Kaum fertig mit dem Imbiss, kommen Much und John lässig angeschlendert.

„Schön, dass ihr gegessen habt – müssen wir uns um euch wenigstens nicht sorgen", poltert John gespielt vorwurfsvoll.

Robin antwortet zuvorkommend: „Wir haben reichlich für euch aufgehoben. Bitte bedient euch", und er deutet mit großer Geste auf den Sund.

„Hmm, wie gut, fürsorgliche Freunde zu haben", poltert er weiter und hockt sich ans Ufer. Konzentriert beobachtet er die Wasseroberfläche. Nichts rührt sich dort und John lauert bewegungslos. Seine Schnurrhaare spreizen sich den Wellen entgegen und auch die Ohren drehen sich aufmerksam nach vorn.

Er senkt die Nase dem Wasser entgegen. Der Schwanz liegt eng am Körper – nicht einmal die Quaste zuckt. Minutenlang kauert er ohne jede Regung. Sein Schwanz streckt sich langsam mit leise zuckender Spitze zurück. Ganz leicht nur wippen die Hinterbeine im Wechsel auf und ab als Signal der höchsten Angriffslust.

Und plötzlich schnellt die linke Pfote vor, taucht ein und fährt ebenso rasch wieder heraus, einen Fisch in den Krallen. John wirft ihn nach hinten: „Much, dein Frühstück!"

Und wieder belauert er den Schwarm, schlägt zu und landet einen weiteren Fisch. Beide essen. Als von dem Happen kaum noch eine Flosse übrig ist, meldet Robin sich zu Wort.

„Gut, dass ihr zufällig vorbei gekommen seid – es ist nämlich eine Aktion fällig."

„Schon wieder? Ich wollte mir heute eigentlich frei nehmen und mit Much fischen", wendet Little Cat John ein.

„John, du kannst noch so oft angeln – die Saison fängt gerade erst an. Heute haben wir Besseres vor!

Du wirst sehen: Es wird wie ein Schulwandertag. Eine ganz friedliche Mission; nur einen alten Freund von Will besuchen und ein bisschen plaudern", erwidert Robin.

„Ganz friedlich, häh? Nur ein bisschen plaudern, wie? Und nebenbei ein paar Schläge an den Hinterkopf einfangen, wenn du den blinden Kauz meinst – Will hat mir die Geschichte nämlich damals erzählt!"

Überrascht von Johns fixer Kombination, erklärt er ihm und Much den Plan.

„Es wäre doch schade, einen so wackeren Kämpen einsam seinem traurigen Schicksal zu überlassen", beendet er seine Rede. Natürlich sind die Kumpels einverstanden!

„Ich flitze zu Alan und sage ihm Bescheid. Er muss sich mit Simon um die Bruderschaft kümmern, solange wir unterwegs sind", meint Much und trabt los. Die anderen nicken ihm wortlos zu. Sie wissen, dass sie sich auf ihren Freund verlassen können.

Alan ist es ganz recht, heute bei Alice zu bleiben. Solange sie mit dem Lager noch nicht vertraut ist, lässt er sie nicht gerne allein.

Much überlässt es Alan, die anderen zu informieren, dass er mit Robin, John und Will einen harmlosen Ausflug unternimmt.

Eilig kehrt er zu seinen Kameraden am Ufer zurück und die wackeren Vier machen sich auf den Weg. Kurz darauf verschwinden sie im Dunkel eines Tunnels, der sie hoffentlich zu Tucks Einsiedelei führen wird.

Sie durchwandern unendliche Gänge, ihre Schritte verhallen in der Weite. Ein Stück des Weges laufen sie an den Gleisen der Metro entlang und wechseln dann wieder in das Entwässerungssystem. Durch einen Bruch des Mauerwerks gelangen sie in das Netz der breiten Abwasserkanäle, denn Will ist sicher, dass Tuck hier fette Wanderratten jagt.

Nur mühsam und langsam kommen sie voran – immer wieder muss einer der Freunde vor und einen Gang erkunden, während die anderen warten und bangen.

Sie suchen viele Stunden. Und dann – endlich – scheint es geschafft: Sie stehen hart am steinernen Bett eines unterirdischen Kanals. Flach, nur eine Handbreit hoch, schiebt sich eine trübe Flut undefinierter Herkunft an ihnen vorbei.

Und drüben, im Dämmer einer Öffnung nach oben, sehen sie ihn stehen – genau so, wie ihn Will beschrieb: Einen Kater mit mächtiger Gestalt und einem schmutzigen Grau auf dem ungepflegten, bronzefarbenen Fell.

Es ist eine Egyptian Mau, die mit ihren dunklen Tupfen den Katzen der alten ägyptischen Wandmalereien ähnlich sieht, aber das wissen die Freunde nicht.

Robin flüstert seinen Begleitern zu: „Wir wollen ihn nicht verschrecken! Bleibt ihr hier mäuschenstille stehen – ich gehe zu ihm und spreche ihn an.“

Vier altbekannte Kater und ein Fremder atmen tief die warme, frische Luft. Sie stehen im Park vor dem Tunneleingang und müdes Herbstsonnenlicht liegt milchig auf den Bäumen. Ein älterer Wachtposten aus Simons Truppe kommt heran, wirft einen prüfenden Blick auf Robin und seine Begleiter und ruft laut, während er zurück ins Lager eilt: „Sie sind da und der Neue ist auch dabei!"

Von allen Seiten kommen die Catz angelaufen - die Bruderschaft findet sich vollständig ein. Diesmal werden die Heimkehrer nicht wie üblich von einem wilden Haufen umringt oder mit Fragen bombardiert. Furchtsam halten sie Abstand und starren den Fremden neugierig an.

Much hatte es nicht lassen können, einigen jungen Dachsen der Trainingsgruppe kurz vor dem Aufbruch eine wilde Räuberpistole aufzutischen von ihrem Besuch bei einem mörderischen Cattus Gigantus Rex, der mindestens drei harmlose Kätzchen zum Frühstück verspeist: Eine Mär, die sich viel schneller ausbreitete, als wenn es sich tatsächlich um einen harmlosen Ausflug gehandelt hätte!

Alle blicken auf den Neuen und einer ruft, dass es wie Hammerschlag in die Stille knallt: „Der ist ja blind - wie kann er dann so gefährlich sein?"

Der Blinde lächelt verschmitzt in sich hinein. Er ahnt wohl, welche Geschichten über ihn im Umlauf sind.

Lighty bedrängt die Freunde aufgeregt: „Los - erzählt, wie ihr ihn gefunden habt."

Robin beruhigt ihn streng: „Alle Mann zum Trysting Tree. Da wird erzählt."

Die ganze Bande stürmt voraus, die vier Wanderer und der Fremde trotten etwas müde und ausgelaugt hinterher, nur von Cat Alan und Alice begleitet.

„Will - berichte du über unsere Expedition. Du kannst es besser", sagt Robin Cat zu seinem Freund und zwinkert ihm dabei verschwörerisch zu. Scarlet lächelt schnippisch und nickt.

An der Eiche angekommen, setzt er seine gewohnt ernste Miene auf und informiert die Merry Catz über ihren neuen Freund: „Hier an meiner Seite steht der berühmte Tuck-the-Cat – ein gefürchteter Streiter, von dem ihr inzwischen vielleicht das eine oder andere gehört haben werdet! Und glaubt mir: Es stimmt alles an den Gerüchten. Also erlaubt euch keine Scherze mit ihm.

Dass er blind ist, habt ihr erkannt. Das bedeutet nicht, dass ihr euch bei ihm Freiheiten herausnehmen dürft – ihr könnt gerne beim Training einen Gang mit ihm versuchen!“

Und zu Tuck gewandt: „Ich schlage vor, dass du dich selbst nach und nach mit den Burschen bekannt machst. Es wird sicher Freiwillige geben, die dir gerne unser Lager und den Park zeigen werden. In den Tunneln kennst du dich bereits bestens aus.“

Tuck nickt bestätigend, während mehrere Catz eifrig versichern, wie gerne sie ihn führen wollen. Nun berichtet Will, wie es zu der Begegnung kam: „Wir sind kilometerweit gelaufen, wurden fast von der Metro überrollt und mindestens zehn Mal sind wir in stinkender Brühe gelandet. Endlich haben wir Tucks Versteck gefunden. Ein breiter Abwasserkanal lag zwischen uns – wir standen auf der einen Seite und er war drüben. Was tun? Unser kluger Robin fand eine List.

Er näherte sich dem Unbekannten allein, wir blieben zurück. Verstecken mussten wir uns nicht, denn wir wussten, dass uns der Fremde nicht sehen kann.

Robin setzte sich auf die Uferkante, maunzte wie ein junges, hilfloses Katzenkind und jammerte kläglich ‚Ich habe mich verlaufen. Ich will zu meiner Mama zurück. Bitte, hol' mich rüber'.

Die List schien zu funktionieren: Der Alte kam herüber und nahm Robin am Schlafittchen auf – gerade so, wie eine Katzenmutter ihre Jungen trägt.

‚Ganz schön schwer für ein Katzenbaby', quälte er zwischen den Zähnen hervor. Aber brav trug er ihn weiter, immer weiter über den dümpelnden Fluss.

Kurz vor dem Ufer ließ er Robin fallen – laut platschte er in den dampfenden Schleim. Und mit gefährlichem Fauchen sagte er ‚Bis hierher habe ich dich getragen. Jetzt ist es an dir, mir den Dienst zu vergelten! Du trägst mich wieder zurück. Und wenn nicht, breche ich dir das Genick!', und patsch, hat er Robin eine verpasst.“

Immer enger rücken die Zuhörer bei diesen Schreckensnachrichten zusammen und wagen keinen Mucks.

Will setzt seinen Bericht fort: „Tucks Miene und vor allem die gewaltigen Maulspeere in seinem geöffneten Rachen ließen keinen Zweifel, dass die Drohung sehr wörtlich zu nehmen sei. Dann rief er ‚Und ihr drei Milbenfallen da hinten – ihr bleibt besser, wo ihr seid, sonst geht es eurem Genossen schlecht'.

Verblüfft von seinen ins Überirdische geschärften Sinnen, wagte keiner von uns einen Schritt.

Gezwungenermaßen nahm Robin den Fremden auf und schleppte den Muskelberg unter Qualen zurück durch das üble Nass.

Drüben angekommen, sagte der Fremde ‚Lass' dir das eine Warnung sein! Wenn du etwas sagen willst, dann sage es, aber spiele mit mir keine Spielchen'.

Der kluge Tuck hatte längst geahnt, dass wir uns nur einen Lausbubenstreich erlauben wollten, um irgendwie mit ihm ins Gespräch zu kommen.Und es würde mich nicht wundern, wenn Tuck behauptet, er hätte seinen alten Freund Scarlet sogar über den Kanal hinweg am Geruch erkannt!"

Und zu Tuck mit fragendem Blick: „Hast du?" Der fletscht nur die Zähne, ohne zu antworten.

Scarlet fährt fort: „Hätte Tuck einen Hinterhalt bei uns gespürt, wäre Robin der erste gewesen, der dafür zahlt. Und ich glaube, auch uns wäre es in den dunklen Gängen an den Kragen gegangen, denn die Unterwelt ist sein Reich – niemand kann es dort mit ihm aufnehmen!

Jedenfalls fühlte sich Robin durch seine schmerzhafte Belehrung ermuntert, mit unserem Plan herauszurücken.

Nach langem Hin und Her war Tuck endlich einverstanden, seine Einsiedelei aufzugeben, um sich uns anzuschließen. Und voilà – hier ist er."

Wie es am Ende jedes Erlebnisberichts üblich ist, schnattern nun alle Katzen wild durcheinander. Im Zentrum der Erörterungen stand, wie weit man sich vor dem Fremden zu fürchten hätte. Als die beklommene Zurückhaltung allmählich in vertraute Heiterkeit überzugehen beginnt, fährt Robin lachend dazwischen und ruft: „Das habt ihr von eurer Gier auf wilde Abenteuergeschichten. Kein Wort von Scarlets Schauermär ist wahr. Wir haben uns den Schwindel nur ausgedacht, weil wir euch so gut kennen."

Alle Ohren richten sich auf und wenden sich Robins Stimme zu.

„Wills Geschichte stimmt zumindest bis zu dem Punkt, wo wir am Kanal ankamen und den blinden Tuck hilflos und verloren gegenüber hocken sahen."

Deutlich räuspert sich Tuck bei Robins letzter Bemerkung.

„Na gut: weder hilflos, noch verloren. Aber gehockt hat er drüben – das schwöre ich!

Von Will gewarnt, hielt ich es für das Gescheiteste, keine Tricks zu versuchen, sondern ihn offen anzusprechen. Ich erklärte ihm artig, wer wir sind und dass wir seinen geistlichen Beistand brauchen. Und so haben wir seit heute ein neues Mitglied in unserer Bruderschaft, wenn ihr einverstanden seid."

Die Catz freuen sich, einen derart hellen Kopf über so beeindruckenden Muskeln bei sich zu haben – wer weiß, wozu es mal gut sein wird!

Und zu dem neuen Mitglied gewandt, sagt Robin: „Siehst du? So schnell kann man zu einer Familie kommen. Keine Katze sehnt sich nach einem Leben in der Einsamkeit und ich glaube, unsere Delegation kam dir ganz recht. Stimmt's, Tuck?"

Zum ersten Mal lächelt er Robin zu.

„Ich wusste längst, wer du bist, Robin Cat. Und auch von deinen Abenteuern habe ich gehört – du verbreitest ja genug Unruhe im Viertel! Eine Regel der Bastet heißt übrigens: ‚Beraube keinen Armen und tue keinem Schwachen Gewalt'.

Das bedeutet aber nicht, dass du unbedingt das Gegenteil tun sollst nach dem Motto: 'Beklaue die Reichen und verkloppe möglichst viele Starke'!

Aber eins von Bastets heiligsten Gesetzen hast du immerhin verstanden: ‚Befreie den, der gefesselt ist und beschütze die Verfolgten. Deshalb bin ich mit dir gegangen!"

Das war Tuck-the-Cats Art, mit Robin Freundschaft zu schließen. Insgeheim hatte er seit langem darüber nachgedacht, ob er sich Robins Schar anschließen sollte – der Aufruf war damals auch bis zu ihm durchgedrungen. Nur sein knorriger Eigensinn hatte es verhindert, aber das sagte er den Freunden nicht.

Einer der älteren Kater wagt, den Neuen offen anzusprechen: „Tuck, lieber Bruder. Es werden wüste Legenden gesponnen über die Zeiten, als South Barn's noch brannte und du scheinst sie alle erlebt zu haben. Willst du uns deine Geschichte erzählen?"

Tuck grinst verächtlich, antwortet aber freundlich: „Ohne Neugier wäret ihr wohl keine echten Katzen. Also gut, ich will euch nicht lange schmachten lassen. Aber ich sage euch gleich: Die wilden Zeiten von Barn's habe ich in meiner Einsiedelei verschlafen, also erwartet nicht zu viel!"

Nach einer kleinen Pause, in der er seine Erinnerungen sortiert, fährt er fort: „Ihr werdet euch wundern, aber ich bin weit von hier in Italien geboren.“

Vorlaut ruft Brighteye dazwischen: „Ich weiß, wo das liegt: drüben, in Stratham, wo die Polizei ihr Headquarter hat.“

Tuck lächelt: „Nein, Brighty - so heißt du doch, oder? Du meinst Little Italy zwischen Upton High und der Mall! Aber davon ist nicht viel mehr übrig als klebrige Sahnesoße auf zu fetten Tortellini für die Touristen.

Nein - ich komme aus einem Land hinter dem großen Wasser, wo sich die Katzen auf italienisch unterhalten. Es gab sogar Zeiten, da haben in Rom die Katzen mit den Mäusen auf lateinisch parliert.

Und selbst die Löwen haben beim Brüllen in der Arena Ciceros ‚Bellum Iustum' zitiert. Und einige Palastmäuse der Kaiserin Agrippina haben im Senat die Texte von ihren Kumpel Seneca verlesen - was Neros Katzen nicht abgehalten hat, sie dennoch zu fressen und ihrem Kumpel Hausverbot zu geben!

Lateinisch war im alten Rom die Amts- und Alltagssprache, in der sich jeder vernünftige Mensch unterhalten musste, wenn er vom Bäcker bedient werden wollte. Es ist also gar kein Wunder, dass die Katzen beim Fleischer lateinisch sprachen!

Ich wurde bei einer Menschenfamilie geboren, die in einem Dorf in den Bergen lebte. Meine Mutter war eine ägyptische Mau. Sie hieß Furiosa und ihr Temperament war wohl auch danach: Ich entsinne mich, dass sie uns Kinder mindestens drei Mal am Tag in einem anderen Lager versteckte - ständig schleppte sie uns hektisch in der Gegend herum. Vom Schuhschrank ging's in den Schuppen, von dort in die Scheune, am nächsten Tag in den Stall und dann in den alten Kleiderschrank im Flur.

Meinen Vater habe ich nie kennengelernt. Ich weiß nur, dass er Orlando hieß und wie meine Mutter eine waschechte Mau gewesen sein soll. Sein Ende war einigermaßen dramatisch: Eines Tages hat man ihn angeblich mit einem Buch von Ariost unter dem Arm dabei ertappt, wie er gerade mit den Versen des Dichters die Kätzin seines besten Freundes verführen wollte.

Sekunden später war er tot - nicht wegen Ariost, wie ich hoffe, denn das war ein ganz famoser Kater!

Als es an der Zeit war, versammelte sich die ganze Familie, um uns Katzenkindern ordentliche Namen zu geben. Für mich war, glaube ich, frei nach Seneca ein berückender Ohrenschmaus wie ‚Apocolocyntasio', also ‚Der Verkürbiste' vorgesehen – ich muss wohl damals recht pummelig gewesen sein für meine Art!

Bevor jedoch die Menschenfamilie dazu kam, mich zu taufen, rief einer ihrer Söhne an, der schon lange hier in der großen Stadt lebte. Zwei Stunden vorher war er Vater geworden und die Großeltern sollten es als erste erfahren: Es war ein fröhlich brüllender Wonneproppen mit beachtlichen achtdreiviertel Pfund.

Nachdem nun jeder im Haus den Telefonhörer genommen und dem glücklichen Vater gratuliert hatte, verkündete der Großvater einen Entschluss. Zur Geburt des Kleinen würde er dem Enkel einen wertvollen Rassekater schicken: mich!

Ich erinnere mich nur noch an einen Alptraum von Kiste, in der ich stundenlang im Bauch eines dieser katzenverschluckenden Blechvögel durch die Gegend schaukelte und ohrenbetäubendes Pfeifen ertragen musste – ein außengesteuerter Megatinnitus der allerübelsten Art!

Mit dem Riesenvogel gelandet, wurde ich von meiner neuen Familie am Rumplebay Airport abgeholt: ganz passable Leutchen, die mir als erstes den Namen Tuck verpassten, weil ich so fromm durch meine Knopfaugen blinzelte.

Sie wohnten im Süden von Barn's Village und besaßen unter ihrer Wohnung eine Pizzeria. Da fiel regelmäßig etwas für mich ab – ernährungstechnisch war es genial! Ein Paradies für den professionellen Pastavernichter!

Und es wurde nie langweilig im Haus. Mir fiel es zu, Küche und Vorratskammer mäusefrei zu halten.

Da ich die toten Mäuse nicht essen musste und meiner Familie dafür danken wollte, trug ich sie meistens nach oben in die Wohnung und legte sie im Schlafzimmer auf das Bett.

Vater und Mutter waren ernsthafte und gläubige Leute. Abends wurde viel vorgelesen – oft über römische Geschichte oder aus der klassischen italienischen Literatur und sonntags die Bibel.

Sie wollten auch alles über Katzen und unsere Herkunft wissen. So kauften sie einen Stapel Katzenbücher und probierten sie alle an mir aus: Katzenerziehung nach Morris, Psychologie nach Leyhausen und so weiter und so fort. Wahrscheinlich bin ich deshalb ein bisschen durchgeknallt!

Interessant wurde es, als sie zu den Rassen und ihrer Abstammung kamen. So gerieten wir nach Ägypten und an die Göttin Bastet. Besonders bei den geheimen Zauberformeln habe ich genau aufgepasst und vieles über unsere Religion gelernt.

Nach Jahren des fleißigen Studiums mit heißer Müh' war ich endlich reif für die Magisterprüfung in Parapsychologie, Theologie und schöngeistiger Literatur, nicht zu vergessen die Philosophie.

Leider kam es ganz anders!

Wenn meine Familie schlafen ging, sprang ich nach draußen und stromerte durchs Viertel, um meine Gelehrtheit gleich in die Tat umzusetzen. Das gelang mir auch bei der einen oder anderen Kätzin!

Aber ich musste wohl manches an der Bastet falsch verstanden haben. Ein Gelehrter ist zwar jemand, den man viel gelehrt hat. Das heißt aber nicht, dass er auch viel gelernt hat dabei! Ihre Strafe traf mich jedenfalls hart: Bastet verwandelte meine innere in äußere Blindheit und kein Arzt konnte mir helfen. Da stand ich nun, ich blinder Tor!

Nachts strolchte ich dennoch durch das Viertel, fand dann aber einmal, blind wie ich war, den Heimweg nicht mehr – zu viele fremde Gerüche, um meinen Weg mit der Nase zu finden. Nachdem ich lange umhergeirrt war, landete ich in dem verlassenen Speicherhaus am Fluss, wo mich später Scarlet kennenlernte.

Zum Jagen ging ich in die Unterwelt. Hier brauchte ich meine Augen nicht – es reichte, wenn ich das Rascheln der Mäuse und das Trippeln der Ratten verfolgen konnte. Meine Ohren und die Schnurrhaare haben mir die Augen ersetzt. Es kamen auch barmherzige Menschen, die Büchsen mit Katzenfutter brachten. Hungern musste ich jedenfalls nie.

Mir tut nur meine nette Familie leid, denen ich wahrscheinlich viel Kummer bereitete mit meinem Abtauchen – nach all der Mühe, die sie in meine sorgfältige Ausbildung gesteckt hatten! Und wenn die Nachrichten stimmen, sind sie vor langer Zeit weggezogen: zu viel Ärger in Barn's Village! Ich glaube, sie sind jetzt drüben in Northern Hill. Da ist es friedlich und gemütlich!"

Schwermütig und in Gedanken versunken tappt der Blinde auf und ab und schweigt.

Robin lässt dem ehrwürdigen Bruder Zeit, seinen Erinnerungen nachzuhängen. Nach einer angemessenen Pause spricht er ihn an: „Das war spannend, Tuck. Und du hast mich vorhin auf Bastet und ihre Religion neugierig gemacht."

Tuck erwidert nachdenklich: „Ich staune, dass ihr euch dafür interessiert. Und ihr seid viel friedlicher und geselliger als ich es von anderen Katzen kenne. Streitet und prügelt ihr euch denn nie?"

„Doch, doch - jeden Tag bei unserem Kampftraining klopfen wir uns gegenseitig die Läuse aus dem Pelz!", antwortet Robin lächelnd.

Tuck wandert im großen Kreis der Catz von einem zum andern - so, als ob er jeden einzelnen am Geruch erkennen möchte. Bei Olly und Polly und dem kleinen Gilbert verharrt er, wittert intensiv und lächelt erfreut.

Trotz der imposanten, fülligen Statur beeindruckt die Eleganz seiner Bewegung. Hier und da bleibt er bei einem der Freunde stehen und fragt ihn nach seinem Namen. Der bedrohliche Ausdruck in seinem Gesicht, mit dem er im Lager erschienen war, ist längst einer erstaunlich aufgeschlossenen Miene gewichen.

Wortlos begreifen die Freunde, dass Tucks lange, einsame Wanderschaft gerade ihr natürliches Ende findet - er ist zu Hause angekommen. Hier bei ihnen fühlt er sich wohl und hier wird er bleiben!

„Bisher haben nur Robin und Brighty gesprochen. Und Scarlet, dein vorwitziges Organ kenne ich auch. Was ist mit den anderen? Seid ihr alle sprachlos? Ich bin zwar blind, aber nicht taub - ihr könnt euch also mit mir unterhalten!"

Langsam verlieren die Catz ihre Scheu vor dem Neuen und Much spricht ihn freimütig an: „Ich finde, Robin hat Recht. Wir alle sind neugierig auf die Geschichten aus dem Ägypterland, wenn du Lust hast, uns nicht dumm sterben zu lassen. Wir hatten schließlich noch nie jemanden bei uns, der so viel Verstand hat wie du."

Tuck lacht frei heraus: „Ich hoffe, dass ich trotz meines großen Verstandes noch für irgendetwas zu gebrauchen bin! Du bist der mutige, kleine Much, nicht wahr? Du hast ein helles Köpfchen und ich glaube dir dein Interesse gern.

Also gut. Ihr habt doch eure Bruderschaft nach Robin Hoods Bande benannt, oder? Fangen wir bei ihm an!

Robin Hood war ein Mensch, und er lebte im Mittelalter. Wie die meisten Menschen seiner Zeit glaubte er an Gott und an die Jungfrau Maria. Menschen sind sich ihrer Handlungen bewusst und kennen die Bedeutung von Gut und Böse oder Richtig und Falsch, seit Gott das Paradies für sie verschlossen hat. Sie begehen Sünden und bitten Gott und die heilige Jungfrau deshalb in ihren Gebeten um Vergebung ihrer Schuld.

Die Tiere wurden nie aus dem Paradies vertrieben, denn sie leben ohne Schuld und Sühne. Wir Katzen müssen nicht Gottes Segen erflehen und bitten nicht um Vergebung. Und doch dürfen wir in seiner Gnade leben.

Frei leben wir im Hier und Jetzt und freuen uns unserer Tage – und der Nächte ganz besonders! Aber tief in der Seele aller Katzen glimmt noch ein Funke der Erinnerung und der Sehnsucht nach unserer früheren Heimat Ägypten. Der Erinnerung an die Zeit, als wir den Menschen noch nicht kannten. Als wir noch frei als wilde Falbkatzen in der afrikanischen Steppe lebten – fern der nubischen Dörfer, in denen die Menschen ihr mühevolles Dasein fristeten.

Die Menschen des alten Ägypten lernten, das Korn und seinen Anbau zu beherrschen. Sie wurden so klug, dass sie mit der Sternenkunde, der Astronomie, und genauer Kenntnis des Kalenders das Hochwasser des Nil und damit die fruchtbarste Zeit voraussagen konnten.

Ihre Ernten wurden riesig und aus den Dörfern wurden Städte. Über die Städte herrschte ein König. Und als ihm seine Priester offenbarten, dass seine Herkunft göttlich sei, erklärte er sich zum Pharao – dem Gottkönig über ganz Ägypten.

Um das Korn bis zur nächsten Ernte für eine regelmäßige Verteilung zu lagern, bauten die Menschen Speicher – riesige Silos, in denen sich Ratten und Mäuse fühlten wie im Paradies. Wir Katzen fressen Nager und die Menschen wussten das.

Als geschickte Jäger hatten wir in der nubischen Savanne zwar Nahrung in Hülle und Fülle. Aber wir hatten auch Feinde, die uns selbst oder unseren Nachwuchs bedrohten: Hyänen, Schakale, den mächtigen Adler und giftige Schlangen wie die gefährliche Hornviper.

Bei den Menschen dagegen lebten wir sicher, denn unsere Feinde blieben den Ansiedlungen fern. Und die Kornlager strotzten vor huschender, nagender Beute.

Die Menschen behandelten uns Katzen gut – sie boten uns einen bequemen Platz unter ihrem Dach, beschützten unsere Jungen und streichelten uns zärtlich.

Die wilde afrikanische Katze war nun zum Haustier geworden. Zu einem äußerst nützlichen Haustier. So nützlich, dass die Priester und allen voran der Pharao uns als heilig erklärten. Als Göttin Bastet wird die Urkatze nun verehrt, wird in Liedern und Hymnen besungen, in Märchen und Fabeln bewundert und mit regelmäßigen Festen in ihrer heiligen Stadt Bubastis gewürdigt.

Da es die Aufgabe der Priester ist, die Herkunft der Götter zu erkunden, forschten sie intensiv der Geschichte der Göttin Bastet nach. Und es ist erstaunlich, wie viel Wissen sie nach und nach zu Tage brachten: Über allen Göttern steht der Sonnengott Re. Seine Tochter ist die löwenköpfige Tefnut. Und deren Tochter, die anmutige Katzengöttin Bastet, wird ‚Das sanfte Auge des Re' genannt.

Aber hier sind sich die Priester nicht ganz einig: Viele von ihnen sind der Meinung, Tefnut und Bastet seien die gleiche Gottheit – nur in zwei verschiedenen Erscheinungsformen! Menschen, die sie ganz besonders verehrten, nannten sie auch ‚Das Sonnenauge des Re, das jede Nacht empfangen und täglich neu geboren wird'.

Bastet nährte den jungen falkenköpfigen Horus, dessen Nachfolger die Pharaonen sind, an ihrer Brust – den Sohn von Isis und Osiris und ersten Herrscher beider Reiche, dem Südreich und dem Nordreich des Ägypterlandes.

Bastet als Ziehmutter aller Pharaonen: Eine so wichtige Persönlichkeit, dass sie den höchsten Schmuck verdiente – die königliche Uräus-Schlange ziert seitdem ihre Stirn.

Und sie wurde die Göttin der Fruchtbarkeit, der Sanftmut und der Lebensfreude. Ihr Segen ließ die Menschen singen, tanzen und feiern – so wurde sie auch die Schirmherrin der Musik und der Fröhlichkeit.

Mit ihrer Sanftmut und Zärtlichkeit ist sie die Lehrerin der Liebe und Schutzgöttin aller Liebenden, denen sie zur Erfüllung ihres Glückes verhilft."

Hier wurde Robin unruhig – ein Hoffnungsfunke keimt in ihm: Würde ihm Bastet helfen können, seine Marian zu befreien? Unterbrechen will er Tucks weise Rede nicht, darüber kann er später unter vier Ohren mit ihm sprechen!

Tuck setzt seinen Bericht währenddessen fort: „Als katzenköpfige Göttin ist sie die Schutzpatronin aller Katzen, die über ihre Lieblinge wacht und ihnen zu ihrem Recht verhilft. Aber man kannte auch andere Seiten an ihr: Als Schutzherrin der Jagd war sie unerbittlich und wurde sie erzürnt, war sie gnadenlos in ihrer Wut und wehe, wenn jemand ihren tödlichen Zähnen und Klauen nahe kam!

Statuen und Malereien stellen sie als schöne, anmutige Frau mit Katzenkopf dar. In der einen Hand trägt sie als Zeichen ihrer Musikalität das Sistrum - ein zeremonielles Rasselinstrument. In der anderen das Utchat, das magische Amulett des allsehenden Auges oder auch ‚Auge des Wissens'. Und als Symbol des göttlichen Sonnenauges erinnert das Utchat daran, dass die Bastet zugleich Tochter und Enkelin des großen Sonnengottes ist, des allmächtigen Re.

Der Pharao erließ umfassende Gesetze zum Schutz dieser wichtigen Göttin: Niemand durfte eine Katze verletzen oder töten und es war bei Todesstrafe verboten, sie an einen Ausländer zu verkaufen, um sie nicht außer Landes gelangen zu lassen.

Und starb eine Katze, wurde sie von Eingeweihten mumifiziert und im Heiligtum der Göttin in ihrer Stadt Bubastis begraben. So wurde sie zur Nem-anch-neter-Bastet, der wiedererstehenden Göttin.

Wie wir heute sehen, hat die priesterliche Weihe uns geholfen, denn wir Kinder der Bastet sind nun zahlreicher denn je und auf der ganzen Welt beliebt!"

Soweit die Lehre von Tuck-the-Cat, dem blinden Seher der Bruderschaft, der ganz bestimmt nicht alles ganz richtig weiß, denn er war noch nie im Ägypterland! Für Tuck scheint die Göttin Bastet eine zentrale Rolle zu spielen in der Weltgeschichte, was wegen seiner speziellen Katzenperspektive nicht weiter erstaunlich ist.

Sicher liegt es an den vielen Jahren der Überlieferung, dass sich Bastet auf ihrer Wanderung durch die Jahrtausende von einer nicht sehr bedeutenden Randposition bis ins Zentrum von Tucks Götterlehre geschoben hat. Und man darf darauf wetten, dass ein Ururenkel von Tuck nach weiteren dreitausend Jahren berichten wird, dass Bastet überhaupt die Mutter aller Schöpfung sei. Die große Schöpferin, die Isis und Osiris gebar, nachdem sie die Welt erschaffen hatte. Und damit Gottvater und Re und all die anderen zu reinen Hilfsgöttern degradiert. Wem schadet's?

Beeindruckt von Tucks Vortrag ziehen sich die Catz langsam auf ihre Schlaflager zurück. Niemand ist jetzt an der Jagd interessiert. Die halbe Nacht hindurch denken sie an Bastet und wie sie ihnen helfen kann, den Terror im Viertel zu beenden.

John und Will brechen zu einer Inspektionsrunde auf – sie wollen Simons Wachtposten kontrollieren und nachsehen, ob es an allen Parkzugängen ruhig ist. Nur Robin bleibt mit Much, Alan und Alice bei dem blinden Tuck.

„Wir müssen dir ein bequemes Schlafplätzchen zeigen – vielleicht magst du die Büsche am Fluss?"

„Ich habe so viele Jahre in der Unterwelt gelebt, Robin. Ich glaube nicht, dass ich mich noch umstellen kann! Gleich hinter dem Eingang zu eurem Tunnel habe ich vorhin eine schöne, tiefe Nische entdeckt – lasst mich dort hausen. Da fühle ich mich vertraut und ich habe es nicht weit zu eurer Speisekammer!"

„Einverstanden, Tuck. Und einen besseren Wachtposten als dich können wir für unseren Tunnel kaum finden. Also bleibe ruhig in deinem dunklen Nest. Dann musst du dich wenigstens nicht über das endlose Geplapper unserer jungen Hüpfer ärgern und kannst auch mal länger schlafen.

Aber sage mir, Tuck – müssen wir jetzt alle fromm werden und wie die Menschen beten, bevor wir Guys Schlägern eins auf die Nasen geben? Wir könnten sie ein bisschen missionieren, bevor wir sie verprügeln – dann löst sich die Terrorbande mit Gottes und Bastets Hilfe vielleicht freiwillig auf."

Tuck grinst und wirft beiläufig ein: „Es ist merkwürdig, dass viele so gerne für die Religion kämpfen, aber so ungerne nach ihr leben!"

Und dann weiter: „Nein, nein – ich habe es doch vorhin gesagt: Wir Katzen müssen Gott nicht anbeten. Aber die eine oder andere Regel brauchen wir, denn es gibt auch für uns kein Leben ohne Gott, wie Bastet sagt."

Robin denkt sorgfältig über Tucks Worte nach und sagt dann mit bittendem Ton: „Tuck – mir liegt etwas am Herzen. Wie du bemerkt haben wirst, gehören drei Paare zu unserer Gruppe. Ich wünsche mir viele Junge, ohne dass die Kätzinnen von den anderen Katern belagert werden."

Alice, die sich bisher mit geschlossenen Augen an ihren Alan gelehnt hat, wird bei Robins letzter Bemerkung aufmerksam und lauscht nun äußerst gespannt.

Robin setzt seine Frage fort: „Meinst du, dass Bastet uns dabei helfen kann?"

„Hier hilft uns eher die Vernunft, Robin. Vernunft und Autorität! Ich finde dein Vorhaben übrigens gescheit, wenn du deiner Bruderschaft eine Perspektive geben willst. Offensichtlich hast du weit voraus geplant?"

„Ich denke oft an die Zeit nach Guy. Es sind viele Katzen bei uns, die keine Familien mehr haben, zu denen sie zurückkehren könnten: du selbst, dann Will und John oder Peterkin und viele von den Alten. Wo sollen die denn später bleiben? Nein - wir müssen alles tun, damit unsere Gruppe überlebt!"

„Um wieder zu deinem Plan zurückzukommen, Robin. Es dürfte mir nicht schwer fallen, die jüngeren Kater zu beeindrucken, indem ich einige von Bastets Zaubersprüchen murmele.

Aber das hilft nur mäßig. Ich baue eher auf die gelehrige Klugheit unserer aufgeweckten Großstadtkatzen! Ich habe in all den Jahren von etlichen Paaren gehört, die in Liebe und Treue zusammen ihre Jungen aufzogen und von den anderen in Ruhe gelassen wurden - vielleicht der Einfluss der Zivilisation!

Du kannst mir alles weitere überlassen, Robin - ich werde ein guter Lehrer für die Junggesellen sein! Und es wird im Viertel wohl nicht nur Kater geben - es müsste sich doch die eine oder andere Freundin für die Burschen finden lassen!"

Beruhigt schlägt Robin vor, der auch einmal sein Wissen anbringen will, jetzt ‚Hypnos, dem griechischen Gott des Schlafes' zu seinem Recht zu verhelfen. Er verabschiedet sich von Alan und Much und geleitet Tuck zu seinem neuen Ruhelager.

Am nächsten Tag sucht Alan den Blinden in seiner Klause auf und spricht das neue Mitglied der Brotherhood höflich an: „Guten Morgen, Tuck. Ich bin Alan-A-Dale und neben mir steht meine geliebte Alice, die auch erst seit zwei Tagen bei uns ist. Hast du gegessen oder soll ich dir rasch ein paar Mäuse fangen?"

Tuck wittert gründlich den beiden Besuchern entgegen. In Zukunft wird er sie von weitem am Gang und an ihrem persönlichen Geruch erkennen. Er hat seit langem das erste Mal tief und ruhig geschlafen – so sicher, wie er sich hier bei seinen neuen Freunden fühlen darf.

Er rekelt und streckt sich und und leckt sich kurz das Fell. Dann antwortet er aufgeräumt: „Besten Dank, Alan. Wie du siehst, schüttele ich mir gerade erst die Träume aus dem Fell. Wenn du magst, erkunden wir heute gemeinsam euer Jagdrevier. Beim nächsten Mal finde ich mich dann auch allein zurecht."

„Einverstanden. Und nach dem Frühstück führe ich dich und Alice durch unseren Park, wenn es dir recht ist. Es wäre mir eine große Freude."

Tuck nimmt das Angebot gerne an, denn diese Ecke des Viertels ist ihm unbekannt. Nie hat er sich in all den Jahren aus dem Schutz der Tunnel herausgewagt, da ihn das Tageslicht seit seiner Erblindung unsicher macht.

Gerade, als sie sich entscheiden, aufzubrechen, schleicht Olly in der Nähe um einen Busch. Sie belauert ein Mäuschen, das sich aus seinem Bau herausgewagt hat, um Grassamen einzusammeln.

Alice lächelt Cat Alan schelmisch zu und sagt: „Geht ihr beide zusammen. Ich bleibe bei Olly und lasse mir von ihr die Mäusejagd im Grünen zeigen. Das Tunnelrevier ist noch nichts für mich. Wir sehen uns, wenn ihr wieder zurück seid." Und mit einem verliebten Blick zu Alan: „Lass' mich nicht so lange allein!"

Für Alice ist es schon schwierig, sich mit der ungewohnten Ökonahrung zurechtzufinden. Aber die gespenstische Jagd in der Dunkelwelt ist Alice unheimlich und sie fürchtet sich noch davor.

Und sie weiß von Olly, dass jeden Augenblick Menschen mit feinstem Dosenfutter in den Park kommen werden!

Alan leckt ihr noch einmal über das Fell und verschwindet mit Tuck in der Dunkelheit.

Fasziniert von ihrer Geschicklichkeit schaut Alice der Freundin aus einigem Abstand zu, bis sie ihre Maus gefangen hat. Während Olly die Beute verspeist, kommt Alice näher und sagt zu ihr: „Ich habe zwar noch nie in meinem Leben eine Maus gejagt, aber bei dir sieht es ganz einfach aus."

„Hallo, Alice. So schwer ist es auch nicht! Du musst dich nur geschickt anschleichen, damit sie dich nicht bemerkt. Hör' mal – da drüben raschelt es, da muss noch eine sein."

Beide schleichen näher und Olly blickt sie auffordernd an. Alice schiebt sich noch dichter heran, den Körper tief geduckt. So lauert sie und wartet ab, wie sie es vorher beobachtet hat. Konzentriert und geduldig wartet sie auf den richtigen Augenblick, bis das pelzige Tier ihr den Rücken zukehrt.

Mit zwei Sätzen ist sie über der Maus. Etwas ratlos blickt sie auf die Beute herunter und verstellt ihr nur die Flucht: Ängstlich und schwer atmend hockt das Mäuschen zwischen den Katzenpfoten. Alice schaut sich fragend nach Olly um und wendet sich erneut zu der Maus. Vorsichtig versetzt sie ihr einen Klapps auf den Kopf.

Olly ruft ihr aufmunternd zu: „Na los, du darfst sie aufessen!"

„Sie lebt doch noch!"

„Du musst sie beißen – dann ist sie tot und du kannst sie essen."

Alice senkt den Kopf und schnuppert an der Maus. Die nimmt ihre letzte Lebensenergie zusammen und flüchtet plötzlich zwischen Alices Pfoten hindurch. Nur vier Katzenlängen bis zu ihrem Bau! Nur noch drei. Noch zwei! Kurz vor dem rettenden Unterschlupf senkt sich ein tödlicher Schatten über sie und die Maus haucht ihr zartes Leben aus. Vorbei!

Zufrieden sagt Olly zu Alice: „Taktisch noch nicht ganz einwandfrei, aber mit etwas mehr Übung..."

Während Alice den löffelohrigen Snack verzehrt, ist ihr nach einem Small Talk unter Frauen: „Sag' mal, Olly. Wie ist das eigentlich mit all den Katern? Werdet ihr nicht ständig von ihnen bedrängt?"

Olly lacht und antwortet: „Nein, nein! Die meisten sind viel zu schüchtern und außerdem haben sie alle Respekt vor Robin, John und Scarlet – die würden das niemals dulden. Du musst dir keine Sorgen machen!"

Erleichtert rückt Alice ihrer Freundin etwas näher.

„Jetzt, wo du ihn erwähnst. Wie findest du Robin? Ungewöhnlicher Bursche, oder?“

„Ja – alle Kätzinnen im Viertel himmeln ihn an, obwohl die meisten ihn gar nicht kennen. Aber Robin ist so sehr in seine Marian verliebt, dass er keine Augen hat für eine andere. Immer nur Marian! Aber ich kann ihn verstehen – sie passt wirklich zu ihm.“

Und nach einer versonnenen Pause: „Komm, Alice! Wir wollen nachsehen, was es zum zweiten Frühstück gibt.“

Sie kommen gerade recht zur Eröffnung des Buffets: Ein älteres Menschenpaar beugt sich über drei Schälchen und verteilt eben eine große Büchse des feinsten Katzenfutters. Es sind die Millers – Muchs alte Bäckersleute, die in ihrem Laden von den Katzen im Park erfuhren.

„Eine kleine, grau Getigerte ist auch dabei. Sieht ganz so aus wie euer guter Much“, hatte eine Kundin ihnen in der Tür beim Gehen noch zugerufen.

Mit der Hoffnung, ihren geliebten Kater wiederzufinden, sind die beiden nun nach der Sonntagspredigt in den Park gekommen. Und tatsächlich: Kaum haben die beiden Alten die Büchse geleert, schießt ein grau Getigerter unter den Büschen hervor, dicht gefolgt von einem sandfarbenen und zwei weiteren kolossalen Katern.

Es ist Much mit Robin, Will und John. Much hat die Millers von weitem erkannt: Unermüdlich streift er an ihren Beinen entlang und maunzt in den höchsten Tönen. Außer sich vor Freude nimmt ihn Mr. Miller auf und küsst und streichelt ihn. Much brummt und schnurrt und reibt sich an Millers Nase.

Zärtlich redet Mrs. Miller auf ihn ein: „Hier bist du also! Warum kommst du nicht nach Hause? Wie du nur aussiehst – so zerzaust! War es dir denn nicht recht bei uns? Und Robin hast du auch mitgenommen. Wenn du nur wusstest, wie traurig die Mac Beals sind. Und Guinevere frisst kaum noch vor Gram!“

Bei diesen Worten horcht Robin auf und reibt sich schwermütig an Mrs. Millers Beinen. Much-the-Millers-Cat seufzt betrübt. Natürlich versteht er jedes Wort. Aber wie soll er ihnen antworten? So, wie sich die Katzen miteinander unterhalten, begreifen sie auch jedes Wort der Menschen – selbst, wenn es nicht gesprochen wird – und antworten in ihrer Katzensprache.

Aber es ist zum verzweifeln: Die Menschen verstehen sie nicht! Sie haben vor langer Zeit aufgehört, den Tieren zuzuhören. Und nun verstehen sie ihre Sprache nicht mehr. Sie haben es verlernt! Zumindest bis auf wenige Ausnahmen, denn es gibt noch Menschen, die die Sprache der Tiere beherrschen. Die Millers gehören nicht dazu!

Wie soll Much seinen Leuten die schwierige Lage verständlich machen? Dass sie aus Not geflüchtet sind und in einem verzweifelten Kampf gegen eine Übermacht anstreiten. Hoffnungslos - sie verstehen ihn nicht!

Traurig verabschieden sich die Millers von den Katzen, nachdem sie die leergefressenen Schälchen umständlich eingepackt haben. Am nächsten Abend, wenn der Laden zugesperrt ist, werden sie wiederkommen mit ausgewaschenen Näpfen und einer Büchse Futter - und von nun an jeden Tag!

Olly und Alice haben sich ihren Teil vom Imbiss geholt und versuchen jetzt, den niedergeschlagenen Much zu trösten.

Auch Robin sitzt mit melancholischem Blick unter der Eiche und braucht etwas Trost. Will und John setzen sich zu ihm und John brummt eins der Lieder, die er damals, als er noch lebte, bei Andy Little hörte. Es klingt ein wenig nach ‚The River' von Bruce Springsteen - auf jeden Fall passt es gut zu ihrer Stimmung.

Während noch ein Hauch von Wehmut über dem Lager schwebt, kommen Tuck und Alan zurück - Tuck trägt eine riesige Wanderratte zwischen den Zähnen, Alan ein kleineres Weibchen.

Will erzählt ihm mit wenigen Worten von dem Besuch und Alan spricht einfühlsam auf die Freunde ein: „Wo bleibt denn eure Hoffnung? Es ist doch nur eine Frage der Zeit, bis wir wieder frei sind. Und dann könnt ihr eure Familien sehen so oft ihr nur wollt."

Und sie wären keine Merry Catz, wenn die trübe Stimmung nicht bald der gewohnten unbekümmerten Heiterkeit weichen würde! John rafft sich auf, das tägliche Kampftraining mit den Jungen aufzunehmen.

Will bemerkt die Lustlosigkeit seines Kumpans und eilt ihm zu Hilfe: „Ganz schön hüftlahm, Fettklops! Hast dir wohl den Buckel krumm gelegen die letzten Tage?"

„Haha! Guter Scherz! Aber nett, dass du dir auch dein Grinsen verbiegen lassen willst von den übermütigen Springern.

Die hatten nämlich nichts zu tun, während wir ständig unterwegs waren, und sie schäumen über vor Adrenalin."

Gutmütig wie die jungen Kater sind, dreschen sie nicht nur auf die beiden Fossilien ein, wie John und Scarlet sich wüst beschimpfen: Regelmäßig gleitet das Training ab in wildes Spiel und gegenseitige Balgerei. Alan und Tuck sitzen dabei und Alan beschreibt seinem blinden Freund, wer gerade wen in die Mangel nimmt.

Tuck lächelt gütig und sagt: „Es freut mich, dass sie so vergnügt sind. Es ist nicht nur Kampf. Die Balgerei mit ihrer körperlichen Nähe bedeutet ihnen viel: Sicherheit, Geborgenheit und Wärme – und selbst Zärtlichkeit, wenn du willst! Schau' sie dir doch an. Ich kann es sogar riechen!"

Alan sieht ihnen noch eine Weile zu, bevor er antwortet: „Es ist ein so schöner Sonntag heute, Tuck. Und der Spätsommer ist für mich die schönste Jahreszeit. Wollen wir nicht Alice rufen und durch den Park wandern?"

„Wenn du meinst. Aber du musst geduldig sein und mir alles beschreiben. Ich habe nämlich ein Jahrhundert oder zwei im Hades gelebt!"

„Deine Familie hätte dich lieber Orpheus nennen sollen", erwidert Alan lächelnd.

Der blinde Tuck nimmt es gutmütig hin und spinnt den Faden weiter: „Und wo bleibt meine Eurydike? Soweit ich sehen konnte, war meine Unterwelt kätzinnenfrei und hier sind alle vergeben. Aber jetzt bin ich sowieso zu alt für das zapplige Gehampel. Also los – ruf' deine Alice und lass uns aufbrechen."

Gemeinsam wandern sie rund um den Park und Alan erklärt Tuck die kleinen Sehenswürdigkeiten und Attraktionen. Besonders beeindruckt ist Tuck von dem bronzenen General, den ihm Alan minutiös schildern muss. Alice dagegen liebt die Frische des vom Springbrunnen rieselnden Wassers, das teilweise zu feinsten Nebeltröpfchen zerstäubt und vom Wind herangetragen wird.

Oben auf dem Meadow Hill legen sich die drei Katzen vor den Birken ins hohe Gras und genießen den freien Blick über den Sund, den Alice für Tuck beschreiben will. Tuck lächelt und sagt: „Lass' es gut sein, Alice. Ich ‚sehe' auch so, wie die Möwen und die Schwalben vom warmen Aufwind getragen über dem Wasser segeln. Ich kann sie hören! Ich ‚sehe' auch die Weite des Wassers – ich höre den Wind und weiß, wie der Sund sich in der Ferne öffnet. Ich rieche den Dunst und erkenne in ihm die Küste von Battleham mit ihren Fabriken und den Autos auf der großen Brücke."

Erst spät am Nachmittag kehren sie von ihrem Ausflug zurück. Von weitem bemerken sie Unruhe im Lager: Einer der Menschen, die regelmäßig Futter bringen, beugt sich über einen Kater. Verängstigt schreit er, während der Mann nach ihm greift, um ihn in eine geöffnete Transportbox zu setzen.

Es ist ein Kater, der schwächlich und unterernährt zu ihnen kam und der jetzt fiebrig und schniefend an Katzenschnupfen leidet. Die menschlichen Katzenfreunde hatten ihn mit besonders leckeren Häppchen verwöhnt und er erholte sich von Woche zu Woche.

Aber nun ist doch eine ernsthafte Erkrankung ausgebrochen, seine Abwehr war wohl noch nicht stark genug.

Jetzt soll er zu einem Tierarzt gebracht und behandelt werden. Und es ist wichtig, die anderen Katzen vor der Krankheit zu schützen.

Mit fürsorglichem Zureden versucht der Mann, das kranke Tier in die Box zu bugsieren. Angsterfüllt sträubt sich dem Kranken das Fell. Auffordernd und lockend streifen Robin und Much dem helfenden Menschen um die Beine und signalisieren ihm und dem Kranken ihr Vertrauen.

Der lebhafte Lightfoot springt auf das Körbchen zu und setzt sich freimütig hinein. Zu dem Kranken sagt er beruhigend: „Du musst keine Angst haben! Die Menschen, die uns besuchen und mit Futter verwöhnen, wollen uns helfen – sie sind unsere Freunde! Und du gehst jetzt zum Arzt und lässt dir endlich dein ekliges Fieber auskurieren, bevor du uns alle ansteckst! Los – ab ins Körbchen!“

Ängstlich lässt er sich nun aufnehmen und in den Kasten setzen. Lightfoot macht ihm Platz und springt behände nach draußen. Der Mann setzt den Deckel auf, verriegelt ihn sorgfältig und verabschiedet sich von den Katzen.

„Es dauert nur ein oder zwei Stunden, dann ist der Patient zurück und wird hoffentlich wieder gesund.“

Die Freunde sind erleichtert, dass ihr kranker Genosse auf den Weg gebracht ist und Ruhe kehrt ins Lager ein, während es wieder einmal Abend wird.

Hochzeit

Robin nimmt Tuck beiseite, um unter vier Katzenohren mit ihm zu sprechen: „Tuck, lieber Freund. Du hast es sicher auch bemerkt! Unsere drei Kätzinnen fühlen sich so wohl in ihrem Fell, dass sie immer unruhiger werden. Sie stupsen ihre Kater häufiger als früher mit den Köpfen und drehen sich so oft kokett nach ihnen um - sie sind viel zärtlicher als sonst! Ich kenne mich nicht so gut aus mit den Frauen. Hältst du es für möglich, dass es ihre Zeit ist und sie Junge wollen?“

„Was glaubst denn du, Robin? Sie sind mehr als reif und wenn sich ihre Kater nicht bald um sie kümmern, werden sie sich womöglich andere suchen.“

„Bastet behüte! Was meinst du, Tuck? Wollen wir nicht eine Hochzeit veranstalten, wie es die Menschen tun? Wir könnten sie feierlich zusammengeben und die anderen ermahnen, sie in Ruhe zu lassen.“

„Für Katzen ist das zwar etwas ungewöhnlich, aber Bastet wird sich freuen, denn sie liebt Fröhlichkeit, Gesang und das Liebesglück!“

„Fein - dann lass' uns die Bande in Trab bringen. Wir müssen unser Festessen einfangen und Alan soll den Bleistift spitzen, um ein schönes Lied zu dichten.“ Es dauert nur Minuten und die freudig erregte Schar der Catz schwärmt in alle Richtungen aus, um ihr großes Fest vorzubereiten. Den Anlass kennen sie noch nicht! Es ist erst kurze Zeit dunkel, da türmen sich die saftigsten Fische, Mäuse, Ratten und Tauben unter dem Trysting Tree und erwartungsfroh versammeln sich die Catz im großen Kreis. Mit feierlichem Ton erhebt Robin seine Stimme.

„Freunde - die Brotherhood of Merry Catz feiert heute ihr schönstes Fest. Unsere griesgrämigen Altmeister John und Will haben sich von der Jungengruppe trotz ihrer Dauermüdigkeit gehörig durchwalken lassen und sie haben es in ihrer würdigen Gebrechlichkeit tatsächlich überlebt - das muss gefeiert werden!“

Die beiden lauschen erstaunt und sehen sich verständnislos an. So alt sind sie doch nun wirklich nicht!

„Das aber nur nebenbei. Den Hauptanlass bieten unsere drei Frauen. Wie ich sehe, sehnen sie sich nach ihren Katern Lighty, Brighty und Alan. Und da die Natur es will, dass Kätzinnen Junge bekommen, soll Tuck die drei Paare zusammengeben. Bitte, lieber Tuck.“

Tuck räuspert sich. Obwohl er bei seinen neuen Gefährten glücklich ist, hat er seine jahrelange Gewöhnung an die Einsamkeit noch nicht völlig überwunden. Er macht es daher kurz und sagt nur warm: „Robin hat es euch erklärt und ich gebe meinen Segen dazu. Mögen die Liebesleute vortreten – hier zu mir in den Kreis."

Etwas verlegen durch die allgemeine Aufmerksamkeit treten die drei Frauen vor, von ihren Katern begleitet.Der Blinde fragt jede einzelne der sechs Katzen, ob sie anwesend ist und spricht dann ein Gebet:

„Erlauchte Bastet, die uns Liebe einflößt.
Anmutig und sanft in deiner Erscheinung.
Herrin der Könige mit deiner zarten Gestalt,
Göttin, aus der wir alle geboren:
Gib' deinen Segen diesen jungen Katzen
und schenke ihnen langes Glück!"

Und dann setzt er noch mit lauter Stimme für die anderen hinzu: „Das Glück der Liebenden ist der Bastet heilig und niemand soll es verletzen oder er bekommt es mit Robin und mir zu tun!"

Die drei Kater sind nun verheiratet nach allen Regeln der Bastet und stolz führen sie ihre Kätzinnen zurück in den Kreis.

Kaum ist das Zeremoniell beendet, fallen die Catz über ihre Jagdbeute her und das Fest nimmt seinen gewohnten Lauf. Diesmal dauert es nicht lange, bis sich die versammelten Freikatzen satt die Mäuler lecken, denn sehnsüchtig erwarten sie Alans Lied, das jetzt folgen muss, wenn es ein echtes Katzenfest werden soll.

Wie üblich lässt er sich nicht lange nötigen – für die Feier hat er ein bekanntes Abenteuer aus dem Leben des Robin Hood in Verse gefasst. Eine Episode, in der Robin Hood seinen Widersacher, den Sheriff von Nottingham, auf ein Neues zum Narren macht.

Alan-A-Dale's Song No. 4:
The Archers Contest – Das Bogenturnier
Der Sheriff lud zum großen Turnier
die Schützen fern aus weitem Revier.

Ein güldner Pfeil erwartet als Preis
den besten Mann, der treffsicher weiß,

wie starke Hand, den Bogen gespannt,
ins Ziel den schlanken Pfeil rasch gesandt.

Den Preis zu erringen, zu tanzen und singen,
so ziehen sie fröhlich nach Nottingham aus!

Ein güldner Pfeil - der Schaft nur Argent,
das Festmahl dem, der Sieger sich nennt!

Geächtet sind die Herrn vom Sherwood,
sie eil'n herbei mit Freund Robin Hood.

Es kleiden sich Will Scarlet und Much
und Little John in leinenes Tuch.

Den Preis zu erringen, zu tanzen und singen,
so ziehen sie fröhlich nach Nottingham aus!

Als Bauern zieh'n sie über das Land,
vom Sheriff nicht als Erzfeind erkannt!

Die Menge winkt den Wettkämpfern zu,
der Sheriff wacht und hat keine Ruh'.

Den Feind zu stell'n, so steht ihm der Sinn,
die Hoffnung weicht, die Zeit geht dahin.

Den Preis zu erringen, zu tanzen und singen,
so zogen sie fröhlich nach Nottingham aus!

Verloren glaubt der Sheriff das Spiel,
den besten Schuss bringt Robin ins Ziel.

Unerkannt den Preis er sich schnappt,
den Segen gibt vom Kloster der Abt.

Und Gott zum Dank den Gruß er ihm schickt,
es dankt Freund Hood von ferne beglückt!

Den Preis zu erringen, zu tanzen und singen,
so zogen sie fröhlich nach Nottingham aus!

Gut gelaunt ziehen sich die Merry Catz nach diesem Lied auf ihre Ruheplätze zurück. Nur unsere frisch vermählten Paare bleiben wach. Jedes für sich suchen sie ein Plätzchen, an dem sie ungestört sind.

Alice wählt den Weg zum Fluss hinunter. Zielstrebig geht sie voraus; immer wieder wendet sie sich verliebt nach Alan um. Bleibt er zurück, senkt sie den Kopf und reibt ihn leicht am feuchten Gras, um sich dann über die Schulter rollen zu lassen. Wohlig wälzt sie sich, springt auf und läuft weiter in Richtung Fluss.

Alan bleibt neugierig über dem niedergedrückten Rasen stehen und schnuppert an Alices weiblichem Duft, den sie dort hinterließ.

Sie hockt derweil vor dem Stumpf eines frisch abgesägten Baums und wetzt sich die Krallen am rauen Holz.

Wieder wirft sie einen auffordernden Blick und leckt ihre zierlichen Pfoten. Kaum kommt Alan näher, springt sie auf und läuft weiter zum nächsten Baum – so, als wüsste sie genau, wohin ihr Weg sie führen soll. Endlich sind die beiden Katzen am Flussufer angelangt. Und immer weiter treibt Alice mit Alan ihr verführerisches Spiel, mit dem sie um seine Liebe wirbt.

Kaum kommt Alan näher, springt sie mit aufmunterndem Blick davon; bleibt er zurück, läuft sie laut schnurrend zu ihm hin. Alans Befangenheit weicht der aufkeimenden Lust. Seine Begierde entlädt sich in einem langanhaltenden Schrei.

Stürmisch wird Alice jetzt von ihm bedrängt. Kommt er ihr jedoch zu nahe, flieht sie kreischend und wehrt ihn mit scharfen Hieben ab.

Kaum lässt sein Werben nach, reibt sie wieder den Kopf am Gras und wälzt sich lockend vor Alan. Er folgt ihr nur noch langsam und legt sich abwartend nieder. Unerfahren wie er ist, ahnt er doch, dass Alice die Wege der Katzenliebe kennt und vertraut ihrem weiblichen Instinkt.

Leise spricht er melodisch maunzend und murrend mit verliebten Worten auf sie ein und schürt mit seinem Liebesgesang die Zuneigung, die beide vereint. Endlich spürt Alan ihre Bereitschaft, ihn anzunehmen. Er überwindet mit wenigen Schritten die kleine Strecke, die ihn von ihr trennt, und greift ihr Nackenfell zärtlich mit den Zähnen. Eine Pfote schiebt er über Alice und beobachtet sie genau. Erst, als sie den Rücken senkt und sich hinten leicht hebt, nimmt er sie paarungsbereit zwischen die Läufe.

Alice hält die Augen zu schmalen Schlitzen geschlossen. Ihre Vorderbeine liegen bis zum Ellenbogen auf dem Boden. Ihr Kopf ruht dicht darüber, die Ohren leicht zurückgelegt. Sie lüftet den Schwanz und dreht ihn zur Seite, um Alan das Annähern zu erlauben.

Vorsichtig tritt Alan mit einer Pfote auf Alices Rücken: Er fordert sie auf, ihr Becken weiter anzuheben – dann dringt er in sie ein.

Nur kurz dauert das erste Liebesglück und die Kätzin schreit auf, dreht sich zu Alan um und schlägt nach dem erstaunten Kater. Leise grollend fährt Alan zurück, wehrt sie aber nicht ab. Er legt sich unweit ins Gras und blickt Alice nur ruhig an.

Sorgfältig pflegt sie ihr Fell – besonders dort, wo es durch den Ansturm in Unordnung geraten ist. Beide erholen sich von ihrer Leidenschaft, bis Alan aufsteht und sich Alice nähert.

Er schnuppert kurz, streift sie zärtlich mit dem Kopf und wendet sich ahnungslos ab, um ins Lager zurückzukehren. Fragend schaut er sich nach ihr um. Wie wenig er über die Katzenliebe weiß!

Es ist noch lange nicht vorbei: Sofort springt Alice purrend auf. Sie läuft an ihm vorbei und wälzt sich erneut vor seinen Augen. Immer näher kommt sie ihm dabei und schaut ihn aufreizend an. Ermunternd gurrend reibt sie ihren Kopf an seiner Flanke. Wieder nimmt er sie zwischen die Pfoten und vereint sich mit ihr aufs Neue.

Lange hallen ihre Schreie durch die Nacht – bis zum späten Morgen, während die jüngeren Kater unruhig schlafen.

Nach und nach vergeht der September und ein warmer Herbst setzt im Marmoron Park seine goldenen Zeichen.

John und Much genießen die Angelsaison in vollen Zügen – oft begleitet von Alan und Will. Schläfrig liegt Robin dabei und erholt sich von den aufregenden Abenteuern.

Meist begleitet Alan den blinden Tuck, um ihm die Augen zu ersetzen. Zu groß ist die Gefahr, dass sein Freund von einem der Hunde im Park angegriffen wird, wenn er ihm nicht rechtzeitig ausweichen kann.

Eines Abends liegen Robin und Tuck gemeinsam am Ufer des Great River, während Will und John versuchen, einigen Catz das Fischen beizubringen. Seit langem drängt es Robin, sein Herz zu erleichtern und den klugen Tuck um Rat zu bitten.

Er erzählt ihm von seiner Marian und der Gefahr, dass Guy sich ihrer bemächtigt. Wenn Bastet nur helfen könnte, sie aus Guys Krallen zu befreien!

Tuck antwortet Robins Seufzern: „Hier kann uns Bastet nicht helfen, Robin. Wir müssen es selbst in die Pfoten nehmen. Aber wenn wir es wagen, genießen wir ihren Schutz – soviel ist sicher! Glaube mir, gemeinsam finden wir einen Weg. Ich verspreche dir, Marians Befreiung ist unser nächstes Ziel!"

Vorher wartet noch eine schöne Nachricht auf die Catz der Brotherhood! Es ist Robin schon seit Tagen aufgefallen: Alices gewohnte Leichtfüßigkeit ist vergangen und sie läuft mit schweren Schritten im Lager umher. Eines Abends, beim Fischen, wagt er es, den Freund zu fragen: „Sag', Alan. Deine Alice wirkt so verändert. Kann es sein, dass wir Junge erwarten?"

Überglücklich strahlt Alan seinen besten Freund und Vertrauten an. „Gut beobachtet, Robin! Alice ist trächtig und ich werde Vater. Und ihr werdet die Patenonkels der Kleinen! Ich wollte es dir schon früher sagen. Aber Alice hat so geheimnisvoll getan und es vorhin erst zugegeben.

Und weißt du, was das das schönste ist? Auch Olly und Polly bekommen Junge! Lighty und Brighty haben es mir zugeflüstert. Und die drei Mütter werden unsere Kleinen gemeinsam aufziehen. Endlich wird dein zweitgrößter Wunsch erfüllt!"

Mitten in der Nacht kommt Simon erregt ins Lager. Er weckt Robin und Much und stößt hervor: „Wir haben fremde Katzen im Park. Am Ulmenwäldchen, nicht weit vom Südeingang. Es sind Spione. Ich kann es riechen - überfütterte, miefige Hauskatzen. Garantiert Guys Kundschafter, die unser Lager ausspionieren sollen."

„Das klingt nicht gut! Much: Geh' bitte und hole John, Will und Alan. Die Sache ist zu wichtig - das müssen wir gemeinsam besprechen!"

Es dauert nicht lange und Much trifft mit den Freunden ein. Er hat sie bereits informiert und Robin setzt sein Gespräch mit Simon fort.

„Ich kenne deine Achtsamkeit gut genug, Simon. Ich gehe davon aus, dass die Spione keinen deiner Wachtposten gesehen haben!"

Stolz nickt Simon als Bestätigung - selbstverständlich ist jeder von ihnen so geschult, dass ihnen keine Fehler unterlaufen.

„Gut so. Was haltet ihr davon, wenn wir noch einige Beobachter im Park verteilen, um sie im Auge zu behalten? Wir anderen ziehen uns in das Tunnelversteck zurück und warten ab, was sie vorhaben.

Ich könnte mir denken, dass Guy sich einen Überblick über unsere Kampfstärke verschaffen will - und genau das müssen wir verhindern. Und wir wissen bis heute nicht, wie stark seine Truppe ist. Oder weiß es einer von euch?"

Die anderen schweigen, während Robin seinen Überlegungen folgt. Endlich sagt er: „Nein. Wir können es uns nicht leisten, im Tunnel zu hocken. Wir müssen uns auf die Beobachtungsposten verteilen, um spontan einzugreifen, wenn etwas Unvorhergesehenes passiert.

Lighty und Brighty setzen wir als Verbindungsposten ein. Die beiden sind die einzigen, die es wagen dürfen, sich zwischen den Spionen zu bewegen - nicht einmal die große Eule würde sie sehen!

Alan! Frage bitte Tuck und zwei Leute aus der Kampftruppe, ob sie dich begleiten. Ihr müsst die Frauen und die jungen Kater in Sicherheit bringen und bewachen. Und im schlimmsten Fall führst du sie nach Greenwood in unser Winterlager!"

Betreten blicken die Freunde auf Robin. Die Gefahr war ihnen den ganzen Sommer über bewusst. Aber in der Schönheit und Freiheit ihres Parks war der Kampf so weit weggerückt.

Niemand von ihnen dachte daran, dass er eines Tages in ihr Lager eindringen könnte!

Die Freunde geben wortlos ihr Einverständnis: Schweigend brechen sie auf. Sie gehen lautlos im Lager umher und benachrichtigen alle Catz einzeln. Lautlos ziehen sie Beobachtungsposten zusammen – die gesamte Kampfgruppe bietet sich als Beobachter an.

Die anderen Catz versammeln sich bei Alan und Tuck. Zwei Freiwillige der Kampfgruppe stoßen zu ihnen und schweigend setzt sich die Kolonne in Bewegung – Alan geht voran, als Nachhut folgen die beiden Kämpfer. Währenddessen teilt Robin bei der letzten kurzen Lagebesprechung die Kameraden für die Posten ein.

„Simon, du bleibst am besten bei deinen Leuten, um sie zu koordinieren. Wenn ihr Kampfgetümmel hört, bleibt ihr unsichtbar! Nicht eingreifen! Kein Fremder darf ahnen, dass es euch gibt!

Will, John. Ihr teilt die Truppe zwischen euch auf und bezieht am Graben und im Versteck am steinernen Löwen eure Posten. Much, du bleibst bei John! Lighty und Brighty schickt ihr aus, wenn's brenzlig wird. Ich verstecke mich in der Eibenhecke am Südeingang und halte Kontakt zu Simon."

Geräuschlos verschwinden die Katzen im Dunkel der Büsche. Auf den Wiesen liegt ein matter Schimmer von silbernem Licht, das die Mondsichel schwach verstrahlt. Nicht gerade viel, aber den Catz, die hier jeden Halm kennen, reicht es für die Orientierung.

Robin versteckt sich unter der Eibe dicht am Trail und hat die kleine Wiese vor dem Ulmenwäldchen im Blick. Er wartet geduldig, aber nichts rührt sich um ihn herum. Plötzlich nimmt seine Schwanzspitze eine Luftbewegung wahr. Er fährt herum und stößt fast an Lightfoots Schnurrhaare. Erleichtert grinst Robin ihn an.

„Klasse gemacht, Lighty! Du jagst selbst mir einen Schrecken ein! Was hast du erfahren?"

„Es sind drei, Robin. Einer scheint mir noch relativ jung und unerfahren zu sein. Die beiden anderen sehen gefährlich aus: ein Maine Coon und ein Ungeheuer von Hauskatze."

„Das geht ja noch! Hast du alle Posten abgefragt? Wir müssen sicher sein, dass es nur drei sind – sonst gibt es eine Katastrophe."

„Ja – wir waren bei allen Posten, auch bei Simon. Keine weiteren Feinde in Sicht, nicht einmal auf der Straße vor dem Park."

„Also gut. Dann gehen wir los und rufen die Truppe zusammen. Wir kreisen sie ein und machen sie nieder. Es wird zwar ein unfeines Gemetzel geben, aber Guy darf kein Wort von ihnen hören. Los - ab zu John und Much. Ich übernehme Will und Simon."

Es dauert nur wenige Minuten und die Posten sind herangezogen. Von allen Seiten schleichen sie auf die drei ahnungslosen Spione zu. Gerade eben hocken sie neben dem Kiesrondell am Löwen, um sich zu beraten: Einer von ihnen hat alte Exkremente eines Katers entdeckt; bisher haben sie nicht einen Feind gesehen, aber das wird sich ändern. Wenn sie wüssten, wie nah der Gegner ihnen ist! Der Kreis zieht sich immer enger. Robin versichert sich, dass alle Lücken geschlossen sind und springt auf die drei Spione zu, gefolgt von Will und John.

Erschrocken fahren die drei zusammen und blicken ihnen beklommen entgegen, denn überall schieben sich nun die Catz aus ihren Verstecken. Robin spricht sie an: „Ihr kommt von Guy, um uns auszuspionieren, oder?"

Der Hauskater antwortet verschlagen: „Guy? Wer ist das? Ein Freund von dir?"

„Na gut - wir wollen es kurz machen. Wir haben keine Zeit, uns lange mit euch zu befassen", und Robin gibt ein leises Signal. Wenige Augenblicke später liegen drei tote Kater im Gebüsch und werden unter einem lockeren Blätterhaufen verscharrt.

„Lighty! Lauf' zu Simon und melde ihm Entwarnung. Alle anderen ins Lager, auch Simon. Und er soll alle entbehrlichen Posten abziehen - heute droht uns keine Gefahr mehr von Guy. Ich hole Alan und die anderen", und Robin saust los.

Als endlich alle Catz bei der Eiche versammelt sind, entlädt sich die Spannung in der üblichen wilden Heiterkeit, besonders nach diesem unverhofften Triumph. Auch Simon ist mit seinen Posten dabei - nur drei erfahrene Wächter beobachten die Zugänge zum Park.

Der blinde Tuck tritt zur Eiche und spricht mit ernstem Ton zu den Catz: „Wir haben einen wichtigen Kampf bestanden und drei unserer Gegner getötet. Damit haben wir Bastet unglücklich gemacht, denn auch unsere Feinde sind Katzen! Deshalb hoffen wir auf ihre Nachsicht und wollen sie bitten, die drei Katzenseelen aufzunehmen.

Veni, vidi, vini. Ich kam, sah und weinte!"

Tuck sprach die heiligen Worte, die Bastet Tucks Meinung nach immer sprach, wenn sie traurig vom Himmel herabstieg, um die Seele einer toten Katze zu holen.

Trotz des unseligen Endes der drei Spione hält Robin es für richtig, seinen Mitstreitern zu danken.

„Freunde! Heute habt ihr gezeigt, was unsere Brotherhood taugt. Es war die erste ernsthafte Probe und ihr wart großartig. Jeder von euch kennt seinen Platz und jeder einzelne steht seinen Mann. Ich habe euch vorhin beobachtet und seit heute bin ich sicher, dass wir keinen Feind zu fürchten haben! Freunde mit eiserner Moral und starkem Willen: Was kann es besseres geben?"

Alle trommeln mit den Pfoten auf den Boden und einige lecken sich geschmeichelt das Fell. Robin ist noch nicht fertig: „Etwas hat sich zum Schlechten verändert. Unsere friedliche Zurückgezogenheit gibt es nicht mehr. Auch wenn wir Guys Spione unschädlich gemacht haben, weiß er jetzt Bescheid.

Er wird sich denken, dass seine Leute nicht einfach verdunstet sind! Wir sollten in Zukunft noch umsichtiger sein. Also, lasst nicht nach in eurer Aufmerksamkeit, Simon, denn wir müssen nun täglich mit einem Überfall rechnen! Ab heute heißt es offziell: Straßenkatzen gegen Hauskatzen. Wir Merry Catz gegen die Catz in the Hood, denn der Übergriff der Spione war eine Art offener Kriegserklärung!"

Aber Robin ist sicher: Kein Feind wird seinen Spähern entgehen. Tägliches Training und das natürliche Leben im Freien haben ihre Muskeln gestärkt und die Sinne geschärft. Jeden Feind erkennen sie sofort: Sie spüren den Hauch der Feindschaft und wittern den Geruch der verweichlichten Häuslichkeit, der die Gegner umgibt. Verstellung und Lüge nützt ihnen also nicht!

Einige Tage später kommt ein einzelner Kater in den Park, den Simon sofort mit drei seiner Posten stellt. Als der Fremde Simon und seine Begleiter bemerkt, legt er sich ins Gras und blickt ihnen ruhig entgegen. Simon warnt ihn, sich nicht zu regen und schickt einen Posten ins Lager. Kurz darauf kehrt er mit Robin, Much und Will zurück und Robin umkreist den Fremden schweigend. Er beschnuppert ihn und sagt ihm offen ins Gesicht: „Du bist einer von Guys Leuten! Mutig von dir, so allein in unserem Park herumzuspazieren. Wie heißt du?"

„Ich heiße Watkin und du hast Recht - ich gehöre zu Guy. Aber ich habe es satt, denn es wird täglich schlimmer mit ihm. Seine Wut auf euch macht ihn unerträglich. Inzwischen terrorisiert er auch seine Verbündeten! Er hat uns einen Blutseid ablegen lassen und angedroht, jeden zu verbannen oder im Härtefall sogar zu töten, der nicht nach seinen Kommandos springt! Die eigenen Freunde!

Im Viertel herrscht jetzt Ausgangssperre und Redeverbot. Stell' dir das vor! Die Katzen im Viertel dürfen sich nicht mehr frei unterhalten.

Und Marian hat seit Tagen Besuchsverbot – nicht einmal Sophie darf zu ihr rüber. Ich weiß es genau, denn ich war einer ihrer Bewacher. Die totale Unterdrückung! Und die Erklärung: Kriegsrecht. Unglaublich! Da gibt's nur eins: Widerstand gegen den militanten Banditen."

Und nach einigem Grübeln fügt Watkin nachdenklich hinzu: „Ich glaube, Guy ist größenwahnsinnig geworden. Er fühlt sich als Herr über Leben und Tod. Wie Gott!"

Robin knurrt zwischen den Zähnen hervor: „Herr über den Tod vielleicht. Aber über das Leben? Kann er auch nur einen Grashalm wachsen lassen? Kann er wie Gott neues Leben schaffen? Seine Göttlichkeit reicht bestenfalls für das Zeugen von Nachkommen in einem dunklen Hinterhof!"

Unsicher fragt Watkin: „Darf ich mich euch anschließen? Es gefällt mir, was ich über euch gehört habe."

„Du hast von uns gehört? Wie denn das? Es weiß doch niemand etwas über uns – so zurückgezogen, wie wir hier leben."

Watkin lacht auf. „Das passt zu dem, was man sich über dich erzählt, Robin Cat. Du bist doch Robin, oder? Immer bescheiden und, nimm es mir bitte nicht übel, ein bisschen naiv. Gerade dafür bist du so beliebt. Das ganze Viertel spricht von dir! Und alle verehren dich – selbst einige von uns, aber das sagt natürlich niemand offen."

Verwundert wendet sich Robin zu seinen Freunden um und starrt sie fragend an. Will grinst und sagt: „Ich habe gewusst, dass du mal berühmt wirst. Hoffentlich steigt's dir nicht in die Birne!"

Robin antwortet Watkin, nachdem er sorgfältig nachgedacht hat.

„Ich glaube dir jedes Wort, Watkin. Du scheinst ein ehrlicher Bursche zu sein. Du hast frei heraus gesprochen und nichts abgestritten wie die anderen. Ich sehe, du hast nichts zu verbergen. Komm' ins Lager, du bleibst bei uns."

„Dann habt ihr unsere Leute erwischt, wie Guy vermutet? Was ist aus ihnen geworden?"

„Frag' jetzt nicht! Lass' uns gehen." Und zu dem Chef der Wache: „Danke, Simon! Gut gemacht."

Simon und seine Späher nehmen wieder ihre Posten ein, während Robin und die anderen mit dem Fremden zum Lager gehen. Watkin blickt erstaunt in die Runde. „Schön habt ihr es hier. Gefällt mir gut."

Robin lächelt. Er klärt Watkin über Barnesdale auf und zeigt ihm die Eiche. Dann sagt er zu ihm: „Wenn du bei uns bleiben willst, halte dich an Alan und Tuck. Ich finde es besser, wenn du dich mit ihnen um das

Lager kümmerst: Die Kampfgruppe ist für dich nicht das richtige. Ich will nicht, dass du eines Tages gegen deine alten Freunde kämpfen und vielleicht sogar einen von ihnen töten musst. Du sollst nicht zum Verräter werden. Das würde dich zerreißen."

Mit unverhohlener Bewunderung starrt Watkin seinem neuen Freund ins Gesicht: „Mir dämmert langsam, warum du so beliebt bist, Robin! Warum bin ich nicht eher gekommen? Es ist so schwer, sich vom vertrauten Mief zu lösen."

„Ich weiß, Watkin. Das haben wir alle hinter uns. Aber jetzt bist du hier und wir freuen uns darüber."

Inzwischen sind auch Alan, Tuck und John mit der gesamten Trainingsgruppe eingetroffen und Robin stellt den Fremden vor. Neugierig beschnuppern sie Watkin und heißen ihn willkommen.

Nach der Begrüßung nimmt Watkins Gesicht einen bekümmerten Zug an und er sagt: „Ich habe eine Nachricht, die dich kaum freuen dürfte, Robin. Das war überhaupt der Auslöser, mich endlich für euch zu entscheiden!

Guy macht sich an Marian heran und notfalls will er sie mit Gewalt zwingen, seine Geliebte zu werden. Du musst sie in Sicherheit bringen, wenn du sie nicht verlieren willst. Ich respektiere Liebe und Freundschaft, deshalb wollte ich dir das unbedingt sagen."

„Watkin, du mutiger Freund. Ich danke dir, dass du dich zu uns durchgeschlagen und alles aufgegeben hast, was dir lieb ist. Ganz sicher keine leichte Entscheidung, aber du wirst es nicht bereuen. Hier findest du Freunde, die dir deinen Verlust ersetzen werden!"

Mit größter Achtung kommen die Catz nacheinander und stoßen ihn sanft mit den Köpfen. Er ist aufgenommen! Aber was soll Robin tun? Wie kann er Marian helfen? Er braucht den Rat der Freunde und sieht sie hilflos an. „Bitte helft mir – ich brauche euch jetzt!"

Sofort eilen sie zu Robin, um sich mit ihm zu beraten. Lighty und Brighty kümmern sich um Watkin. Sie zeigen ihm den Park und weihen ihn in ihr Geheimnis ein: die Tunnelwelt mit ihrem Labyrinth.

Olly, Polly und Alice tappen mit schweren Schritten zur kleinen Wiese hinter dem Graben, um sich faul in die wärmende Herbstsonne zu legen. Alice vergisst ihr Handicap für einen Moment und ihr aufgewecktes Naturell setzt sich wieder einmal durch.

Leichtherzig hüpft die Schwangere so gut es geht über das Gras und klettert mühsam auf einen Stumpf, um in langwieriger, konzentrierter Prozedur die Krallen am nachgiebigen Holz zu wetzen.

Eine kleine Unachtsamkeit bringt ihr den Tod: Sie übersieht den schnüffelnden Jagdterrier, der mit gesenktem Kopf die nächstgelegenen Büsche umkreist.

Er nähert sich Alices Spur. Jetzt hat er ihren Geruch in der geschulten Nase und wittert mit zornig gesträubtem Rückenfell. Es dauert nur Sekunden, der Spur zu folgen und das bösartige Tier hat Alice auf dem Baumstumpf im Visier.

Knurrend und kläffend springt er nach ihr, kann sie jedoch nicht erreichen. In Panik springt Alice von ihrem sicheren Podest und versucht, zu den nahen Bäumen zu fliehen. Unbelastet hätte sie es mit schnellen Sprüngen geschafft. Die schwere Fracht in ihrem Leib behindert jedoch ihre Flucht. Der Terrier folgt der schwerfälligen Katze und packt sie im Genick. Ein Biss und Alice liegt sinnlos getötet im Gras. Wedelnd und stolz gibt er vor der erlegten Beute Laut und blickt auf den Leichnam herunter. Für ihn war's eine sportliche Übung! Dann wendet er sich ab und ist verschwunden. Alice liegt nur wenige Meter von dem Stumpf, an dem sie und Alan vor Wochen Hochzeit gefeiert haben. Gelähmt vor Schreck sitzen Olly und Polly auf dem Rasen – unfähig, den Anblick zu begreifen.

Von allen Seiten kommen die Catz angelaufen – schmerzhaft schrill war Alices Todesschrei. Ungläubig stehen sie bei ihrem totem Körper. Stille und Trauer breiten sich aus. Alan, der mit Robin und den anderen um die Büsche gelaufen kommt, heult schmerzvoll auf, als er Alices Leiche liegen sieht. Selbst im Tod ist sie noch zauberhaft! Ebenso schmerzvoll fallen die Freunde in Alans Klage ein.

Bis tief in die Nacht ruhen sie dicht bei der Toten – stumm, denn welches Wort könnte jetzt trösten? Sie streifen sanft an Alan vorbei, der reglos bei Alice liegt. Kurz vor der Morgendämmerung bringt er mühsam hervor: „Lasst uns Alice dort unter den Busch legen und mit Laub bedecken. Kein Hund soll ihr je wieder nahe kommen!"

So wird Alice bestattet und liebevoll mit goldenen Herbstblättern bedeckt, während Tuck leis' Verse spricht.

Von nun an wird Alan alleine bleiben. Als Führer wird er sich zu dem Blinden gesellen. Und er wird ein guter Schüler sein, damit Bastets Lehre weiter durch die Jahrhunderte wandern kann.

Mitfühlend und sanft sagt Tuck zu ihm: „Alan – Wissen ist der einzige Weg aus der Not. Und wir müssen leiden, um klug zu werden. Nur Schmerz macht weise!"

Mit Alices Ende hat Barnesdale seine märchenhafte Alltagsleichtigkeit verloren. Das Gezwitscher der Vogelvölker, das sich jeden Morgen wie geschäftiges Marktgeschrei über dem Park verbreitet, hat einen anderen Klang bekommen. Seit Tagen erzählt es von der Brüchigkeit ihrer sonnengetränkten Vorstadtidylle. Es erzählt vom Tod, der mit banaler Zufälligkeit zwischen sie greift und tiefe Furchen in die Seelen reißt. Aber auch vom Tod, der ihr Freiluftexil an den Grenzen belauert in Gestalt eines Gegners, der sie mit Feindschaft bedroht.

Robin hockt unter der Eiche und blickt geistesabwesend den herabgewehten Blättern nach, die jeder Windstoß verwirbelt und in kreisenden Kaskaden über das bräunliche Gras segeln lässt.

Much, John und Will sitzen dicht hinter ihm. Tuck und Alan liegen im Schutz der Feuerdornhecke - sie sind wie so oft in den letzten Tagen in philosophische Betrachtungen vertieft. Endlich entschließt sich Robin, das Gespräch aufzunehmen.

„Freunde - ich weiß, wie schwer es fällt, die Gedanken von Alice zu lösen. Aber Marian ist in Not und wenn wir ihr helfen wollen, müssen wir es jetzt tun. Ihr wisst, was Watkin berichtet hat! Seid ihr dazu bereit?“ Will, John und Much nicken. Tuck und Alan unterbrechen ihr Gespräch und lauschen aufmerksam. Als Robin weiterspricht, erhebt sich Alan und setzt sich zu den Freunden. Tuck folgt ihm und legt sich an Alans Seite.

„Wir müssen uns ins Viertel wagen, wenn wir Marian befreien wollen. Und diesmal dürfen wir nicht riskieren, nur mit einem kleinen Expeditionscorps auf Guys gesamte Truppe zu stoßen, denn er wird jetzt vorbereitet sein. Wir sollten also alle Catz mobilisieren und jeden mitnehmen, den wir im Lager entbehren können. Würdest du mit Tuck und Watkin den Schutz des Lagers übernehmen, Alan?“

„Gerne, Robin. Die Frauen und alle Kater, die nicht zur Kampfgruppe gehören, bleiben bei uns und ich führe sie in unser Tunnelversteck. Zur Bewachung des Parks reichen Simon drei seiner Posten. Alle anderen kannst du für deinen Plan einsetzen.“

Auch Tuck meldet sich zu Wort. „Ich komme mit euch, Robin. Ihr braucht jede starke Hand, wenn ihr auf Guys Streitmacht stoßt!

Brighteye soll als Führer bei mir bleiben und mir die Augen ersetzen. Dann kann ich euch wenigstens den Rücken freihalten."

Robin lächelt dem Blinden zu. „Ich danke dir für dein Angebot, Tuck. Und ich vertraue darauf, dass du weißt, was du dir zumuten kannst. John wird auf jeden Fall in deiner Nähe bleiben und dich raushauen, sollte es nötig werden."

Rasch und routiniert bereiten die Freunde ihren Ausfall vor. Lightfoot ist unterwegs, um Simon zu instruieren und alle Posten abzuholen, die er entbehren kann. Watkin lässt sich von Alan in den Fluchtplan einweisen. Beide versammeln alle Katzen, die bei ihnen bleiben sollen, in ihrer Nähe: Sie wissen, was zu tun ist, und scharen sich um ihre Anführer. Brighteye weicht nicht von Tucks Seite. Kein Gegner wird auch nur ein Schnurrhaar krümmen, ohne dass Tuck es erfährt!

Lightfoot hat die Posten ausgesandt, die er bei Simon abziehen konnte. Sie benachrichtigen alle Catz der Kampfgruppe, die weit im Park verteilt ihre Frühstücksmäuse belauern. Nach und nach versammeln sich alle Catz bei der Eiche und werden zügig von Robin, John und Will informiert. Robin entwickelt nun seinen Plan. „Catz! Ihr wisst, worum es geht. Marian wohnt in der Chippensight, schräg gegenüber von Sophies Zeitungsladen – ihr alle kennt das Haus. Wir marschieren gemeinsam durch die Kanalisation bis zum Ausgang an der Oakfield Grove. Dort teilen wir uns in zwei Gruppen.

Ich gehe mit Much, Will und seinen Jungs und Lighty voraus. John – du hältst uns mit Tuck und Brighty und deiner Truppe den Rücken frei. Du musst die Straße sichern. Am besten wäre es, ihr würdet die andere Seite übernehmen. Marians Bewacher lauern dort und ihr könntet sie ausschalten. Alles andere müssen wir vor Ort entscheiden."

Die Catz machen sich auf den Weg. Alan und Watkin ziehen sich mit ihrem Anhang in ihr sicheres Tunnelversteck zurück. Die anderen folgen Robin in einer langen Kolonne in den Entwässerungskanal.

Am Ausgang im Hinterhof der Oakfield Grove angekommen, zögert Robin keine Sekunde. Aufs Äußerste entschlossen will er keine Zeit verlieren. Eine kurze Verständigung mit John und er setzt seinen Weg fort, gefolgt von seinem Team. Sie blicken erst vorsichtig um die Ecke und biegen dann in die Chippensight ein.

Offen und ungedeckt marschieren sie hintereinander die Straße herunter, Marians Haus im Blick. Verwundert schauen ihnen die Menschen hinterher, die in ihren Vorgärten arbeiten. Die Gefahr ist Robin egal. Soll Guy doch angreifen! Er würde ihn sofort niedermachen!

Robin, der vorauseilt, entdeckt zwei Kater, die einige Grundstücke vor Marians Haus in einem Vorgarten hocken. Sie sind in eine Debatte versunken und haben den Trupp fremder Katzen noch nicht bemerkt. Robin hält sofort und zieht seine Kameraden in die Deckung eines Stapels blauer Müllsäcke, die darauf warten, abgeholt zu werden: Jeden Augenblick kann der Lastwagen der Müllentsorgung um die Ecke kommen.

Robin flüstert Lightfoot zu: „Lighty - siehst du die beiden dort? Versuche, dich heranzuschleichen. Wir müssen wissen, was sie sprechen. Es könnte wertvoll für uns sein!"

Tief geduckt schleicht Lighty auf die beiden zu. Durch die Pfeiler des Gartenmäuerchens gedeckt, lauert er direkt hinter ihnen und hört jedes Wort. Robin sieht, wie Lighty zusammenzuckt und kurz darauf zurückgeschlichen kommt. „Was war los? Es kann nichts Gutes gewesen sein - so erschrocken, wie du bist!"

„Kann man wohl sagen, Robin! Ich habe zwar nur ihre letzten Sätze gehört, aber offensichtlich ist Marian geflüchtet und Fitz hat ihnen den Auftrag gegeben, sie zu suchen. Wir müssen sie stellen, um genaueres aus ihnen herauszuquetschen."

„Allerdings! Wir schnappen sie uns!"

Mit einem bösen Fauchen rennt Robin los. Wutentbrannt und mit gesträubtem Rückenfell ist er Sekunden später über den unvorbereiteten Katzen, dicht umringt von Will und den Gefährten. Er lässt ihnen keinen Augenblick, ihre Überraschung zu verdauen.

Mit kalter Wut fährt er sie an: „Raus mit der Sprache - was ist mit Marian? Keine Ausflüchte und keine Lügen oder ihr seid tot, bevor ihr das Maul schließen könnt!"

Schreckensstarr und verdattert stottert einer von ihnen: „Sie ist von zu Hause geflohen - Marian ist uns entwischt."

„Erzählt mir das genau! Aber beeilt euch dabei, dann lassen wir euch vielleicht leben." Und zu Lightfoot: „Saus' rüber zu John und sag' ihm, was du gehört hast. Er soll warten, bis wir wissen, wie es weitergeht. Und dann kommst du zurück - ich brauche dich hier!"

Lighty schwirrt ab, während einer der beiden Gefangenen berichtet: „Wir waren als Beobachter vor Marians Haus eingeteilt. Guy hat Marians Bewachung in der letzten Zeit meist dem Sheriff überlassen, weil er durch euch so viele Leute verloren hat. Ihr gehört doch zu Robins Bande, oder?"

Robin antwortet nicht und fordert ihn nur auf: „Los - weiter!"

„Wir haben gegenüber von Marians Haus gesessen, als der Sheriff zu uns kam. Er fragte, ob irgendetwas vorgefallen sei. Ich sagte ihm ‚Nein – alles ruhig! Wir haben nur eine zerlumpte Straßenkatze gesehen!' Er wollte wissen, wo genau wir sie gesehen haben. Ich sagte ihm, sie sei aus Marians Garten gekommen. Da fuhr er vor Schreck zusammen und schlug mir an den Kopf. Und Trottel hat er mich genannt. Und dann noch, dass sie den üblen Trick von Robin Cat gelernt haben muss, als der sie einmal als Vagabund verkleidet besuchte."

Was die beiden nicht wissen konnten und auch Robin erst viel später erfuhr: Marians Verzweiflung war von Tag zu Tag gewachsen. Obwohl sie von Sophie nicht mehr besucht werden durfte und damit von jeder unzensierten Information abgeschnitten war, hatte sie doch die Veränderung gespürt: Die Schärfe ihrer Bewachung nahm zu und die Posten waren nicht mehr wie früher einem Schwätzchen aufgeschlossen. Wortkarg und ängstlich verrichteten sie ihren Wachdienst und gingen jeder Begegnung mit ihr aus dem Weg.

In ihrer Not erinnerte sie sich an Robins Besuch: Warum sollte sein Trick nicht auch in die andere Richtung funktionieren? Und was hatte sie zu verlieren? Töten würde Guy sie sicher nicht!

Jetzt überlegte sie kein zweites Mal: Als Mrs. De Rosa die Wohnung für einen kurzen Einkauf verließ, schlüpfte sie nach ihr unbemerkt durch die Tür und schlich die Treppe herunter bis zur Hintertür zum Garten. Dort lauerte sie im Dämmerlicht verborgen, bis eine Nachbarin herunterkam, um einen Müllbeutel in den Hof zu tragen. Als sich die Tür hinter ihr langsam schloss, sprang Marian durch den Spalt und stand im Freien.

Zielstrebig eilte sie zu dem großen Hagedornstrauch und sprang mitten hinein, um ihr seidiges Fell zu zerzausen. Dann hastete sie zu der schwarzen Pfütze auf dem ausgetretenen Pflaster, in der sich seit Monaten der Dreck gesammelt hatte. Sie wälzte sich in dem Schlamm, bis der letzte weißliche Schimmer aus ihrem Fell verschwunden war.

Und sie erinnerte sich an Robins Gang. Nach einigen Übungsschritten gelang es ihr, einen Fuß nachzuziehen und humpelnd über das Grundstück zu trotten. So getarnt, humpelte sie den schmalen Gang am Haus vorbei nach vorn, zur Straße, humpelte unerkannt an den Bewachern vorbei und die Straße herunter in Richtung Chippendale Boulevard – weg, nur weg von ihrem Haus.

Fast verzweifelt denkt Robin nach, wie er Marian finden soll. Wieder herrscht er den Gefangenen an: „Was hat der Sheriff gesagt?"

„Er hat uns losgeschickt, um Marian zu finden. Und wir sollen alle Polizisten, die uns begegnen, auch auf die Suche schicken. Er hat eine mörderische Angst vor Guy und seiner Wut, falls er von Marians Flucht erfährt."

Robin antwortet ihm: „Gut, dass du so offen gesprochen hast. Ich mag euch nicht töten. Ich lasse euch gehen, wenn ihr Hausarrest akzeptiert. Ihr verschwindet bei euren Familien in der Wohnung, ohne ein Wort mit Fitz oder Guy zu sprechen. Und ihr lasst euch erst wieder blicken, wenn die Nachricht im Viertel umgeht, dass Guy beseitigt ist."

Die beiden leisten ihren heiligsten Eid, dass sie sich an die Abmachung halten werden – sie sind sogar erleichtert, sich nun dem Terror ihrer Anführer entziehen zu können! So lässt Robin die Gefangenen gehen. Es ist eine erstaunliche Wandlung, die sich in Robin vollzieht. Robin bemerkt Wills fragenden Blick und antwortet ihm schwermütig: „Ich weiß, was du sagen willst, Scarlet. Aber ich bin das Töten leid. Sie sind doch ebenfalls Katzen, wie Tuck uns immer sagt. Bastets Segen liegt auch auf ihnen und sie sind verführte Seelen. Wenn Guy beseitigt ist, werden sie sicher wieder friedliche, liebenswerte Katzen, an denen jeder Freude hat."

Er sagt nicht, wie tief Alices Tod ihn getroffen hat und dass er sogar bereit wäre, Guy of Gisbourne am Leben zu lassen, würde er auf sein Regiment verzichten. Aber er weiß, das ist Illusion!

Robin braucht jetzt die Beratung mit seinen Freunden. Er bittet Lighty, der längst von Johns Trupp zurückgekehrt ist, noch einmal zu ihm hinüberzuflitzen: „Bitte ihn, sich mit uns am Tunnel zu treffen."

Robin und die Kameraden ziehen sich zum Tunneleingang zurück und John trifft wenig später mit seiner Mannschaft ein. Robin erklärt ihm, was er erfahren hat und fragt, ob sie sich jeweils zu zweit auf die Suche machen sollen, um das Viertel systematisch zu durchkämmen, oder ob sie ins Lager zurückgehen sollen, um sich dort zu besprechen.

John grummelt zweifelnd – das eine ist zu gefährlich, das andere kostet zu viel Zeit. Auch Scarlet hat Bedenken, die Gefährten der Gefahr eines Angriffs durch eine Übermacht auszusetzen. Er schlägt vor, sie sollten alle gemeinsam Marian folgen und die Straße heruntergehen bis zu einem Tunnel am Boulevard, um von dort aus weiter zu suchen.

„Vielleicht ist Marian so klug, sich irgendwo zu verbergen und die Nacht abzuwarten. Und du hast ihr doch von der Dunkelwelt erzählt. Mit ein wenig Glück findet sie sogar einen der Eingänge und verkriecht sich dort. In den Tunneln können wir einzeln ausschwärmen und in allen Gängen suchen. Ich denke, die Hälfte davon kann Tuck alleine übernehmen - er kennt sie alle nur zu gut als einzig wahrer Tunnelkönig“, sagt Scarlet schmunzelnd zu seinem alten Freund.

„Dein Vorschlag klingt überzeugend, Will“, antwortet Robin mit einem Blick auf den lächelnden Tuck: Auch der erfahrene Herrscher der Dunkelwelt ist einverstanden.

So folgen sie Marians letzter Spur und wandern den Boulevard herunter bis zur Barn Street. Keine Katze stellt sich ihnen in den Weg. Selbst Guy würde es sich gut überlegen, ob er einen offenen Angriff auf Robins bestens ausgebildete Streitmacht riskiert - auch wenn er alle Gefolgskatzen bei sich hätte! Ungehindert ziehen sie sich in einem der Hinterhöfe in die Tunnel zurück und beschließen, sich gleich hier zu trennen und einzeln sämtliche Gänge abzusuchen.

Tuck und Brighteye folgen dem Subwaytunnel der Metrolinie 6. Durch einen schmalen Schacht klettern sie zwei Stationen weiter in einen der Entwässerungskanäle. Hier ist Tuck der Führer - auch wenn Brighty die Unterwelt gut kennt. Aber Tucks jahrelanger Schulung ist er nicht gewachsen. So folgt er ihm wortlos und nach etlichen Kurven und Abzweigen hat er die Orientierung verloren.

Endlich hält Tuck an und flüstert Brighty zu: „Wir sind jetzt an der Pearl Street, drüben im Quartier Oakwood. Lass' uns einen Blick nach draußen wagen“, und er klettert auffallend wendig ins Freie. Sie finden sich im Garten eines flachen Einfamilienhauses wieder, das in einer Reihe ähnlicher Häuschen steht.

In regelmäßigem Takt klingt das schleppende Schlagen der Wellen vom Sund herüber. Plötzlich schnellen Tucks Ohren hoch und richten sich aufmerksam nach vorn. Unhörbar und ohne einen Hauch der stickigen Luft zu verwirbeln, schleicht er vor und nähert sich einer Laube, die mitten im Garten steht.

Brighty folgt ihm ebenso leise und jetzt, ganz dicht heran, hört er das Wispern: Hinter der Laube hocken zwei Polizisten des Sheriffs und beraten, was sie anstellen sollen, um Guys Freundin zu finden.

Tuck ist mit einem Sprung hinter ihnen und schlägt den ersten mit einem Hieb nieder. Dem anderen faucht er ins Gesicht: „Die Suche überlässt du uns, du jämmerlicher Fellbeutel - du verschwindest so schnell du kannst! Und offensichtlich missachtest du eine von Bastets klügsten Regeln: ‚Lass' dich nicht mit einem üblen Auftrag ausschicken und misstraue dem, der ihn dir gab'.

Den Satz solltest du dir für alle Zeit merken – er verlängert nämlich dein Leben: Wenn ich dich je wiedertreffe, ist es mit dir vorbei!"

In Panik rast der Kater ohne jedes Widerwort davon. Der Zweite, der sich gerade aufrappelt, rennt ihm hinterher, so rasch er kann. Laut lachend geht Tuck zu seinem Tunnel zurück, während Brighty sich denkt: „Wie gut, dass der auf unserer Seite steht!" Im Übrigen würde er auch keinen üblen Auftrag annehmen. Niemals!

Bis spät am Abend suchen sie die dunklen Gänge ab – ohne Erfolg. Auf dem Heimweg, kurz vor Barnesdale Park, stoßen sie auf Robin und Much und wandern gemeinsam weiter. Niedergeschlagen und wortlos tauchen sie aus dem Dunkel auf.

Tuck spürt am Hall ihrer Schritte und am Geruch der Abendluft, dass sie zu Hause sind. Tief atmet er durch. Er tröstet den mutlosen Robin, dass sie morgen ihre Suche fortsetzen werden.

Kaum an der Eiche angekommen, läuft Simon auf sie zu: „Robin! Auf der Wiese am südlichen Eingang dicht beim Fluss sitzt ein fremder Kater! Ganz sicher niemand, der zu Guy gehört – dafür ist er zu zerlumpt und schmutzig. Und verletzt ist er offensichtlich auch: Er humpelt!"

Ein Posten bewacht den Vagabund aus der Ferne und lässt ihn nicht aus den Augen. Robin bittet Simon und Much, ihn zu begleiten: „Wir wollen uns das Wesen aus der Nähe ansehen – vielleicht braucht es unsere Hilfe."

An der Wiese angekommen, sieht Robin das bemitleidenswerte Tier im Dämmerlicht kauern, vor Angst und Kälte zitternd.

„Hmm – ungewöhnlich. So zerfleddert und verdreckt hat er sicher kein zu Hause. Da müsste er das Leben an der frischen Luft eigentlich gewöhnt sein. Warum zittert er dann? Vielleicht ist er krank?", denkt sich Robin und geht von hinten auf den Fremden zu.

Er ist nur noch drei Schritte entfernt, da springt der Fremde auf und wendet sich Robin zu: Marian! Die riesige Glocke in Robins Kopf schlägt seit langem zum ersten Mal wieder an – so laut, dass selbst die Freunde am Rand der Wiese es scheppern hören, und mit einem Sprung ist er bei ihr. Die verliebte Begrüßung will nicht enden – unermüdlich streifen die beiden umeinander und lecken sich zärtlich das Fell. Am Ende sind beide so vom Dreck verschmiert, dass man kaum noch sieht, wer von beiden der Fremde ist.

Die Nachricht von Marians Ankunft verbreitet sich im Lager wie der Abendwind, der ungehindert durch die fast nackten Äste hetzt. John und Will springen erleichtert lachend über die Wiese und Will ruft Simon und seinem Posten zu: „Was sind denn das hier für vagabundierende Schmutzfinken, Simon? Du lässt in deiner Alterstrotteligkeit wohl jeden in unseren Park? Los – lasst sie uns in den Great River werfen!"

Robin und Marian schauen sich gegenseitig prüfend an und fallen in das Lachen ein. Wieder und wieder und wieder wälzen sie sich im feuchten Gras und lecken und strähnen sich das Fell.

Als die aufwändige Prozedur beendet ist, überstrahlt Marians Glanz die staunend starrenden Catz, die mittlerweile in großem Rund auf der Wiese sitzen: Im reinsten Weiß steht Lady Cat Marian vor Robin wie die Inkarnation der Makellosigkeit – wahrlich die geborene Gefährtin für einen Herrscher!

Marian erlebt das ausführlichste Begrüßungszeremoniell, das sich bei Katzen denken lässt: Jeder will wenigstens einmal an ihr geschnuppert haben, jeder wird ihr umständlich vorgestellt und für jeden hat Marian ein freundliches Wort.

Endlich sind sie bereit, ins Lager umzuziehen. Auf dem Weg werden alle Mäuse eingesammelt, die ihre vorwitzigen Nasen in die Nachtluft halten. Will und John springen mit einigen der talentierteren Jungkater voraus, um Fische zu fangen. Tuck setzt eine würdige Miene auf, denn er wird heute mit Peterkin das Kulturprogramm bestreiten – Alan ist sicher noch nicht in der Verfassung, eines seiner Lieder zu singen!

Im Lager angekommen, dauert es nicht lange, bis jeder einen leckeren Bissen zwischen den Tatzen hat. Mit wilder Freude fallen sie darüber her – nicht jeder Abend bietet einen so tollen Anlass!

John reicht Marian einen besonders zarten Fisch, den sie mit dem größten Genuss und den winzigsten Häppchen verspeist.

Peterkin, der Gaukler vollführt die kühnsten Sprünge, die er zu bieten hat. Einmal wirft er einen kleinen Ball, den er einem Dackel im Park gestohlen hatte, über zwei Meter hoch in die Luft, springt ihm am höchsten Punkt nach und landet mit einem Salto auf allen Vieren, den Ball zwischen den Zähnen!

Tuck, der blinde Seher, erzählt nun die Geschichte von Bastet und Thot aus dem großen Mythos vom Sonnenauge. „Wie es in den besten Familien vorkommt, stritt sich Bastet eines Tages mit ihrem Vater, dem Sonnengott Re. Wutentbrannt verließ sie ihre Heimat Ägypten und wanderte nach Äthiopien, um dort wilde Mäuse zu jagen.

Mit ihr verschwanden die Liebe, die Fröhlichkeit und das Lachen und niemand hatte Lust, für den Sonnengott zu singen – mit Bastet war auch die Musik ausgezogen. Der Sonnengott langweilte sich ohne seine geliebte Tochter und die Sehnsucht nach ihr wuchs von Tag zu Tag - zumal die anderen Götter langsam ungehalten waren.

Deshalb rief er den listigen Thot zu sich - den Herren des Mondes und Gott der Weisheit, der Schreibkunst und auch der Geschichten und Legenden. Er bat ihn, Bastet aufzusuchen und sie mit seiner Beredsamkeit zu besänftigen, um sie zur Rückkehr in ihre Heimat zu bewegen. Thot verwandelte sich in einen Pavian - seine übliche Gestalt, wenn er auf Reisen ging. Er machte sich auf den weiten Weg zur Tochter des Sonnengottes - eine gefährliche Mission, denn er musste sich davor hüten, die erzürnte Göttin zu reizen. Mit einem Schlag ihrer bewehrten Pranke würde sie ihn töten: In der Gestalt des Affen war er selbst als Gott verletzlich!

Als er sie endlich gefunden hatte, gab er sich als von Re ausgesandter Bote zu erkennen und erzählte ihr zur Besänftigung die Tierfabel von der Geierin und der Wildkatze: Die beiden Mütter lebten in enger Nachbarschaft und keine der beiden wagte es, ihre Jungen zu verlassen, um Futter heranzuholen - immer in Angst, die andere würde in der Zeit über ihre Jungen herfallen, um sie aufzufressen. So kamen sie auf den Gedanken, sich gegenseitig beim Sonnengott zu schwören, während der Jagd die Jungen der anderen in Frieden zu lassen. Das ging auch einige Zeit gut.

Eines Tages wurde die Katze jedoch von ihrer Jagdlust überwältigt. Sie fiel über die Geierjungen her, als die Mutter ausgeflogen war und brach so den heiligen Eid. Die Geierin kam zurück, vermisste ihre Jungen und tötete in ihrer Wut die Katzenjungen, die hilflos auf ihre Mutter warteten. Als Re von diesen Schandtaten erfuhr, eilte er herbei und bestrafte beide hart, denn er ist der Hüter des Rechts und lässt keine Missetat ungesühnt!

Bastet verstand den Wink des Affen Thot und sicherte ihm zu, ihn nicht zu töten - ein Schwur, an den sie sich als ehrbare Göttin hielt!

Während der kluge Thot seine Geschichte erzählte, bewegte er sich unmerklich immer weiter auf ihr gemeinsames Heimatland zu. Er kannte die ungebändigte Neugier der Katzen, die bei Bastet natürlich von göttlicher Größe war, und nutzte sie für seine Zwecke: Er baute darauf, dass Bastet kein Wort seiner Erzählung verpassen wollte und ihm deshalb auf Schritt und Tritt folgen würde, solange er nur sprach!

Um Bastets Wut auf ihren Vater Re zu besänftigen und sie zur freiwilligen Heimkehr zu bewegen, bot Thot ihr eine Götterspeise an, die jugendlichen Frohsinn erzeugt. Nach einigem Sträuben nahm sie die Speise an und verfiel ihrer beruhigenden Wirkung: Ihr Zorn wich einer ausgeglichenen Heiterkeit.

Diplomatisch wie der Affe war, hatte er ihr allerdings nicht gesagt, dass die Droge auch Heimweh erzeugt. In bunten Bildern malte er ihr nun den Segen der Heimat aus und die Trauer und Trübsal, die ihr Fernbleiben für Ägypten bedeutete. In Erinnerungen schwelgend, befiel sie die Sehnsucht.

Die Wirkung der Droge ließ jedoch bald nach und sie spürte die Absicht, die Thot mit seinen Beschwörungen verband. Sie verwandelte sich und zornig stand sie plötzlich in ihrer zweiten Gestalt als wütende Löwin Tefnut vor dem Affen. Ihr Fell rauchte von Feuer. Ihr Rücken hatte die Farbe von Blut. Ihr Antlitz glänzte wie die Sonnenscheibe und ihr Auge glühte.

Ihre Blicke versprühten das Feuer wie die Sonne am Mittag – so starrte sie den Affen an und drohte, über ihn herzufallen. Demütig bat er sie um Vergebung und erinnerte sie an ihren Schwur. Darauf verwandelte sich Bastet gnädig wieder in die sanftmütige Katze.

Zum Dank schilderte er Bastet ein Gespräch zwischen dem Sehvogel, der bis ans Ende der Finsternis und bis zum Urgewässer sieht und dem Hörvogel, der alles hört, was bei den Göttern vor sich geht und was sie für die Erde vorgesehen haben.

Der Sehvogel erzählte dem Hörvogel, wie es dazu kommen kann, dass der Kleine dem Großen das Leben rettet: Die Fliege wurde von der Eidechse gefressen, diese wiederum vom Waran, der von einer Schlange gefangen wurde. Kam ein Adler angeflogen und warf die Schlange ins Meer, wo ein großer Fisch sie verspeiste.

Ein Löwe sah den Fisch dicht unter dem Ufer, lief ins flache Wasser und schnappte sich den Bissen. Er trug ihn an Land und fraß ihn in aller Ruhe auf. Satt, wie er nun war, lief er weiter und bemerkte nicht die Netze, die der Jäger aufgestellt hatte. In Stricken gefangen erwartete er sein Ende. Es kam eine Maus vorbei, nagte die Fesseln durch und rettete so dem mächtigen Löwen das Leben. Die Göttin Bastet lachte auf und versicherte Thot, sie habe die Lektion verstanden: Auch der Kleinste kann dem Großen gelegentlich sehr nützlich sein!

Mit immer neuen Fabeln und Geschichten lockte Thot sie Schritt für Schritt weiter auf Ägypten zu. Endlich in der Heimat angekommen, veranstaltete Re überglücklich ein riesiges Fest, auf dem gesungen wurde und getanzt und Fröhlichkeit breitete sich aus!“

Lange applaudieren die Zuhörer. Eine so kluge und schöne Geschichte hatten die Katzen noch nie gehört. Übermütig spielen die Catz die Szenen nach, wie der kleine Affe Thot die mächtige Göttin bezwang und mit seiner Weisheit am Ende überlistete.

Und dann die Überraschung des Abends: John tritt in den Kreis, streicht sich etwas verlegen über die Schnurrhaare, und sagt: „Wir sind froh, dass du endlich hier bist, Marian! Und ein Katzenfest ohne Lied ist wie 'ne Maus ohne Ohren. Ihr wisst, ich bin so musikalisch wie ein Stapel Brennholz, aber lasst mich mal ein bisschen vor mich hin schnarren – im Fluss ersäufen könnt ihr mich dann immer noch!"

Man höre und staune – wer hätte das vom alten Little Cat John gedacht? Kennt man je einen Kameraden richtig? Im prächtigsten Rappelbass singt er ‚If I were a Carpenter' in der einzig korrekten Version von Johnny Cash und seiner Frau. Und bei den Versen von June Carter hebt er sogar die Stimme! Nee, also nee – bringt der Bursche tatsächlich eines der schönsten Liebeslieder aller Zeiten über die narbigen Lippen!

Und der letzte Refrain endet in einer Kakophonie sämtlicher Katzenstimmen, als alle – selbst der inzwischen nicht mehr ganz so kleine Gilbert – einstimmen in ‚If I were a Carpenter and you were a Lady, would you marry me anyway, would you have my baby'.

Lady Cat Marian, fast zu Tränen gerührt, steht auf und geht zu dem tapsigen Sänger. Sie haucht ihm ein zartes „Danke, John!" entgegen und leckt ihm liebevoll über die Stirn. Wenn Katzen erröten könnten, sähe John jetzt aus wie Tomato Joe! So zieht sich das erste heitere Fest seit Alices Tod durch die Nacht bis in die Morgendämmerung hinein.

Und während die Sonne sich vom Wasser löst, um ihre Wanderung über Battleham zu beginnen, liegen Robin und Marian dicht beieinander auf dem großen Ast ihrer Eiche und blicken verträumt der goldenen Scheibe nach. Leise singt der leichtfüßig eilende Morgenwind zwischen den Bäumen und die Äste rasseln dazu mit dem Knistern ihrer letzten trockenen Blätter.

Robin ist selig. Barnesdale Park ist das Paradies. Und noch mehr: Es ist sein zu Hause. Ihr zu Hause! Hier kann er mit Marian im Kreis der Freunde glücklich sein. Gerade fällt der erste Sonnenstrahl auf Marians helles Fell. Es leuchtet wie ein Spiegel der Vollkommenheit.

Und Marian schnurrt zufrieden an Robins Seite.

Robin und Marian genießen friedliche Herbsttage. Sie streifen durch ihr großes Revier, am Birkenwäldchen vorbei bis hoch zum East Side Harbor, wo gerade die letzten Segelboote für die Winterpause mit einem Kran an Land gehievt werden.

Sie folgen sogar dem Shore Trail, der den Hafen umrundet, um dann wieder zum Sund zurückzukehren und seinem Verlauf durch das Northern Hill County zu folgen. Selbst für Robin ist diese Gegend neu, denn so weit ist er noch nie gegangen.

Immer wieder legen sie eine Pause ein. Sie blicken über den Sund und fangen hin und wieder eine Maus. Gerne überlässt sie Robin, dem die Mäuse hier im Norden ohnehin zu klein vorkommen, seiner Geliebten, die bisher nur Dosenfutter kannte. Spät am Nachmittag kehren sie zurück in ihren Park.

Während sie friedlich auf dem Meadow Hill liegen, erzählt Robin von der großen Hochzeit und von Alices Tod kurz vor Marians Flucht. Keiner der Catz hatte das Unglück bisher angesprochen - Marians Freude, endlich bei Robin zu sein, sollte nicht von einer so schlimmen Nachricht überschattet werden. Traurig lauscht sie nun dem Bericht und macht sich Vorwürfe, dass sie geholfen hat, Alan und Alice in den Park zu holen.

„Liebste - du wolltest ihnen beistehen in ihrer Not. Und nur das zählt! Niemand von uns weiß, wie sich etwas entwickeln wird. Die Gefahr ist die Kehrseite - der Preis, den wir für unsere Freiheit zahlen. Und ich schwöre dir, Alice hatte hier im Park mit Alan zusammen die schönsten Wochen ihres Lebens!"

Marian beschließt, sich in der nächsten Zeit um Alan zu kümmern. Alice ersetzen kann sie ihm nicht. Aber sie kann ihn trösten und bitten, ihr mit seiner Klugheit zu helfen, denn sie hat noch so viel zu lernen! Eine Aufgabe, die ihn vielleicht von seiner Trauer ablenken und daran erinnern wird, wie viele schöne Momente ihr Leben in der Brotherhood zu bieten hat!

Später fragt Robin den blinden Seher, ob er das richtige zu Marian sagte. Natürlich trifft sie keine Mitschuld an Alices Tod. Aber Tuck ermahnt ihn, dass es darauf ankommt, das richtige Maß zu beachten: Es gibt keinen Freibrief für Gedankenlosigkeit! Man soll die Folgen seiner Entscheidungen bedenken, soweit es möglich ist: „Ich hab's doch nur gut gemeint" kann auch zu einer Entschuldigung für grenzenlose Dummheit werden! Aber das hatte die kluge Marian ja nicht gesagt.

Abends sitzen Robin und Marian im Kreis ihrer Freunde bei der Eiche und beraten, wann sie den Umzug in ihr Winterlager wagen wollen. Robin wirft ein, dass Marian in den Nächten friert - sie ist das Leben im Freien nicht gewöhnt und als Hauskatze ist ihr kein richtiges Winterfell gewachsen. Und ihm fiel auf, dass Olly und Polly sich seit Tagen schwerfälliger bewegen. Sie suchen unter den Büschen herum und kratzen in der weichen Erde - sichere Anzeichen, dass es nicht mehr lange dauern wird!

„Vielleicht sollten wir morgen nach Greenwood aufbrechen. Ich will, dass unsere beiden Schwangeren in Sicherheit und geschützt vor Hunden ihre Jungen bekommen. Die Gefahr ist hier in Barnesdale ohnehin viel zu groß: Jederzeit kann Guy über uns herfallen - jetzt, wo auch noch Marian bei uns ist. In Greenwood findet er uns nicht so schnell, da sind wir den Winter über vor ihm sicher. Und im nächsten Frühjahr nehmen wir ihn uns vor!"

Und nach einer Pause fügt er hinzu: „ ... wenn die Kleinen bis dahin erwachsen genug sind für Barnesdale."

Der Mond drängelt sich schwergewichtig durch die dichten Zweige ihrer Eiche, als Lighty und Brighty heraneilen.

Außer Atem ruft Lighty: „Ihr werdet nicht glauben, was passiert ist: Fitz ist tot!" Und Brighty: „Der Sheriff ist hin - ganz und gar hinüber!"

Mit aufgerissenen Mäulern starren die Freunde sie ungläubig an. Endlich fällt es Will ein, zu fragen: „Wisst ihr genaueres darüber? Los, setzt euch her und nehmt euch Mäuse - es sind noch genug übrig. Und dann erzählt, was ihr erfahren habt."

Die beiden verspeisen jeder eilig ein Mäuschen und Lighty beginnt, noch kauend: „Wir waren im Viertel nördlich des Boulevard unterwegs. Nur ordnungshalber wollten wir nachsehen, was sich im Hauptquartier des Sheriffs tut. Ihr wisst schon - in der Upper Lessingham Road, nicht weit von Alans Haus."

Und Brighty weiter: „Wir schleichen uns von hinten durch die Höfe an das Grundstück heran und wollen gerade unter dem Zaun hindurch auf den Hof krabbeln, da hören wir leises Gemurmel."

Lighty übernimmt: „Ein Trüppchen junger Burschen, lauter Police Catz, sitzt ratlos hinter dem Haus. Einer sagt gerade ‚Was sollen wir jetzt machen? Schließen wir uns Guy an oder lösen wir unsere Truppe auf?' Wir jetzt neugierig noch näher herangerobbt.

Ein anderer sagt ‚Kommt, Männer – lasst uns Fitz fragen!' ‚Geht nicht, du Trottel – der ist tot, deshalb haben wir doch jetzt den Salat'. Der andere ‚Ach ja – hab' ich glatt vergessen' und patsch, hat er von seinem Kumpan eine kleben. Ich habe vielleicht nicht alles genau verstanden – aber so ungefähr war es!“

Und nun wieder Brighty: „Der größte von ihnen daraufhin weiter ‚Ich gehe nicht zu Guy. Er hat Fitz umgebracht, nur weil Lady Cat Marian geflohen ist. Was meint ihr, was er mit uns macht? Und ich war als Bewacher dabei! Nein – ich gehe nach Hause'. Und dann hat sich der Haufen aufgelöst.“

John murmelt: „Unglaublich. Was konnte der Sheriff dafür – Marian war nur klüger als seine Jungs! Guys Wut auf uns dürfen wir nicht unterschätzen, wenn er sogar seinen engsten Verbündeten tötet. Ich glaube, Robin hat recht. Wir sollten schnellstens nach Greenwood aufbrechen.“ Und zu Lighty und Brighty: „Ihr wart brillant wie immer. Klasse Arbeit! Danke.“

Will kommentiert trocken wie üblich: „Ein Gutes hat's immerhin: Jetzt haben wir einen schlimmen Gegner weniger und Guy hat die Moral der Truppe unnötig geschwächt. Taktisch unverzeihlich!“

Nachdenklich ziehen sich die Katzen auf ihre Lagerplätze zurück. Robin kuschelt sich dicht an Marian, um ihr ein wenig Wärme abzugeben – die Nacht ist eisig und lässt den kommenden Winter ahnen.

Am nächsten Morgen ruft Robin die gesamte Bruderschaft zusammen. Auch Simon soll mit allen Beobachtern ins Lager kommen.

Will verkündet: „Freunde – wir ziehen nach Greenwood um! Der Winter ist nicht mehr fern und wir wollen doch nicht, dass euch womöglich die Öhrchen abfrieren. Dort bleiben wir bis zum nächsten Frühling, um uns für Guys Entsorgung fit zu machen. Dann gibt's nämlich richtig auf die Nuss. Bis dahin müssen wir fleißig trainieren und außerdem zwei Mütter versorgen!“

Alle Catz sind zufrieden, denn Barnesdale ist in den letzten Tagen ungemütlich geworden und die nackten Büsche und Bäume bieten kaum noch Deckung – offen liegt der Park vor jedem Eindringling und Verstecke finden sich nur in der Dunkelwelt.

Die Kolonne der Merry Catz bricht auf – Robin, Will und Much gehen voran, den Abschluss bilden John, Tuck und Alan. Mit Rücksicht auf die Schwangeren kommen sie nur langsam voran, denn es sind viele Pausen nötig. Lighty und Brighty kümmern sich um die beiden, die jetzt, kurz vor der Geburt der Jungen, besonders anhänglich sind.

Mittags klettern sie nacheinander aus den Tunneln ins Freie und finden sich auf dem Gelände wieder, das jeder von ihnen im Sommer ausgiebig erkundet hat. Ohne sich lange ungeschützt im Freien aufzuhalten, verschwinden sie in einem Haus nahe der Burnside Avenue, klettern die toten Stufen herunter und richten sich in den Kellergewölben häuslich ein. Unter ihnen grummelt ein Zug hindurch und ein warmer Lufthauch zieht von Ferne durch die Räume. Es ist angenehm warm: Die Metro mit ihren großen Fahrmotoren, dem Licht und der Heizung in den Waggons verbreitet so viel Wärme, dass sie sogar bis in ihren Keller dringt.

Nachdem sich Olly und Polly in der letzten Zeit nicht mehr um ihn kümmern konnten, hat Marian den jungen Gilbert in ihre Obhut genommen. Mütterliche Fürsorge braucht er nicht mehr – dafür ist er zu unabhängig. Aber es ist schön, jemanden zu haben, der tröstet, wenn es mit der Jagd auf die Spatzen wieder einmal nicht klappt und die Großen keine Lust haben zum Spielen.

Kaum in Greenwood angekommen, ist er auf Abenteuersuche. In jede Ecke, hinter jeden Stein steckt er seine neugierige Nase, argwöhnisch von Marian beäugt.

Und es dauert nicht lange, bis er in einem Augenblick der Unaufmerksamkeit Marians den Durchbruch entdeckt, der in das Tunnelsystem der Metro führt. Vorsichtig, Schritt für Schritt, schnüffelt er sich im Dunkel des Schachts am Mauerwerk entlang – immer tiefer, bis er dicht neben den Gleisen steht.

Die Schienen summen, brummen, zittern und donnern: Ein schimmerndes Ungetüm jagt schnaubend, knirschend und quietschend heran und über ihn hinweg.

Verängstigt drückt sich Gilbert an den Beton in seinem Rücken und denkt erleichtert durchatmend: „Bastet sei Dank, dass es keine Katzen frisst!“ Sein Gesicht dicht über dem Boden, dringt plötzlich ein bekannter, feiner Duft in seine Nase: Der Duft von Mäusen! Sie riechen anders als ihre wilden Brüder im Park, aber es sind Mäuse!

Jetzt hört er ein leises Trippeln und Huschen. Sehen kann er die Mäuse noch nicht. Wissbegierig schnuppert er am Schotter und der Geruch wird stärker – ganz deutlich kann er es jetzt riechen. Mit der unendlichen Geduld aller Katzen lauert er und tastet sich millimeterweise heran, um wieder zu warten.

Und dann entdeckt er ein fremdartiges Wesen: Eins der winzigen Tunnelmäuschen, wie sie nur in den Schächten der Subway-Labyrinthe vorkommen. So klein, dass sie sich zwischen den Schottersteinen verbergen und sogar fast ungehindert bewegen können.

Kaum erahnt Gilbert hier ein Schwänzchen, dort ein Köpfchen, das zwischen den Steinen hervorlugt, wittert und wieder verschwindet. Seine Taktik, mit der er die vergleichsweise riesigen Parkmäuse überlistet, hilft Gilbert wenig: Die Winzlinge rennen nicht offen herum, denn hier gibt es keine Grassamen einzusammeln.

Irritiert springt er zwei, drei Mal auf, um nach einer der im Schotter abtauchenden Miniaturmäuse zu greifen – ohne Erfolg. Aber er wäre keine Katze, wenn ihm nicht die passende Jagdstrategie einfiele und er ist eine äußerst talentierte Katze!

Gilbert ist ein Jungkater, der im Freien aufwuchs und die besten Lehrmeister hatte – Lehrer wie Lighty und Olly, denen er während seiner Jagdausbildung abschauen musste, wie sich Schnelligkeit, Kraft und Entschlossenheit am wirkungsvollsten in Protein umsetzen lassen!

Er kauert sich an den Boden und lauert bewegungslos mit vorgestreckten Ohren. Endlich hört er vor sich ein leises Knispeln und Fiepen. Ohne Verzögerung schlägt er zu und reißt einen Schotterstein beiseite. Das nun ungedeckte Mäuschen springt in Panik offen über zwei, drei Steine und verendet zwischen Gilberts spitzen Kinderzähnen.

Stolz frisst er es auf. Stolz fängt er ein zweites und stolz trägt er es mit hoch erhobenem Schwanz hinauf, bis er vor Marian steht und es ihr vor die Füße legt. Laut schnurrend frisst er es vor ihren Augen. Rasch ruft Marian nach Robin: „Schau dir den kleinen Racker an – kann kaum laufen, aber prahlt schon mit seinem Großwild herum!"

Die nächsten Tage verbringen die Katzen mit der Auswahl der besten Jagdreviere – geführt von dem erfahrenen Tunnelmeister Tuck, der jeden verborgenen Winkel der Unterwelt kennt. Glücklicherweise wimmelt in allen Kellern und Tunneln um sie herum das jagdbare Rattenwild. Wenn sie wüssten, dass es siebzig Millionen sind auf dem Gebiet der großen Stadt!

Es zeigt sich, dass Robin bei seiner Suche nach einem Winterquartier etwas übersehen hatte – unerfahren, wie er damals war: Wo bekommen sie Trinkwasser her? Sofort werden von Will und John Suchtrupps ausgeschickt. Je zu zweit schwärmen die Catz in alle Richtungen aus, um das Gelände abzusuchen.

Die Stunden vergehen, während nur die drei Kätzinnen, die fast erwachsene Jasmin und Gilbert Whitehand im Lager bleiben. Aber dann kommen die Catz trüppchenweise wieder zurück, einen freudig strahlenden Simon in der Mitte: Er hat unter einem Haus dicht am Chippendale Boulevard, hinter einem Kellerdurchbruch, ein leckendes Hauptrohr entdeckt – so gut isoliert, dass es auch im Winter nicht einfrieren wird.

Endlich können alle Catz wieder einen Abend unbeschwert zusammensitzen und sich an Peterkins Gauklereien erfreuen. Ratten gibt es in der Nähe im Überfluss und Gilbert hat sich mit seiner speziellen Jagdmethode sein erstes Lob von Robin verdient.

Um der Wahrheit die Ehre zu geben: Robin hat Gilbert hier in Greenwood zum ersten Mal bewusst wahrgenommen. Und dies angesichts der Tatsache, dass Robin Kinder über alles liebt! Den ganzen Sommer in schwermütige Überlegungen und aufreibende Abenteuer verstrickt, blieb ihm keine Muße, sich um den liebenswerten Schelm zu kümmern, der sich jetzt sogar als nützliches Mitglied der Gemeinschaft erweist.

Und das sagt er dem Kleinen auch. Stolz plustert sich der freudestrahlende Gilbert und reibt den Kopf an Robins ehrwürdiger Nase. Es gibt eben Nachlässigkeiten, die sich unter guten Kumpels auch im Nachhinein noch geraderücken lassen!

Eifrig vertilgen die Catz ihre frisch gefangenen Ratten und als Dessert die besonders saftigen Tunnelmäuse – mühsam zu beschaffen wie wilde Erdbeeren im Wald, aber äußerst begehrenswert aus der Sicht einer Katze!

Selbst Alan nimmt zum ersten Mal wieder Anteil am heiteren Geschehen um ihn herum – Marians warmherzige Nähe tröstet ihn über den Verlust Alices hinweg und die ungewohnte Arbeit der letzten Tage lässt ihn den Schmerz vergessen.

In der nächsten Zeit können sich die Catz auf ihren neuen Ruheplätzen vom Umzug erholen: Kein Feind, der sie bedroht und das beruhigende Fiepen und Krabbeln im Untergrund erinnert sie an ihre regelmäßigen Essenszeiten.

Eines Abends kommt John von einem Jagdausflug mit einer blutenden Nase zurück – ein riesiges totes Tier in den Fängen, das er mitten im Raum fallen lässt. Alle Catz kommen heran, nähern sich aber nur vorsichtig und misstrauisch dem Körper, der selbst im Tod noch angsteinflößend wirkt.

Nachdem sie es gründlich berochen haben, fragen sie bange: „Was ist das für ein Tier? So etwas haben wir noch nie gesehen."

John antwortet: „Ein Marder. Ein lästiger Konkurrent, der sich eingeschlichen hat, um sich unsere Ratten schmecken zu lassen!"

„Und wo hast du ihn getroffen?"

„Siehst du doch - genau in die Wirbelsäule."

„Nein - ich meine, wo du ihm begegnet bist."

„Ach so! ... Scherz, Watkin! Hinter dem Haus an der Fordham Lane ist er über einen Steinhaufen geklettert. Und als ich näherkam, griff er mich an. Ganz schön ungesellig, der Bursche! Dabei wollte ich ihn doch nur mal aus der Nähe betrachten - ich hatte vorher noch nie einen Marder gesehen.

Ein geschickter Kämpfer. Verdammich! Hat mich glatt an der Nase erwischt. Aber ich hab's ihm dafür richtig gegeben. Wollt ihr ihn essen?"

„Nee, nee. Lass gut sein. Bring ihn weg. Weit weg!"

„In Ordnung. Mir schlägt er auch auf den Appetit."

In der Nacht kommt der Winter. Bis in den späten Morgen schneit es und als die Luft endlich klar wird und den Blick freigibt auf die Rampe vor dem Haus, zeigt sich, dass ihre Welt unter einer dicken, weißen Decke verschwunden ist.

Selbst der riesige John, der unter dem Gejohle der anderen aus dem Fenster mitten hineinspringt in den pudrigen Schnee, verschwindet in Wolken von aufwirbelnden Flocken - auch wenn er sich auf die Hinterbeine stellt, ragen nicht einmal seine Pinselohren heraus. Und Will, der ihm feixend folgt, geht es nicht besser!

Tuck und Alan interessiert der Winterspaß kaum. Wie üblich sind sie gemeinsam auf der Jagd und stöbern in den verlassenen Häusern herum. Gerade eben schieben sie satt die Reste ihrer Mahlzeit beiseite und Tuck beginnt eine erbauliche Geschichte, um seinen Freund und Schüler in die tieferen Geheimnisse der Philosophie einzuweihen.

Robin und Marian streifen gemeinsam durch das Gemäuer unter den beiden und hören Tucks sonore Stimme aus einer Halle im ersten Stock, direkt über ihren Köpfen. Respektvoll nähern sie sich den beiden und legen sich wortlos zu Alan, um Tuck nicht zu unterbrechen. Der Blinde freut sich über die Gesellschaft und fährt mit seiner Geschichte fort: „Ich will Alan gerade von Thales erzählen, Robin."

„Wer ist denn das?"

„Ein philosophischer Kater aus Memphis."

„Memphis, Tennessee? Da haben meine Mac Beals eine musikalische Tante!"

„Memphis am Nil, du lausiger Muff, und das liegt ganz in der Nähe von Ägypten. Glaube ich zumindest – ich bin in der letzten Zeit etwas wirr im Kopf.

Jedenfalls ist er der Kater, der immer in den Brunnen fiel, wenn er nachts im Garten umherlief und in die Sterne guckte, um sich mit Bastet zu unterhalten. Im Brunnen kam er auf seine wichtigsten Erkenntnisse: Der Ursprung aller Dinge ist das Wasser, denn da hat man die besten Einfälle, wie es die Menschen heute noch von der Badewanne kennen, und vor allem seine Haupterkenntnis, die zur Grundlage seiner Lehren wurde: Die Wurzel alles Seins ist die Maus!"

Alan ungläubig: „Die Maus? Warum das?"

„Jawohl – die Maus. Erstens, weil sie die wilden Tiere des Waldes ernährt: die Katze, den Wolf, den Fuchs und auch den Marder. Und wenn sie tot ist den Käfer, die Ameise und viele, viele mehr.

Und zweitens, weil die Maus ihn reich machte und so zur Wurzel seines Daseins wurde: Als Thales mit nassem Hintern im Brunnen saß, trat Bastet vor ihn hin und verriet, dass es im nächsten Jahr einen langen, warmen Sommer mit häufigem Regen geben würde.

Thales, der schlaue Kater, sah voraus, dass sich die Mäuse bei diesen Bedingungen in Scharen vermehren würden, und kaufte unter dem Hohngelächter der Menschen sämtliche Mausefallen auf. Als sich dann die Mäuse vermehrten und zu einer Plage wurden, verlieh er die Fallen zu astronomischen Gebühren und wurde zum reichsten Kater in Memphis.

So bewies er, dass Bastet gut für alle sorgt, die ihr ergeben folgen – vorausgesetzt, sie fallen nachts im Garten in einen Brunnen, ohne dabei zu ersaufen!"

Alles in allem lässt sich die Winterruhe gut an in Greenwood. Die Merry Catz liegen geschützt vor Kälte und Schnee in ihren Gewölben und das Essen huscht putzmunter nur prankenweit umher.

Einige der jüngeren Kater lieben es, in den Schneewehen herumzutoben, die sich in den Nordostwinkeln der Häuser aufgetürmt haben. Die älteren ziehen es vor, dicht beieinander in der Nähe des Durchbruchs zu liegen, wo sie ein steter Zug warmer Luft umweht.

Hier erzählen sie sich die vielen kleinen Abenteuer des langen Sommers und versuchen sich gelegentlich sogar an Alans Liedern über Robin Hood. Und es gibt viel zu erzählen: Manch ein erfolgloser Jagdausflug wird jetzt gebeichtet und es war auch vorgekommen, dass einer von ihnen im Gefecht mit den Soldier Catz nur zweiter Sieger blieb. Mal lag es am ungünstigen Kampfplatz, mal waren es zuviele Gegner. Aber das wird sich im nächsten Frühjahr korrigieren lassen!

Sie unterbrechen ihre behaglichen Plauderstunden nur, wenn der Hunger zur Plage wird oder wenn Little Cat John und Will Scarlet es für richtig halten, eine Trainingsstunde anzusetzen.

Plötzlich kommt Unruhe bei den Katzen auf. Es geht von Ohr zu Ohr, dass Polly sich merkwürdig benimmt. Sie liegt nervös in ihrem Karton, den sie gleich zu Anfang bezogen hatte, und wälzt sich hin und her. Brighty läuft nervös um ihr Lager herum und redet ihr gut zu. Polly antwortet mit unverständlichen Lauten. Brighty springt zu ihr in den Karton, streichelt sie zärtlich und spricht besänftigend auf sie ein. Polly legt sich auf die Seite und streckt die Hinterbeine, während es in ihrem Bauch beginnt, zu rumoren. Die Wehen setzen ein.

Es vergehen noch weitere zwei Stunden, in denen sich stoßweises Atmen und neue Wehen abwechseln. Alle Catz haben sich inzwischen in Pollys Kellerraum versammelt – die Kater ringsum an den Wänden, die Kätzinnen dicht bei Polly, um ihr Mut zu machen.

Endlich ist es passiert und niemand hat es bei der Betriebsamkeit der Kätzinnen bemerkt: Das erste Baby liegt auf dem Lager. Noch von der Fruchthülle umschlossen, hängt es hilflos an der Nabelschnur.

Sofort wendet sich Polly um, befreit das Kleine von der Hülle und beißt die Nabelschnur durch. Sie leckt ihm kräftig das schniefende

Näschen und der fast nackte Wurm beginnt, mit fest verschlossenen Augen zu atmen. Er lebt!

Fürsorglich leckt Polly das Kleine sauber. Sie befreit es vom Fruchtwasser und von den Resten der Nachgeburt. Blind und frierend beginnt es zu krabbeln: Wie von einer unsichtbaren Hand geführt, findet es die Zitzen der Mutter und beginnt, kräftig zu saugen.

Es dauert nicht lange, da kündigt sich ein weiteres Baby an. Polly presst und ein zweites drängt in das Dämmerlicht des Katzenlagers. Nach drei Stunden liegen vier Babys bei der Mutter und saugen begierig nach der Muttermilch, die ihnen Polly reichlich spenden kann. Liebevoll leckt sie ihre Jungen und lässt sie kaum aus den Augen.

Es ist eine Sensation im Lager der Catz! Alle lachen und schwatzen durcheinander und beglückwünschen Brighty, der selig bei seiner Polly steht. Scheu schnuppert er an den Kleinen und leckt Polly zärtlich das Fell. Marian lächelt Robin zu, der in sprachloser Verwunderung auf die blitzblanken Musterexemplare des Schöpfungswunders blickt.

Kaum haben sich die Gemüter beruhigt, sorgt Olly für die nächste Aufregung im Saal: Unruhig wälzt sie sich auf ihrem Lager und während die Catz noch zu ihr eilen, bekommt sie ihr erstes Kind. Nach aufregenden Stunden liegen sogar fünf Babys an ihrem Bauch und nuckeln zufrieden vor sich hin.

Die ersten Tage über verlassen die Mütter ihre Jungen nicht. Lighty und Brighty tragen ihnen ihre Jagdbeute ans Nest und Gilbert stiftet zarte Tunnelmäuschen.

Die Katzenkinder sind kaum eine Woche alt, da geschieht etwas Überraschendes: Die Catz hören vor ihrem Haus Geräusche. Und kurz darauf nähern sich Schritte, die vorsichtig die Treppenstufen herunterkommen. John und Robin erkennen sofort die leichten Füße der dunkelhäutigen Tochter aus dem Park, die mit ihrer Mutter nach ihnen sucht. Freudig springen die beiden, gefolgt von Much und Will, den Besucherinnen entgegen und die Tochter, ihre Lieblingspuppe Emily auf dem Arm, schreit glücklich auf: „Mein Puma-Katz ist da! Und alle anderen auch!“

Lachend gibt sie ihrer Mutter die Puppe, hockt sich auf die Knie und drückt und streichelt ihren John, der sich vor Freude wie ein Brummkreisel dreht und mit seiner Stirn die Nase der Kleinen reibt.

Wie niedlich sie heute aussieht! Weiße Stiefelchen mit einem rosa Fellkranz am Schaft, darüber weiße Strumpfhosen, ein dickes, rosafarbenes Mäntelchen, um den Hals einen rosa Schal aus Angorawolle und auf dem sperrigen Haar eine selbstgestrickte Mütze, von Mom mit einer liegenden Katze verziert – liebevoll aus silbernen und goldenen Fäden aufgestickt.

Die Mutter erzählt, wie sie ihre Lieblinge aufgespürt haben. Sie waren besorgt, als sie die Katzengemeinschaft bei ihrem letzten Besuch in Barnesdale nicht mehr fanden. Aber sie ahnten, die Katzen würden nur in ein sicheres Winterlager gewechselt sein.

So wanderten sie durchs Viertel – auf der Suche nach Spuren, die sie zu den Katzen führen würden. Endlich bekamen sie einen Hinweis: Der Obsthändler und sein Freund, der Tuchhändler aus der Riverside Avenue, haben in Greenwood die eine oder andere Katze von Tür zu Tür huschen sehen. Und so entdeckten sie ihre Freunde wieder!

Mit hochgerecktem Schwanz eilt Robin nach der Begrüßung die Stufen herunter und blickt sich auffordernd um. Neugierig gehen ihm die beiden Besucherinnen nach, tief in das Kellergewölbe hinein. Und dann sehen sie die Überraschung: erst Olly mit ihren Jungen und etwas weiter hinten Polly! Die beiden Katzenmütter bleiben ruhig und unbesorgt liegen, denn die liebenswerten Menschen kennen sie, solange sie in der Brotherhood leben.

Die Tochter beugt sich behutsam über die Babys und streicht ihnen sanft mit einem Finger über den Kopf. Und als wäre das nicht genug, kommt auch noch Gilbert angesprungen. Wie groß er geworden ist. Fast erwachsen ist er mittlerweile! So laut brummend, dass sein Echo von den nackten Wänden widerhallt, reibt er sich am Knie der kleinen Tochter und streift übermütig der Mutter um die Beine.

Nachdem sie alle Katzen begrüßt und zärtlich mit ihnen gesprochen haben, verlassen sie ihre Freunde – nur, um bald danach schwer beladen zurückzukehren.

Sie packen Schälchen aus, die sie mit klarem Wasser füllen und stellen weitere daneben, auf die sie einige Büchsen Katzenfutter verteilen. Und sie stellen zwei Körbchen für Olly und Polly auf, dick mit Decken ausgepolstert. Sofort erheben sich die beiden, beschnuppern ihr neues Lager und tragen die Jungen einzeln hinüber. Schnurrend blicken sie die beiden Menschen an und schließen zufrieden die Augen.

Die beiden Besucher haben auch interessante Neuigkeiten für ihre pelzschwänzigen Freunde. Sofort richtet Robin seine Ohren auf und hört aufmerksam zu. Auch Will, John und Much eilen herbei und folgen gespannt dem kurzen Bericht: „Ihr müsst euch nicht sorgen wegen Guy“, sagt die Mutter. „Wir haben mit den Millers gesprochen.

Die kennen den Obsthändler und seinen Freund aus dem Verband der Einzelhändler von Barn's Village.

Seit dem Herbst wissen sie von eurem Kampf mit den Catz in the Hood! Ihr wisst, dass euch die beiden Kaufleute mögen - die Körbchen haben sie gespendet! Und sie wollen uns täglich jeder eine große Büchse Futter für euch geben. Guy passt gut auf und hat viele Verbündete im Viertel - deshalb werden euch die beiden nicht hier in Greenwood besuchen, um euer Geheimnis zu wahren!

Nur die Millers wollen gelegentlich kommen und nach ihrem Much sehen. Ist das in Ordnung?" Much, der alles verstanden hat, maunzt einmal freudig auf. Robin und die Freunde blicken sich erleichtert an: So können sie in Ruhe die Kleinen aufziehen und müssen nicht mit Überfällen rechnen!

Wenig später öffnen die Babys eins nach dem anderen ihre leuchtendblauen Knopfaugen. Wachsam lauschen sie den leisen Rufen der Mutter, mit denen sie ihnen die wenigen Regeln im Körbchen beibringt: „Krabbelt nicht zu weit weg" oder: „Lass das Brüderchen trinken!" Und findet ein klagendes Junges auf voreiliger Wanderschaft den Rückweg nicht, nimmt die Mutter es auf und trägt es zurück zu den anderen.

Die Kleinen entwickeln sich schnell! Nach drei Wochen beginnen die ersten, aus dem Nest zu klettern, um neugierig ihr neues Spielfeld zu untersuchen. Der letzte Kater, der das sichere Körbchen um keinen Preis verlassen will, wird von Polly energisch gepackt und vor die Tür gesetzt: Auch er muss lernen, die weite Welt zu entdecken - wenigstens soweit die winzigen Füßchen ihn tragen, und das ist noch eine sehr kleine Welt! Von Woche zu Woche werden die Jungen mutiger. Inzwischen haben sie den riesigen Keller zu ihrem Spielplatz gemacht und ganz nebenbei die Kleinen der Nachbarfamilie entdeckt.

In einem unentwirrbaren Knäuel kullern die bunten Fellkugeln durcheinander und hüpfen sich gegenseitig auf den Kopf. Und wer von den Großen das Pech hat, dazwischen zu geraten, muss sich nicht wundern, wenn ihm ein Nadelzahn den Pelz durchlöchert! Robin allerdings nimmt's gelassen - er liebt die Kleinen! Wird es zu wild, eilen die Mütter hinzu und treiben sie mit kurz angebundenem Fauchen zurück ins Nest.

Kommt ein Kater, den sie noch nicht kennen, ziehen sie sich ängstlich zurück und werden von den Müttern sofort beruhigt und geleckt. Aber wehe, er bleibt eine Weile in der Nähe stehen, um den Kleinen zuzusehen! Sofort verlieren sie ihre anfängliche Scheu. Alle neun fallen sie über ihn her und krabbeln ihm auf den Hals, um auf seinem Rücken herunterzuschliddern.

Im Januar haben sie alle die Mäulchen voll spitzer Mausezähne. Das Säugen schmerzt und die Mütter vertreiben sie von ihrer Brust. Olly und Polly gehen nun regelmäßig auf die Jagd und hier erweist Gilberts Entdeckung ihren Wert. Die winzigen Tunnelmäuse sind das beste Kinderfutter und die Kleinen lieben es, auf ihnen herumzukauen und mit ihnen zu spielen: Eine Beute, die sie nicht erschrecken muss, wie ihnen die Lockrufe der Mütter versichern.

Es ist kaum Februar, da gehen die wagemutigeren von ihnen bereits mit auf die Pirsch, um ihren Müttern die Technik der Mäusejagd abzuschauen. Und es fallen gelegentlich Bissen von einer Wanderratte ab, die Freunde für die Mütter bringen.

Die Jungen entwickeln sich nicht alle gleich – einige sind noch unsicher und lieben es, im Schutz der Mutter zu liegen. Die aufgeweckteren zeigen deutlich ihre Vorliebe für die erwachsenen Kater, deren abenteuerliches Treiben erheblich größere Verlockungen verspricht. Eindeutige Favoriten sind dabei Robin und John, der sie gelegentlich auf seinem Rücken reiten lässt.

Häufig begleiten sie ihre Väter oder die Freunde auf ihren Erkundungszügen im Revier, denn ständig ist eine Grenze Greenwoods zu überprüfen oder ein neues Jagdrevier zu erkunden.

Anfang März sind die Schneewehen bis auf Reste zusammengeschmolzen und nur noch schmuddelige Pfützen blieben von der weißen Pracht. Überall im Revier stromern die Kleinen mit aufmerksam gespitzten Ohren umher: Mutig belauern sie eine Maus oder sogar ein Rattenjunges – natürlich nie ohne den wachsamen Schutz eines Erwachsenen, der sie nicht aus den Augen lässt.

Robin, der in den Wintermonaten mit Lighty und Brighty Gilberts Ausbildung zum Kundschafter vorangetrieben hat, steht jetzt, nachdem die Lehre abgeschlossen ist, gelangweilt in einer der toten Fensterhöhlen über seinem Kellerlager. Sehnsüchtig blinzelt er hinaus in das Tageslicht: Lange kann es nicht mehr dauern, bis der Frühling kommt und er freut sich auf den Umzug in ihren geliebten Barnesdale Park. Barnesdale! Und hoffentlich weit und breit kein Guy!

Er springt zurück in die Halle und wandert unlustig an den Reihen toter Luken vorbei. Ganz am Ende, auf dem hintersten Fenstersims, sitzt einsam sein Freund Will und hängt schweren Gedanken nach.

Auch früher schon hatten ihn Erinnerungen an die Vergangenheit gequält und nur Johns oder Robins Frohsinn konnten ihn aus der bedrückten Stimmung reißen.

Will starrt auf die matschig-trübe Spätwintertrostlosigkeit. Wortlos setzt sich Robin dazu.

Nach langem Schweigen fragt er seinen Freund: „Was macht dich so traurig, Will?"

„Ich glaube, es ist nur der ewig lange Winter, der mich trübsinnig werden lässt, Robin. Und dann kommen die Erinnerungen wieder. Die Jahre auf der Straße waren schrecklich. Immer allein. Keine Freunde. Gott sei Dank ist das lange vorbei. Aber manchmal kommt's eben wieder hoch!"

„Jetzt musst du nicht mehr traurig sein. Jetzt hast du gute Freunde - bessere hat niemand."

Will knufft Robin und antwortet: „Stimmt! Komm, lass uns nach draußen gehen. Bald ist der Frühling da und wir können wieder im Freien jagen. Nicht winzige Mäuschen, sondern ausgewachsene Soldier Catz!"

Und es dauert wirklich nur Tage, bis von ferne das erste Vogelzwitschern nach Greenwood dringt.

Robins Ungeduld breitet sich im ganzen Lager aus - keiner der Catz ist noch an Tunnelmäusen interessiert. Und als endlich der Himmel aufreißt und die Sonne mit kräftigen Strahlen die Pfützen trocknet, beschließen Robin und die Freunde, nach Barnesdale aufzubrechen.

Die Rückkehr

Sie sind zurück. Zurück in ihrem geliebten Barnesdale Park! Und er belohnt sie mit den schönsten Frühlingsboten. Der leuchtend gelbe Goldregen versucht, seine hängenden Glocken ein wenig der Sonne entgegenzurecken. Der Buntspecht hämmert unermüdlich die Larven aus der Rinde seiner fast schon toten Ulme. Heerscharen der hübschesten Hummeln sumseln von Blüte zu Blüte, um die Rüsselchen und ihre pelzigen Hinterteile in den Kelchen zu versenken.

Die erschreckenden Neun, ‚The Frightening Nine', wie die Erwachsenen die Kinderbande nennen, haben die lange Wanderung erstaunlich gut überstanden. Gelegentlich war der eine oder andere in einem unbekannten Tunnel verschwunden oder in einen Spalt abgestürzt.

Aber bis auf die kleinen erhitzten Aufregungen, die es kostete, den Schwarm zurückzubeordern, sind sie gut vorangekommen. Was Wunder – die Kleinen sind Merry Catz und wenn man's recht besieht, die echtesten von allen, denn sie wurden als Merry Catz geboren!

Die Katzen beziehen ihre alten Lagerplätze. Simon teilt seine Posten für die Lagerwache ein und die Anführer machen ihre erste Inspektionsrunde: John und Much suchen das Flussufer ab und prüfen gelegentlich den aktuellen Fischbestand. Natürlich nur ganz nebenbei und dienstlich! Will, Tuck und Alan inspizieren die Grenzgebiete nahe des Chippendale Boulevard und Robin wandert mit Marian in den Norden, in Richtung Birkenwäldchen und Hafen.

Als Robin und seine Freunde abends zusammensitzen, berichtet Will, er habe fremde Duftmarken an den Bäumen nahe des Generals entdeckt – dazwischen auch die Marke eines dominanten Katers. So kalt, wie die Spuren sind, dürften sie Monate alt sein. Trotzdem hat Will den Geruch der Feindschaft wahrgenommen: Guy persönlich muss mit einem Suchtrupp im Park gewesen sein!

Was soll's – jetzt sind sie in Barnesdale: Sie werden ihr Revier verteidigen und Guy sollte sich gut überlegen, ob er sie auf ihrem eigenen Terrain überfällt!

Auf dem Höhepunkt ihrer taktischen Analysen dringt eine Frauendelegation in die Kommandozentrale ein: Lady Cat Marian mit Olly und Polly. Und Marians Gesicht signalisiert keine Spur von Verhandlungsbereitschaft - es verlangt die totale Kapitulation. Unconditional Surrender!

Schnurstracke läuft sie auf Robin zu, reibt sich zärtlich an seinem sorgengeplagten Haupt, leckt ihm über die Nase und eröffnet ohne Kriegserklärung das Feuer: „Robin Cat! Wir wünschen uns ein Fest - ein richtiges Frühlingsfest mit allem drum und dran!", sagt sie in einem Ton, der jeden Widerstand erstickt.

Entwaffnet atmet die Offiziersrunde durch: Puh. Es hätte schlimmer kommen können! Wenn der Hausfrieden so leicht zu erkaufen ist - darüber lässt sich verhandeln!

Robin erwidert Marians Begrüßung lachend und sagt: „Liebste, wie Recht du hast. Was sind wir doch für ein Haufen alter Stiesels! Jetzt sitzen wir seit Tagen in Barnesdale und haben noch kein Katzenfest gefeiert!"

Und zu den Freunden: „Was hockt ihr vergreisten Körbchenpupser hier noch nutzlos herum? Ihre Ladyschaft Cat Marian wünschen eine feudale Lustbarkeit!"

Alle sind sich einig: Ein Frühlingsfest muss sein. Und es soll ein rauschendes Bankett werden - das größte Fest, das Barnesdale je gesehen hat. Peterkins große Stunde: Clownerien und Akrobatik für die Kinder. Gleich springt die Runde auf und bringt den Catz die willkommene Botschaft. Freudig schwärmen sie in alle Richtungen aus, um ihre Vorbereitungen zu treffen.

Mitten in die Vorfreude platzt ein vor Angst schlotternder Simon. Er stottert: „Robin! Ich bin nicht mehr da. Ich habe mich gerade verflüssigt und schwimme mit dem Great River um die Wette. Ganz weit weg - am besten bis ins Ägypterland. Und wenn ihr schlau seid, kommt ihr mit!"

Robin, zwar nervös, aber beherrscht: „Nun mal langsam und von vorn, Simon! Was ist los?"

„Der Tiger von Eschnapur steht im Park - neben sich zwei riesige Paladine, die auch nicht viel friedlicher aus ihren Pelzen stieren!"

„Der Tiger von Eschnapur? Der müsste doch längst ausgestopft sein!"

„Ich meine seinen Nachfolger von der Andromeda: die Science-Fiction-Version mit Feuerschweif und glühenden Brennstäben als Augen. Brandgefährlich!"

Robin und die Offiziere springen auf, als sei das lebende Raumschiff unter ihrem Hintern gelandet. Ratlos durch die nebulöse Beschreibung, bringt Robin nur ein gequältes „Wo?" heraus.

„Auf der Wiese zwischen General und Löwe“, gibt Simon die Richtung an.

„In Ordnung. Du führst uns“, sagt Robin niedergedrückt von der offensichtlichen Gefahr in ihrem Revier.

„Nein, Robin! Da gehe ich nicht hin – ich möchte ihm nicht noch einmal begegnen!“, antwortet Simon und verkriecht sich unter einem Busch.

Jetzt sind die Freunde langsam ernsthaft beunruhigt. Wenn Simon, den sie nur als sachlichen, tapferen Wachführer kennen, jede Kontrolle verliert, muss es sehr schlimm sein!

„Was soll's“, denkt sich Robin, „ob ich jetzt sterbe oder später in der Schlacht gegen Guy, ist egal. Wir hatten eine wunderschöne Zeit und unsere Kinder leben, um von unseren Taten zu berichten!“

Beherzt macht sich der große Anführer der Merry Catz auf den Weg. Zögernd, dann doch entschlossen, folgen Will, John und Much. Und Alan führt den blinden Tuck hinterher.

Robin sieht ihn als erster: Ein mächtiger Bengal, tatsächlich einem Tiger ähnlich, steht majestätisch auf der Wiese. Und an seiner Seite die beiden Paladine, von denen Simon sprach: zwei gewaltige Maine Coons – wie strahlende Ritter, der Artus-Sage entsprungen.

An Robins Seite schluckt und wispert Will: „Richard. Er ist zurück!“

Robin fragt tonlos: „Löwenherz? Was macht der in unserem Park?“

„Lästige Fliegen zerquetschen“, haucht Scarlet ihm ins Ohr.

„Sind wir die Fliegen?“, fragt Robin trocken.

„Wer sonst!“, gibt Will zur Antwort.

Endlich reißt sich Robin zusammen – seine alte Unerschrockenheit kehrt zurück. Er ist nicht zu Unrecht Anführer der berühmten und gefürchteten Brotherhood!

Er springt mit einem wilden Satz auf die Wiese und stellt sich dem Riesen aus dem Andromeda-Nebel entgegen. Die anderen brauchen etwas länger, um mit ihrem Leben abzuschließen. Endlich treten sie aus der Deckung der Büsche, bleiben aber hinter Robin zurück.

Ein verlorenes Häufchen, das da vor Richards Augen erscheint! Selbst der riesige John wirkt vor dem Bengal zwergenhaft – den Paladinen allerdings würde er zeigen wollen, wie ein norwegischer Waldkater mit ihnen Schlitten fährt!

Nicht ungütig blickt Richard auf Robin herab und betrachtet ihn lange schweigend. Niemand wagt, vor ihm die Stimme zu erheben. Endlich spricht er sein Gegenüber an: „Du bist Robin Cat!“

Robin antwortet leise mit einem schlichten, aber wahrheitsgemäßen „Ja!“

„Und das dahinten sind deine Offiziere. Wie ich sehe, ein ordentlicher Stab! Wenn mich nicht alles täuscht Little Cat John, Will Scarlet und dein kleiner, mutiger Schatten Much-the-Millers-Cat! Und sieh' an – Bruder Tuck! Du also auch. Lange nicht gesehen! Und wer ist der vornehme Herr an deiner Seite?“

„Cat Alan. Alan-A-Dale, wenn's beliebt“, bringt Alan stotternd heraus.

„Ah, der edle Kater der Henleys. Ich hätte es wissen müssen.“

Und Richard spricht weiter: „Ich sehe, ihr wisst, wer ich bin und ihr fürchtet euch vor mir! Ihr habt auch guten Grund – bei all der Verwirrung, die ihr stiftet! Kaum drehe ich den Rücken, tanzen die Mäuse auf den Straßen und das Chaos bricht in meinem Viertel los! Aber das werden wir ändern.“ Pause. Beklommen senken die Freunde ihre Blicke zu Boden.

„Wicked John, den rabenschwarzen Prinzen, habe ich zur Raison gebracht. Der wird keinen Unfrieden mehr stiften. Und mit Guy werde ich auch ein Wörtchen reden. Dann herrscht wieder Ordnung im Viertel!

Was gedenkt ihr in Zukunft zu tun? Wollt ihr weiter als Geächtete in der Verbannung leben und gottesfürchtige Kätzchen bedrohen?“

„Wir haben doch noch nie ...“, wirft Robin zaghaft ein.

Ein herrischer Blick von Richard lässt ihn schweigen.

„Guy ist die Wurzel und Ursache des Übels. Kann ich mit eurem Gehorsam rechnen, wenn Guy of Gisbourne ausgeschaltet ist?“

Glanzvoll steht der Bengal vor ihnen: der geborene Herrscher, kein Tyrann! Gütig und gerecht. Bewahrer der rechtmäßigen Ordnung. So, wie Will Scarlet ihn beschrieben hat. Längst hat er die Geächteten für sich gewonnen! Sie werden ihm folgen, denn das Viertel braucht jetzt eine Persönlichkeit wie ihn – jemanden, dessen Autorität ohne Zwang und Gewalt für Frieden sorgt zwischen den Katzen!

Robin legt sich vor dem Bengal auf den frisch keimenden Rasen. Mit erhobenem Haupt steht Richard vor seinen Untertanen.

Endlich antwortet Robin leise: „Richard – wir alle respektieren dich und wir wollen dir gerne folgen. Und ich spreche für die gesamte Brotherhood of Merry Catz. Du hast unser Wort!“ Hinter Robin liegen seine Offiziere.

Richard lächelt ihn jetzt an und sagt: „Ihr seid tapfere Burschen – ich wünschte mir, es gäbe mehr von eurer Sorte! Dem Straßenterror zu widerstehen ist nicht leicht. Aber ich habe von eurem Lager erfahren, Robin Cat - von Barnesdale Park. Ich würde es gerne sehen!"

Robin platzt freudig heraus: „Du hättest keine bessere Gelegenheit wählen können für deinen Besuch! Wir bereiten gerade ein großes Frühlingsfest vor für unsere Kinder. Du bist uns mit deinen Begleitern willkommen. Es ist uns eine große Freude und Ehre!"

Richard lächelt wieder und sagt: „Kinder gibt es mittlerweile auch? Das freut mich sehr - dann ist die Nachfolge gesichert.

Aber von euren Gelagen habe ich gehört. Es soll respektabel zugehen, wenn ihr feiert. Die Einladung nehme ich sehr gerne an!"

Lancelot und Gawain, die treuen Paladine, strahlen nicht nur - sie sind auch äußerst nützlich: Während Richards Abwesenheit beobachteten sie unbemerkt die Ereignisse im Viertel, ohne einzugreifen. So erfuhren sie von dem Krieg der Katzen und auch von dem Lagerleben der Brotherhood. Sie erstatteten Richard nach seiner Rückkehr unparteiisch und sachlich Bericht.

Gemeinsam bricht die Gruppe auf - Richard und seine Begleiter in der Mitte. Auf dem Weg ins Lager breitet sich Frohsinn aus: Jeder freut sich auf das reiche Essen und die gute Unterhaltung und einen würdigeren Besuch könnte es kaum geben.

Richard ist entzückt, als er Barnesdale sieht mit seiner Eiche und der Aussicht auf das Wasser - ein Anblick, dessen Schönheit gerade jetzt im Frühling kaum zu überbieten ist. Aber auch die strategische Bedeutung entgeht ihm nicht!

Unter dem Baumriesen steht Robins Geliebte mit ihren Damen. Sichtlich angetan verneigt sich Richard vor der edlen Anmut und begrüßt sie zuvorkommend: „Lady Marian, wie ich vermute - seid gegrüßt! Ich sehe, man hat mich nicht belogen, als man von eurem Liebreiz sprach!"

Artig und ein wenig verlegen verneigt sich Lady Cat Marian vor dem großartigen Fürsten und heißt ihn willkommen. Vorsichtig nähern sich die Catz, sobald sie Richard in Robins Begleitung sehen. Selbst Simon kommt und bestaunt Robins Mut, sich in die Nähe der wahrhaft königlichen Reißzähne dieses überirdischen Wesens zu wagen.

Robin grinst, ruft ihn heran und stellt ihn Richard vor: „Das ist Simon - unser wackerer Kommandeur der Wache! Als er dich vorhin in seinem Abschnitt sah, glaubte er, du seiest mit einem Raumschiff eingeflogen!"

Richard blickt ihn humorig an und sagt: „Bei uns geht es glücklicherweise sehr irdisch zu - sonst hätten wir keine Freude am Feiern."

Alle Catz werden Richard vorgestellt - gerade so, wie sie zurück ins Lager kommen, die meisten mit ihrer Jagdbeute beladen. Will und John drucksen unruhig vor sich hin. Robin erkennt ihre Not und sagt lachend: „Los, ihr beiden - geht endlich fischen!"

John poltert erleichtert: „Bastet sei Dank, Robin. Was wäre unser Katzenfest ohne Fisch? Und Richard wird es auch zu schätzen wissen!" Richard schmunzelt und entlässt die beiden gern, denn er liebt frisch gefangenen Fisch, wie er ihn vom Süden her kennt!

Und endlich ist es soweit: Erlesene Mäuse, ausgesucht junge Ratten und Tauben, zarteste Fische und sogar drei saftige Kaninchen türmen sich säuberlich sortiert und eine äußerst aufgeräumte Versammlung schart sich um die Eiche. Richard wird der Ehrenplatz in der Mitte zugewiesen - zu seiner Rechten Robin, und Marian an seiner linken Seite. Daneben die Begleiter Lancelot und Gawain.

Richard und seinen Vertrauten werden die besten Happen vorgelegt. Er nimmt ein Stück Kaninchen und einen besonders verlockenden Barsch, wie es im großen Buch der Bruderschaft festgehalten wurde. Satt liegt man im großen Rund und Richard wünscht etwas über die Abenteuer der Merry Catz zu erfahren. Daran herrscht nun wirklich kein Mangel! Nur zu gerne erzählen sie ihm ihre Anekdoten. Die erschlagenen Feinde lassen sie zur Sicherheit aus!

Richard lacht über die Geschichte mit Roger, den er nie gesehen hat. Much, Brighty und John müssen die Szene spielen, wie er als jämmerliches Häufchen um Gnade gebettelt hat.

Und ihn beeindruckt die Episode mit dem Marder, den John, allein auf sich gestellt, im letzten Winter bezwang. Richard lässt ein lobendes Wort fallen: „Da hast du einen würdigen Gegner niedergerungen, Little Cat John. Marder können Katzen schneller umbringen als ein Luchs die Pinselohren spitzt!"

Als sie die Geschichte vom Marder hören, hüpfen die Frightening Nine heran und springen John respektlos auf den Rücken. Sie piepsen: „Du bist der Drachentöter - Little Cat John ist der Drachentöter", und knipsen ihm ins kampfgebeutelte Ohr.

Plötzlich fliegt ein kleiner Ball durch das Rund der Merry Catz und ehe sie es richtig wahrnehmen, springt Peterkin mit einem doppelten Salto hinterher und fängt ihn in der Luft. Er tobt die Eiche hoch, an den Ästen entlang, und springt aus der Höhe wieder herab - den Ball in den Fängen. Wie gut, dass er ihn nach dem langen Winter an seinem Platz wiedergefunden hat!

Marian fragt Cat Alan leise, ob er Richard zuliebe und für die Kleinen singen mag: Die Kinder sollen die Lieder der Bruderschaft kennenlernen.

„Nichts bewegt die Gemüter mehr und bewahrt die Tradition fester als ein schönes Lied," bemerkt Richard, der die Frage mitgehört hat.

Der allgemeinen Heiterkeit kann auch Alan sich nicht entziehen – eins nach dem anderen singt er seine Lieder. Aber sie haben einen anderen Klang als früher. Und nach der letzten Strophe senkt er den Kopf und legt sich zu seinem Freund Tuck. Richard fragt Robin beunruhigt: „Was hat unser edler Freund Alan? Was macht ihn so traurig?" Robin berichtet leise von Alices Tod. Mitfühlend blickt Richard auf Alan, sagt aber nichts. Was könnte er ihm jetzt sagen?

Kurz darauf quengeln die Kleinen: „John soll singen – los, John – singen", und sie zergeln ungeduldig an ihm herum. Alan muss lächeln, als er sieht, wie John dem Beschuss der Frightening Nine unterliegt.

Wie um Alan zu trösten, brummelt er unter begeistertem Rufen und Summen der Catz sein ‚If I were a Carpenter' und die Geselligkeit findet ein gutgelauntes Ende.

Richard erhebt sich, um für die Gastfreundschaft zu danken: „Catz. Freunde! Noch nie habe ich ein so schönes Fest erlebt. Ihr seid eine bewundernswerte Bruderschaft und ich bin beeindruckt, wie ihr euch hier eingerichtet habt. Viele von euch werden demnächst zu ihren Familien zurückkehren können. Manche werden hoffentlich bleiben und die Barnesdale-Tradition bewahren. Barnesdale wird ein Ort der Zuflucht bleiben – nicht für Gehetzte und Verfolgte, sondern ein Ort, um Freunden zu begegnen. Ein Ort der Erholung und Besinnlichkeit. Robin Cat, du hast Großes geleistet! Ihr seid mit eurer Nachkommenschaft die Hoffnung und die Zukunft des Viertels."

Schweigend trommeln die Catz ihren Applaus auf den Boden. Es ist ein großer Moment für die Brotherhood of Merry Catz!

Richard und seine Begleiter verabschieden sich und werden von einer Eskorte bis zum Parkausgang geleitet. Auf dem Heimweg will Richard eine der Hauptstraßen im Viertel überqueren. Nach seinem langen Aufenthalt in dem beschaulichen Küstenort im Süden hat er sich noch nicht an den gefahrvollen Großstadtverkehr gewöhnt.

Er stirbt auf dem Pflaster der Barn Street – überrollt von einem Bus der Linie 9.

Die Nachricht von Richards Tod schlägt in Barnesdale ein wie der Hale-Bopp'sche Komet und zerschmettert die Hoffnung der Catz. Zerstoben die Träume vom Frieden ohne Krieg. Niedergeschlagen sitzen die Freunde unter der Eiche.

„Also sind wir wieder auf uns gestellt! Jetzt ist der Kampf mit Guy unvermeidlich. Der arme Richard! Was wird nun aus seiner schönen Vision? Was wird aus uns? Lasst uns seine letzten Wünsche bewahren und alles dafür tun, dass sie wirklich werden! Wir rechnen selbst mit Guy of Gisbourne ab. Und wenn wir das schaffen, wird Barnesdale so, wie Richard es sich wünschte. Das schwöre ich!"

Will antwortet Robin: „Und ob. Aber wir müssen ab jetzt informiert sein, was im Viertel geschieht. Und wenn Guy seine Leute zusammenzieht, sollten wir vorbereitet sein. Lasst uns Lighty, Brighty und Whity ausschicken!"

Als er seine Ausbildung zum Kundschafter abgeschlossen hatte, wurde Gilbert Whitehand ‚Whity' getauft. Seit den ersten Tagen in Barnesdale mit Lighty und Brighty eng verbunden, lag es nahe, sich den beiden anzuschließen und ihre Aufgaben zu teilen. Natürlich achten die beiden auf den unerfahrenen Freund und lassen ihn außerhalb des Lagers keinen Schritt unbeschützt gehen.

Die drei Kundschafter werden herangerufen, um ihre Instruktionen entgegenzunehmen. Sie ziehen durch die Gänge der Dunkelwelt – hinüber in das Viertel. Vorsichtig spähen sie aus den verborgenen Luken und halten Ausschau nach Guys Bande.

Zwei Tage und zwei Nächte sind sie unterwegs, während Simon zu Hause seine Wachen verdoppelt. Niemand wird unbemerkt den Park betreten! Endlich kommen die Kundschafter zurück und erstatten Bericht.

„Guy hat etwas vor. Jeden Abend trifft er sich mit seinen Vertrauten im Hof von Marley's Old Ale House, unten an der Riverside Avenue. Ihr wisst doch, wo die alten Bierfässer vor der Tür stehen! Und es werden immer mehr. Eine Armee! Es könnte sein, dass er uns fertig machen will – jetzt, wo Richard tot ist. Wir sind nicht dicht genug herangekommen, um sie zu belauschen. Es war einfach zu gefährlich!"

Robin beruhigt die drei: „Gut, dass ihr euch zurückgehalten habt. Ich will nicht, dass euch etwas passiert! Aber jetzt wissen wir wenigstens, woran wir sind." Und zu seinen Offizieren: „Ich habe mir inzwischen eine Taktik überlegt. Ihr erinnert euch an unseren Kampf im Tunnel? Das hat doch gut geklappt. Warum soll es nicht wieder funktionieren? Wir bauen ihnen eine Falle auf und locken sie hinein.

Guy hat keine Ahnung, was damals gelaufen ist. In den Tunneln haben wir einen Heimvorteil, um unsere Stärken einzusetzen. Wir sind da unten auf eigenem Boden, den wir gut kennen – die Gegner nicht. Wenn sie uns verfolgen, werden sie also unsicher oder gar ängstlich sein. Und folgen müssen sie uns, sonst macht Guy Ärger, denn der will den Kampf um jeden Preis.

Ein weiterer Vorteil: Tuck kann da unten seine Überlegenheit ausspielen, während wir ihn oben im Freien schützen müssten, damit ihn niemand unvorbereitet trifft.

Ich stelle es mir so vor: Wir teilen uns in drei Gruppen auf. Ich gehe mit Will und meiner Gruppe zum Hauptabwasserkanal und dort verbergen wir uns. Alan und Tuck ziehen an den großen Kanal, der direkt daneben mündet. Das ist Tucks alte Heimat. Soll ihm da nur einer in die Quere kommen – dann Gnade ihm Bastet!

Und John spielt mit Much und Peterkin den Lockvogel. Ihr krabbelt auf dem Nachbargrundstück von Marley durch die Gitter aus dem großen Schacht und lasst euch sehen. Du weißt schon, John: Kätzchen verirrt sich im Hinterhof, schreit ‚huch – hier sind ja lauter Fremde' und läuft davon nach dem Motto ‚rette sich, wer kann' – die alte Trottelnummer. Zieht immer und dir glaubt sie auch jeder!"

„Haha. Danke für das Kompliment, Robin."

„Bitte, bitte – von Herzen! Ihr könnt euch ruhig in Truppenstärke oben zeigen, um die Bengels zu ködern. Und wenn wir sie in den Tunneln haben, machen wir dicht. Ihr lockt sie bis zu unserer Kanalkreuzung, wo wir euch erwarten. Was sagt ihr?"

Lange durchdenken die Freunde Robins Plan.

Will wiegt den Kopf und sagt: „Der Plan ist alles in allem gut, Robin. Ich sehe nur eine Schwäche."

„Und welche?"

„Guy!"

„Wie das?"

„Er ist zu schlau. Unterschätze ihn nicht! Er wird nicht so leicht in die Falle tappen wie der dämliche Offizier damals."

John bestätigt Wills Sorge.

„Hmm. Ich glaube, ihr habt Recht. Was meinst du, John? Traust du dir den Trick bei den anderen zu, wenn Guy nicht dabei ist?“

John nickt.

„Gut. Dann lenke ich Guy ab. Für ihn bin ich der beste Lockvogel, denn auf mich hat er es abgesehen. Alles andere bleibt wie besprochen. Ich schicke ihm einen Boten mit der Nachricht, dass ich an der Eiche auf ihn warte. Ich kämpfe hier mit ihm, während ihr euch um die anderen kümmert.“

Much ist die Vorstellung nicht lieb, Robin dem bösen Reißwolf zu überlassen und John reibt nervös seinen kolossalen Podex am rauen Holz der Eiche.

„Freunde, es ehrt mich, dass ihr euch meinen Kopf zerbrecht. Aber ich habe die Sache damals angestiftet und ich bringe sie zu Ende. Guy ist der Schlimmste von allen und ich setze euch diesem Risiko nicht aus. Es ist meine Aufgabe. Ende der Diskussion!“

Noch nie haben die Freunde Robin so entschlossen gesehen. Niemand wagt es, sich ihm zu widersetzen. Es wäre auch sinnlos!

Robin gibt seine letzten Anweisungen. Watkin wird mit Simon und seinen Wachen die Frauen und die Kinder schützen und in ihr Tunnelversteck führen. Solange der Kampf tobt, muss der Park nicht bewacht werden. Whity ist zu jung für den Kampf – auch er bleibt im Versteck.

Robin ruft Lighty: „Du gehst heute abend als Parlamentär zu Guy – du weißt, wo du ihn triffst. Und keine Sorge, er wird dir nichts tun. Soviel Anstand hat er!

Sage ihm bitte, dass ich heute Nacht an der Eiche alleine auf ihn warte. Darauf hat er mein Wort. Und er soll nicht wagen, Verstärkung mitzubringen. Ich bin sicher, er wird sich daran halten, denn er dürfte vermuten, dass wir durch unsere Posten alles im Blick haben. Danach läufst du direkt zu Tuck und Alan, damit ihre Gruppe einen Kundschafter hat.“

Die Freunde rufen alle Catz zusammen. Sie erklären ihnen den Schlachtplan und teilen sie in Gruppen den Offizieren zu. Gemeinsam warten sie auf den Abend. Viele verschlafen die Stunden, um für den Kampf frisch zu sein.

Endlich versinkt die Sonne hinter Barn's Village. Lange Schatten drohen herüber, kriechen näher und legen sich über die Catz.

Sorgenvoll erhebt sich Robin und spricht zu ihnen: „Geht kein unnötiges Risiko ein. Wenn ihr einer Übermacht gegenübersteht, zieht euch zurück oder ruft die anderen um Hilfe. Haltet euch immer an eure Offiziere. Ich will niemanden tot sehen. Wenn sich einer von euch umbringen lässt, verprügele ich ihn nach dem Kampf!"

Er sagt alles, was ein verantwortungsvoller Heerführer sagt, bevor er seine Truppe vor die Schlachtbank bringt – auch wenn es ihm schwer fällt, denn er liebt jeden einzelnen von ihnen.

John hatte sich nicht überwinden können, Robin schutzlos der Gefahr zu überlassen. Heimlich hatte er ein Gespräch mit Simon geführt, um ihn zu fragen, ob er auf zwei seiner Posten verzichten könne. Und er erklärte ihm seinen Plan.

„John, du kannst Barnaby und Diccon haben. Sie sind zwar nicht mehr jung, aber sehr erfahren als Wache. Und für den Schutz unseres Verstecks brauche ich sie nicht – dort sind wir sicher."

John bat Whity, mit den beiden zusammen Posten an dem Eingang zu beziehen, den Guy bei seinem Besuch im Winter benutzt haben musste, wie sie ihrer Spurenanalyse damals entnahmen.

„Dort macht ihr euch unsichtbar und wartet auf Guy. Wenn er einen Hinterhalt ausheckt, rast Whity zu Robin, um ihn zu warnen. Ihr beiden schleicht euch dann zu Simon ins Tunnelversteck.

Kommt Guy allein, wartet ihr drei, bis es zu Ende ist. Ihr mischt euch auf keinen Fall ein – egal, wie es ausgeht. Robin würde lieber sterben als unehrenhaft sein Wort zu brechen. Habt ihr das verstanden?" Natürlich haben sie!

Robin beobachtet, wie die drei Truppenteile sich in Marsch setzen. Simon führt die Familien weg. Marian verabschiedet sich von Robin mit Angst im Blick. Robin ist allein. Er legt sich auf seinen Lieblingsast in der Eiche und wartet.

Währenddessen ziehen die Catz durch die Dunkelwelt, um ihre Positionen einzunehmen. Und John, Much und Peterkin lassen sich von Brighty zum Treffpunkt der Catz in the Hood führen. Die drei Gruppen stehen bereit – die Falle ist aufgebaut. Fehlt nur noch der Köder, damit sie zuschnappen kann. Und John ist ein ziemlich dicker Köder, wie Scarlet als Angelspezialist sagen würde!

Ohne zu zögern springt John mit Much und Peterkin aus dem breiten Schacht im Garten neben Marley's, gefolgt von Brighteye und drei weiteren Catz. Die anderen verbergen sich in den Nischen ihres unterirdischen Labyrinths. Der Plan ist auf Schnelligkeit aufgebaut, um dem Gegner keine Zeit für Überlegungen zu lassen. Rasch laufen sie die wenigen Meter bis zum Hof der Feinde hinter dem Old Ale House, zeigen sich überrascht von der Übermacht, nehmen eine betont ängstliche Haltung an und ziehen sich flüchtend zurück. Hinter sich hören sie: „Das waren sie doch. Schnappen wir sie uns!", und was man sonst alles sagt, wenn man glaubt, auf der Seite der Stärkeren zu stehen. Und schon sind sie John auf der Spur.

Gerade sehen die Verfolger noch, wie John mit seinen Kameraden zwischen den Gitterstäben hindurch im dunklen Schacht verschwindet. Sie sehen nicht, dass er sich gleich dahinter in alter Manier mit seinen Freunden in einer Nische verbirgt und nur drei Catz trappelnd die Gänge herunter flüchten. Immer weiter geradeaus, auf die lauernden Mannschaften zu von Scarlet und Tuck.

Mehr als fünfzig Katzen schieben und drängeln sich in den Schacht, etwas beunruhigt von der fremden Enge. Sie schnuppern nur kurz am Boden und nehmen die Verfolgung auf. Dass ihnen John mit sechs Kameraden lautlos folgt, ahnen sie nicht.

Nach wenigen Minuten erreichen sie den Treffpunkt an der Kreuzung der Abwasserkanäle – ohne Umweg geführt von den drei flüchtenden Catz. Und sie werden humorvoll erwartet, aber davon wissen sie noch nichts. Ratlos steht der Haufen am breiten Ufer des Kanals. Die Schritte vor ihnen sind verstummt. Wohin sollen sie sich wenden? Welchem der unbekannten Gänge sollen sie folgen?

Man lässt sie nicht lange im unklaren. Johns Stimme hallt ihnen von hinten entgegen: „Sucht ihr die hier?", und die drei Verfolgten stehen grinsend an seiner Seite. „Bitte sehr – kommt und holt sie euch, wenn ihr wollt!"

Sie bedenken gerade Johns Angebot, da schallt es aus einem anderen Gang: „Aber überlegt es euch gut, denn eine so reichliche Auswahl von Merry Catz wie hier bei mir bekommt ihr nie wieder zu Gesicht!", ruft Will Scarlet, neben sich seine Truppe.

Und um hinter den Freundlichkeiten der beiden nicht zurückzustehen, meldet sich jetzt auch noch Tuck zu Wort: „Nein nein, immer hier entlang – hier hängen die dicksten Trauben. Hört nicht auf die anderen – die sind euch zu mager!"

Der Streitmacht aus dem Viertel wird es doch etwas mulmig. Nicht, dass sie sich zu fürchten hätten – dafür sind sie zu mächtig. Aber der Kampfplatz ist ihnen fremd, den Gegner kennen sie nicht und seine Stärke können sie im Dunkel der Gänge nicht einschätzen.

Und was am schwersten wiegt: Sie stehen dem Feind ohne Anführer gegenüber! Alleingelassen von Guy, der in seiner Wut auf Robin jedes taktische Gebot vergisst und einen Fehler macht, der ihn den Sieg kosten wird.

Und hier zeigt sich Guys Schwäche: Er ist ein Tyrann – kein Anführer und schon gar kein Kriegsherr.

Es war ein geschickter Plan von Robin, wie sich langsam offenbart!

In seiner herzerwärmend humorvollen Art beginnt Will Scarlet ein Spiel. Er wirft Tuck den Ball zu, der ihn gerne aufnimmt und sofort zurückfliegen lässt: „Tuck, altes Gehäuse – ich lasse dir die Klokratzer gerne als Bademeister für deinen Abwasserkanal."

„Ich danke sehr für dein Angebot, Will. Aber die Bande von Kissenfurzerchen taugt nicht für den Job. Du kannst sie für deine Ratten behalten – die fressen doch alles, was ihnen zwischen die Nagezähnchen kommt!", schallt es mit gespenstischem Echo zurück.

Und John poltert unzufrieden und nicht weniger geisterhaft hallend: „Also, halt mal. Wenn hier ein Kuchen verteilt wird, will ich auch ein Stückchen haben. Das Triefauge da in der Mitte mit seinen Kumpels ist für mich!"

Die Catz haben soeben die psychologische Kriegsführung entdeckt!

Und John bekommt sein Triefauge. Entnervt von einem Gegner, der sich nicht greifen lässt und immer wieder in die Finsternis entweicht, stürmen sie in alle Richtungen los, um sich auf jeden Feind gleichzeitig zu werfen.

Und damit erfüllt sich der kluge Plan: Aufgelöst und versprengt landen sie auf Pfaden, die nicht selten als Sackgassen enden, um an deren einzigem Ausgang von zwei, drei Catz empfangen und übel zugerichtet zu werden.

Viele von ihnen sind bereits auf der Flucht – ganze Fellbüschel ausgerupft und Ohren hängen in Fetzen. Die blutenden Nasen hat niemand gezählt! Später wird dieser Kampfstil als „Katerrupfen" durch die Hinterhöfe des Viertels geistern. Wie durch ein Wunder gab es bis jetzt keinen Toten!

Vielleicht ist es dem Ruf von Robins Gerechtigkeit und auch seiner heimlichen Beliebtheit im Viertel zu verdanken, dass niemand blanke Mordlust in seinem Busen birgt. So gab es zwar eine standesgemäße Keilerei, wie sie in jedem besseren Wirtshaus an der Tagesordnung ist, aber keine ernsthaft Verletzten.

Nur John traf es etwas weniger gut. Verfolgt von Freund Triefauge und drei bärenhaften Maine Coons – die drei durchschnittlichen Hauskatzen gar nicht mitgerechnet – landet er plötzlich selbst in einer der für die Feinde vorgesehenen engen Sackgassen, deren Ausgang der Gegner sofort verstopft. Seine Planung sah es eigentlich umgekehrt vor. Aber immer wieder drängte sich die Sorge um Robin in seine Gedanken und eine Unachtsamkeit im Kampf führt meistens zum k.o.

Doch wozu hat man Freunde? Schon hört John von draußen Peterkins helle Stimme: „Much - das Nadelkissenspiel!" Bastet sei Dank hatte es Peterkin bei einem ihrer Feste mit imaginären Gegnern der Runde vorgespielt und so ist Much sofort im Bild. Er wartet nur noch ab, von der Dunkelheit getarnt.

Gleich danach kommt einer der Feinde orientierungslos auf ihn zugestolpert. Im Verteilen schmackiger Backpfeifen ist Much äußerst geschickt, wie sich einige der Catz in the Hood von früher her nur ungern erinnern, und diesem hier ergeht es nicht besser. Er flüchtet kreischend durch die Gänge und verschwindet aus dem Geschehen.

Wieder wird einer von Peterkin malträtiert und schlägt irritiert ins Dunkel - natürlich ohne Erfolg. Schon steckt ihm der nächste Nadelstich im Pelz: Peterkins Linke, die ihn hinter dem Ohr erwischt. Und im Sprung schlägt Peterkin noch einem der Maine Coons auf den Kopf. Der schreckt drei Schritte zurück und wird von Little Cat John mit Wärme empfangen.

Von der Dunkelheit geschützt, rast Peterkin von einem zum andern, rast meterweit an den Wänden entlang, in hohem Bogen über die Gegner hinweg und landet unsanft einem von ihnen auf dem Buckel. Much nimmt jeden Flüchtling in Empfang und klappst ihm freudig ans Ohr. Nicht sehr hart, aber nervend. Triefauge ist bedient.

Nadelkissenspiel. Viele kleine Stiche - immer rein in den Pelz.

Als die Coons jetzt richtig sauer werden, flüchten Peterkin und Much in entgegengesetzte Richtungen. John, der immer noch in seinem Mauerverlies gefangen sitzt, hört den vorbeispringenden Much: „Los, Tapsi - raus mit dir, der Weg ist frei!"

Schmunzelnd befreit sich John ohne Widerstand aus seiner Gefangenschaft: „Tolles Spiel - muss ich mir merken", und läuft dem Freund hinterher, um ihn vor Schaden durch die Feinde zu bewahren.

Welche Feinde? Nicht einen findet er noch vor. Entnervt ist die Bande davongespritzt - sollen sich die Catz doch andere suchen, um sich auf deren Kosten lustig zu machen!

Der große Kampf der Katzen sollte übrigens später als „Große Nadelkissenschlacht" in die Annalen von Barn's Village eingehen. Sie wurde noch jahrelang belacht!

Mühevoll klaubt John seine Mannen zusammen, die sich kilometerweit verteilt einen Spaß daraus machen, die letzten versprengten Hauskatzen durch die finsteren, stinkenden Gänge zu jagen.

Von Ferne dringt vereinzelt noch ihr Gekreisch an Johns Ohr. Aber nach einer weiteren Stunde ist es endgültig vorbei und die versammelte Streitmacht der Catz macht sich in wohlgeordneter Formation fröhlich johlend und singend auf den Weg zurück in ihr Lager.

John und die Freunde sind etwas bange, was sie dort erwarten wird. Lebt Robin, um ihren Sieg mit ihnen zu feiern, oder finden sie ihn erschlagen?

Nach einer sich endlos ziehenden Wanderung treten sie aus dem Tunnel und sehen Barnesdale Park. Ein erster Schimmer der Morgensonne liegt auf den Bäumen.

Beunruhigt eilen sie zur Eiche. Unter dem Baum finden sie den Körper eines riesigen Maine Coon – die Augen halb geöffnet: Guy of Gisbourne. Er ist tot! Die Bauchdecke aufgerissen, hängen die Gedärme aus seinem Leib.

So liegt er in fast schon trockenen Lachen von Blut.

An dem Stamm der Eiche lehnt Robin, schwer atmend und blutverkrustete Schrammen im Gesicht. Dahinter Whity mit den zwei alten Wächtern. Angstvoll springt Much zu ihm hin und fragt: „Was ist mit dir? Bist du schlimm verletzt?“

„Nein, Much – nur das Bein hinten. Ich glaube, es ist gebrochen.“

Es ist gebrochen und es wird verheilen. Aber es ist eine Verletzung, von der er sich nie völlig erholen wird. Eine Verletzung, die seine schnelle Reaktion behindert.

„Jetzt erzählt, wie es gegangen ist. Hat unser Plan geklappt, John?“

„Geklappt und gekloppt. Alle weg. Und es wird wohl auch nie wieder einer von ihnen auftauchen – jetzt, wo Guy tot ist! Wir haben sie in die Falle gelockt und Peterkins Spiel mit ihnen gespielt. Und dann saß ich selbst gefangen im Loch, aber Peterkin und Much haben mich rausgepaukt. Niemand wurde getötet – weder bei uns, noch bei den anderen! Nur ein älterer Kater der Gegner lag ohne äußere Verletzung tot in einem Tunnel. Der Arme ist wahrscheinlich aus Angst oder Überanstrengung an einem Kreislaufkollaps gestorben. Aber wie war es mit Guy?“

Während Robin beginnt, von seinem Kampf zu berichten, springen Lighty und Brighty los, um Simon und die anderen Catz aus ihrem Versteck zu holen.

„Ich habe Guy auf meinem Ast erwartet. Er kam, als es völlig dunkel war. Ich habe ihn kaum gesehen, fast nur gehört. Er fauchte ‚Robin Cat – komm' aus deinem Versteck!' Ich sprang von meinem Ast direkt vor seine Füße. Er zuckte zurück und starrte mich aus seinen giftgrünen Augen an. Er sah noch erschreckender aus als vor einem Jahr! Er sagte ‚Ich sehe, du bist gewachsen oder plusterst du dich nur auf?' und schon kommt er auf mich zu. Ich bin auf seinen Angriff gefasst und wehre ihn mühelos ab. Aber dann kommt es richtig dicke. Er war nicht umsonst der Tyrann des ganzen Viertels!

Ich stecke viel ein in der ersten Runde und hab' Mühe, mich auf den Beinen zu halten. Aber nach einer weiteren Runde hat er sein Pulver verschossen und ich merke, ich bekomme Oberwasser. Und dann hab' ich's ihm gegeben.

Ich konnte ihn packen und von den Beinen reißen. Ich hab' ihn mit den Hinterbeinen traktiert und die Krallen müssen ihn erwischt haben. Jedenfalls sackte er plötzlich zusammen und die Därme quollen ihm heraus.

Jeder Herzschlag stieß sein Blut aus den zerfetzten Adern. Er wurde immer schwächer: Sein Leben verspritzte im Barnesdale Park. Ich muss mich wohl aufgerichtet haben, Guy zwischen den Beinen.

Whity hat mir später erzählt, ich hätte endlos lange geschrieen. Ich weiß nur, dass ich dann zugebissen habe. Er hat sich kaum noch gewehrt. Es knackte leise, als die Wirbel zersplitterten. Und nun liegt er hier tot.

Guy of Gisbourne – ein großer Kämpfer, dessen Schicksal ihm verwehrte, ein nettes Kätzchen zu werden. Es ist vorbei. Stirbt der Tyrann, zerfallen die Truppen!"

Und so ist es. Der große Frieden wird im Viertel einziehen. Alles kommt, wie Richard es wünschte. Barnesdale wird eine Zuflucht für alle. Die Feindschaft zwischen den Katzen ist mit Auflösung der ‚Catz in the Hood' verschwunden. Viele der ehemaligen Feinde freunden sich an und nur gelegentlich gibt es einen handfesten Katerstreit, bei dem es um eine hübsche Kätzin gehen mag. Aber das gehört ja wohl dazu. Die Tunnelgänge werden für alle Katzen freigegeben, damit sie schnell und sicher nach Barnesdale Park gelangen.

Nie wieder wird sich jemand an Barnesdale vergreifen, denn die unsterblichen Paladine Lancelot und Gawain wachen in alle Ewigkeit über Richards Vermächtnis und würden jeden Unruheherd ersticken. Aber das wissen die Freunde natärlich nicht.

Und bei dem Fest, das in aller Eile vorbereitet wird, nachdem eine stürmische Marian ihren Robin abgeherzt hat, wird die ,Brotherhood of Merry Catz' offiziell aufgelöst. Wer Familie hat, kann heimkehren. Robin und seine berühmten Freunde Much-the-Miller's-Cat, Little Cat John, Will Scarlet, Cat Alan, Tuck-the-Cat und viele andere bleiben als Bewahrer der Tradition in Barnesdale Park. Much besucht fast täglich seine Millers.

Robin schaut zu seiner Marian und entdeckt wieder einmal, wie schön sie ist, während die Glocke in seinem Schädel bimmelt. Wenn jetzt noch Kinder kämen!

Die Spatzen toben wie immer sorglos ihrem Oberstübchen durchs Gebälk und die Sonne jagt lüstern die Schatten hinterdrein. Marian wirft einen verliebten Blick auf ihren Robin Cat, der eben unter den Büschen mit Inbrunst ein Häufchen versenkt. Also alles, wie es in Barnesdale rechtmäßig seine Katzenordnung hat!

Epilog

Ich habe nun die traurige Aufgabe, von Robins Ende zu berichten. Denn ich, Alan-A-Dale, bin der einzige von uns, der noch übrig ist.

Jeder Leser, der sich dem folgenden Todesprotokoll nicht gewachsen fühlt, sollte das Buch nun zur Seite legen oder weiterblättern bis zu Tucks heiterem Nachlass. Mit der Wiederherstellung des großen Friedens in Barn's Village ist alles gesagt, was gesagt werden muss. Wer weiterliest, verantwortet es selbst und darf sich nicht über die tiefe Trauer beschweren, die ihn noch nächtelang plagen wird!

Im Winter nach dem Kampf mit Guy, als wir uns mit den Resten der ehemaligen Brotherhood wieder in unser Winterlager zurückgezogen hatten, tauchte in Greenwood eine Katze auf. Schwarz war sie von der Schwanzspitze bis zur Nase. Nicht einmal eine Pfote weiß - nur auf dem Kopf ein heller Fleck, der mitten auf der Stirn begann und sich bis hinter die Ohren zog. Weiß wie ein frisch gestärktes Totenlaken. Fast wie die Haube einer Nonne sah es aus.

Sie war eine Halbschwester von Robin aus einem früheren Wurf von Guinevere. Aber ihr Vater war ein einfacher, schwarzer Hauskater, während Robins Vater ein reinrassiger Somali war. Sie hieß Prioress, etwa ‚Mutter Oberin', wie die Menschen sie schelmisch nannten. Eine seltsame Bezeichnung für eine Katze! Den altjüngferlichen Namen erhielt sie wegen ihrer merkwürdigen Zeichnung.

Sie lebte seit vielen Jahren in der Gemeinde der St. John's Church am St. John's Crescent - im Südwesten des Viertels, wo Riverside in Stratham übergeht und nicht weit hinter den toten Greenwood-Häusern. Fast den ganzen Tag lag sie im Gemeinschaftsraum der Kirche: Sie überwachte dort mit würdevoller Miene das Kommen und Gehen der Bedürftigen des Viertels, die hier täglich ihre freie Mahlzeit verzehrten. Wenn sie einmal ihren Platz verließ, ging sie in die Sakristei der Kirche oder legte sich auf eine der Bänke unter den bunten, bleigefassten Glasfenstern. Gelegentlich stöberte sie auch im Kräutergarten der Gemeinde herum - aber nie für mehr als eine knappe Stunde, denn sie liebte den Aufenthalt im Freien nicht sonderlich.

Äußerst selten verließ sie den sicheren Schutz der Kirche. Nur wenn sie rollig wurde, ließ sie sich auf der Straße sehen - und selbst dann nur widerwillig. Zu banal war ihr das fremde Treiben. Lärm und Gestank der Autos, das Rufen der einfachen Leute. Ihr gehetztes Hin und Her. Der Händler vorne an der Ecke, der leere Kisten wegtrug und geräuschvoll frische Ware vor seinem Laden aufstellte. Nervös zuckte sie bei jeder neuen Kiste mit den Ohren.

Und bei einem dieser seltenen Spaziergänge musste sie Guy of Gisbourne getroffen haben. Unsterblich hatte sie sich in den stattlichen Kater verliebt, dessen Ruf als unbändiger Schrecken des Viertels auch bis zu ihr vorgedrungen war. Viele Junge hatte sie ihm über die Jahre in der Stille der Gemeinde geschenkt und niemand hatte etwas davon erfahren. Sie wusste, dass sie nicht Guys einzige Kätzin war. Dennoch zerriss der Schmerz ihr fast das Herz, als sie von seinem Ende erfuhr. Ihr einziger Gedanke war Rache. Kein Gedanke daran, dass ein schlimmer Zeitgenosse, der so viel Unheil verbreitet hatte, endlich die verdiente Strafe bekommen hatte!

Rache. Nur das! Und so strich sie nun mit einem heimtückischen Plan durch Greenwood, um Robin zu finden. Gründlich prüfte sie die vielen Duftmarken der streunenden Kater der Brotherhood.

Immer wieder senkte sie die Nase, um eine Spur von Robin aufzunehmen. Endlich fand sie, was sie suchte: den markanten Geruch eines dominanten Katers. Und frisch war die Spur. Weit konnte Robin also nicht sein. Keiner der Kater ließ sich sehen, denn es war nicht die Zeit ihrer Rolligkeit, deren weitreichender Duft längst alle Kater angelockt hätte. Niemand kümmerte sich um sie.

Sie hörte einen kräftigen Katerruf. Er kam aus dem Trümmerhaus No. 12. Lautlos schlich sie durch das große Loch in der Mauer, das einmal der Eingang gewesen war, und sah ihn. Es war Robin – und er war allein! Schnurrend geht sie auf ihn zu und streckt ihm vorsichtig die Nase entgegen. Robin schiebt sich sachte mit erhobenem Schwanz an sie heran und wittert nur Millimeter vor ihrer Nase, um ihren Geruch zu prüfen. Prioress! Er erkennt seine Halbschwester, die er nur einmal in seiner Kindheit gesehen hatte. Zart stupst sie ihn und streicht an seiner Flanke entlang. Er lässt es ruhig geschehen.

Robin legt sich nieder und beobachtet sie unbewegt, während Prioress ihn in einigem Abstand umkreist. Wieder nähert sie sich ihm. Er erhebt sich und steht majestätisch in der Halle. Eine stolze Haltung, die Macht und Kraft ausstrahlt. Und wieder streift sie an seiner Flanke entlang. Doch als sie an seiner Seite ist, beißt sie unerwartet zu. Genau in den Hals. Behindert durch seine alte Verletzung am Bein, reagiert Robin nicht schnell genug. Und seine Abwehr macht es noch schlimmer! Er wirft sich mit Kraft zur Seite und zerfetzt sich so mit ihrem Reißzahn, der tief in der Wunde steckt, die Halsschlagader. Sofort spritzt das Blut und pulst offen hervor.

Schwer tropft es in den jahrealten Schmutz.

Erschreckend laut hallt Robins Schrei durch das Gemäuer und schallt durch die fensterlosen Löcher nach draußen. „Warum?“, fragt Robin mit schwächer werdender Stimme. „Du hast Guy of Gisbourne getötet und dafür sollst du sterben!“, ist ihre hasserfüllte Antwort.

Little Cat John und Much-the-Miller's-Cat rasen wutentbrannt in die Halle. Sofort wollen sie sich auf die schwarze Katze stürzen. Doch Robin hält sie auf. „Wir haben geschworen, Kätzinnen, die unsere Jungen gebären, nichts anzutun! Meinetwegen soll keine Kätzin getötet werden. Lasst sie gehen!“ Mit diesen Worten verblutet Robin und stirbt. Mit hängendem Kopf und gesenktem Schwanz schleicht Prioress ins Freie. Nie wieder wird sie im Viertel gesehen.

Nach und nach verbreitet sich die Nachricht von Robins Tod. Es wird Nacht und langsam kehrt Ruhe auf den Straßen ein. Nur im Greenwood-Block sieht man noch Leben. Überall Katzen. Noch nie wurden so viele Katzen in Greenwood gesehen! Sie trauern.

Die ganze Nacht hindurch wehen ihre klagenden Schreie durch das Viertel. Besorgt blicken die Menschen aus der Nachbarschaft herüber. Sie ahnen, dass etwas Schreckliches geschehen sein muss.

Am nächsten Morgen ist keine der Katzen mehr auf dem offenen Gelände zu sehen. Die alten Millers, die sich immer um die Katzengemeinschaft gekümmert haben, betreten ängstlich das Trümmergelände. Gefährlich ist es hier für Menschen. Besonders für alte, gebrechliche Menschen! Aber das hält sie heute nicht auf. Nichts rührt sich. In jedes der ausgestorbenen Häuser blicken sie. Und endlich finden sie, was sie fürchteten.

Mitten im Raum ein toter Kater in seinem getrockneten Blut. Robin. Und als Ehrenwache um ihn herum lautlos am Boden seine engsten Freunde John, Much, Scarlet, Tuck, Marian und ich. Die anderen Catz der Brotherhood und dutzende Katzen aus dem Viertel liegen im Saal verteilt. Lighty, Brighty und Whity bewachen mit Watkin und dem treuen Simon das Portal. Auch Peterkin sind die Späße vergangen.

Während die beiden Alten weinend näher kommen, erhebt sich der riesige John. Ein endloser Klageruf aus seiner Brust schwillt an. Er streift den beiden zur Begrüßung sanft um die Beine und legt sich wieder neben Robin. Zärtlich streicheln die beiden John, während nun auch wir anderen näherkommen und die Menschen klagend begrüßen. Jeder von uns wird von den beiden mit seinem Namen begrüßt.

„Was machen wir nur?", fragt der alte Herr. „Wir können Robin doch nicht so liegen lassen."

„Wir müssen ihn würdig begraben", sagt die alte Dame.

„Wartet auf uns - wir kommen bald wieder", sagt Miller zu den Katzen, die jedes Wort verstehen. Die beiden gehen zu dem befreundeten Obsthändler und berichten von Robins Tod. Rasch bringt er seine schönste Apfelsinenkiste und schickt die beiden zu seinem Freund, dem Tuchhändler an der Ecke Fulham Road.

Dort erhalten sie ein großes Stück roten Samt. Sorgfältig kleiden sie die Kiste aus und beziehen sie auch von außen mit dem edlen Stoff. Der Tuchhändler gibt ihnen einen Hammer und kleine Nägelchen, mit denen sie den Stoff befestigen.

Auf dem Rückweg gehen die beiden beim Eisenwarenhändler in der Barn Street vorbei, um ihm zu berichten. Er leiht ihnen einen neuen, blinkenden Spaten. So kehren sie zu Robins Lager zurück. Die Freunde erwarten sie still mit traurigen Augen. Der alte Herr öffnet die Kiste und stellt sie neben Robins leblosen Körper. Behutsam nimmt er ihn auf und bettet ihn auf das kostbare Rot. Seine Frau weint und streichelt Robin ein letztes Mal.

Die Millers schließen die Kiste und tragen sie heraus auf die Straße. Die Menschen, denen sie begegnen, erweisen Robin mit gesenktem Kopf die Ehre und schauen ihnen schweigend nach.

In feierlicher Prozession schreiten die Millers voran und alle Katzen folgen ihnen den langen Weg bis zum Barnesdale Park, zu ihrer Eiche, wo sie so viele fröhliche Feste gefeiert haben.

Der Alte hebt eine Grube aus und bettet Robins Sarg in der dunklen, duftenden Erde. Er formt schwermütig und gewissenhaft einen Hügel über ihm. Später wird er zurückkehren und Samen streuen, um das Grab mit einem Polster aus Gras zu schützen.

Nach und nach verabschiedet sich jede Katze von den beiden alten Menschen: Jede von ihnen streift kurz an ihren Beinen entlang.

Die Landspitze mit der Eiche wird von nun an von den Menschen des Viertels ‚Robin's Point' genannt.

Robin Cat - totgebissen von einer Nonne: Ruhe dein Körper in Frieden und steige deine Seele auf an die Seite der Göttin Bastet!

Veni, vidi, vini. Ich kam, sah und weinte!

Im Nachlass des blinden Sehers fand Alan eine ungeordnete Sammlung von Versen, die Tuck im Fach zum Groß- und Leitthema ‚Verquirltes und Verqueres' abgelegt hatte. Tuck erachtete sie nicht als wertvoll genug, um bei einem der Katzenfeste zu Gehör gebracht zu werden. Der wissenschaftlichen Sorgfalt halber ist es jedoch Alans Wunsch, einige dieser Kleinoden der Öffentlichkeit zu übereignen:

Ramses II.
Ramses Zwo, der Pharao
trug einen Bart - ganz einfach so.
Der Bart ist ab, die Klappe zu,
die Made rülpst und nun ist Ruh.

Bein ab – arm dran
Halb Kroko, halb Dil
und schwimmt im Nil.
Das eine Halb nagt mir am Bein,
das zweite scheißt - könnts schlimmer sein?

Kakophon
Es singt vom Blatt der Teichrohrsänger,
krächzend zieht sichs lang und länger,
furzt dabei in Moll und Dur,
fürchterlich - scheiß Partitur!

Der Luchs
Der Luchs trägt seine Pinselohren,
gibts kein Zweifeln oder Bohren,
stolz und würdig sehr zu Recht,
denn ohne sie wärs wohl nicht echt!

Undichter Dichter
Ein Dichter, der nicht dichtet, aber pisst
ist ein Undichter - nur damit ihrs wisst!

Potthässlich
Es grüßt von Fern die Kragenechse:
Gott zum Gruß - ich bin die Hexe,
die kein Maler malen will,
um mich ins rechte Licht zu rücken.
Sonst würde ich im alten Stil
mit meinem Portrait euch beglücken!

Unfein
Der Emu kackt ganz ohne Hast
dem Lurch aufs Haupt von seinem Ast,
und frisst ihn auf mit seinem Schnabel.
Die Steppe? Uups - ein Sündenbabel!

Ein Schaf der Marke Karakul
Zu Haus in meinem Schaukelstuhl
saß einst ein fremdes Karakul.
Zur Nacht gabs leckren Braten,
und welchen? - Dreimal raten!

Mäuseküng und Franz, der Kater
Es spricht der Küng zur Künnigün:
Kück nach, obd' Kündlin drünne sünn.
Der Franz in seinem Süff
früsst se sonst alle üff!

Vom Olymp
Dichter Fürst, thron ich einst oben,
lächle mild vom Firmamint.
Blicke huldvoll auf die Oden,
die doch meine Kinder sind.
Lasse mich gebührend loben ...
Huch-ach-Gottchen - Menschenskind!!!

Weihe dem Stephaner
Das liebe, gute Hefebier
das trink ich gern, so schmeckt es mir.
Und ist es leer, hol ich ein Neues.
Wems nicht passt - na bitte sehr!

Prolog:

Der Minstrel ist ein Bänkelsänger, ein ‚fahrender' Sänger auf Wanderschaft, der wie in unserem Fall nicht nur schön singen kann, sondern auch tausend Geschichten kennt.

Brotherhood bedeutet Bruderschaft. Merry Catz sind glückliche, freie Katzen. Cat ist das englische Wort für Katze. Catz ist Gettoslang für Cats und bedeutet die Mehrzahl von Cat, also eine Gruppe.

Geächtet:

Die große Liebe wie hier zwischen Robin und Marian gibt es bei Katzen tatsächlich – es ist nicht nur ein frommer Wunsch! Allerdings ist sie bei Katzen auch nicht häufiger als bei den Menschen!

Vergewaltigungen kommen auch bei Katzen vor: Marians Angst ist also durchaus berechtigt! Es kann sogar passieren, dass ein Kater einen anderen Kater vergewaltigt. Das muss allerdings nicht schwul gemeint sein, sondern kann mit Dominanzverhalten zu tun haben.

Der Park:

Elstern sind unglaublich! Im Garten des Autors lebt seit Jahren ein Elsternpärchen, das ihn mit unnachahmlich hässlichem Gekreisch vor seiner eigenen Katze warnt (‚hassen', wie der Jäger sagt). Sie springen mit bedrohlicher Gestik auf dem Rasen bis auf einen Meter an die Katze heran, um sie zu verjagen. Hier muss der Autor allerdings einschreiten, denn er liebt seine Katze, auch wenn seine säbelrasselnde Charley ein Scheusal und eine dieser terroristischen Schlägerkatzen ist, wie sie im Buch beschrieben werden (Katze wohlgemerkt – nicht Kater). Schließlich ist seine Fensterbank ihr Stammplatz (der Fensterplatz vor dem Büro – wo sie ihn den ganzen Tag über unter Kontrolle hat): Niemand wage es, sie von dort zu vertreiben und schon gar nicht mit einer so unmusikalischen Elsternstimme, die dem Autor mit seiner ausgesprochenen Vorliebe für Haydns harmonische Messen und Altersoratorien die Gedanken zermartert.

Es ist eine traurige Tatsache, dass Katzen auch Vögel fangen – ein Umstand, der den Autor mit seiner ausgeprägten Tierliebe nicht unberührt lassen kann. Gott sei Dank haben Forscher mit ihrer peniblen Faktenzählerei nachgewiesen, dass Vögel selbst bei wildlebenden Katzen nur einen verschwindend geringen Anteil der Nahrung ausmachen!

Der dritte Mann:

Die Liturgie ist der vorgeschriebene Verlauf der katholischen Messe. Allgemein gesprochen, bzw. in übertragenem Sinn ist sie ein genaues Regelwerk, das einen Ablauf vorschreibt – von außen betrachtet oft ein wenig komisch, bzw. manchmal auch nur lächerliches Ritual.

Tucks Spruch der Bastet ist wie die später noch folgenden absolut authentisch! Der Autor hat das Glück, nur drei Minuten entfernt vom Ägyptischen Institut seiner Universität zu wohnen. Diese Chance hat er genutzt, um alles über die Bastet und ihre Lehre auszugraben, was in den letzen dreitausend Jahren über sie geschrieben wurde!

Der Vierte im Bund:

Zur Armierung des Zeus: Der Blitz ist seine meistgefürchtete Waffe – obwohl, wenn man seine überreiche Nachkommenschaft bedenkt, gibt es vielleicht noch eine andere, die mindestens ebenso zu fürchten ist!

Die Falle:

Die Heilkraft der Katzenspucke ist legendär. Ein antibiotischer Bestandteil im Sabber hilft desinfizierend bei der Blutgerinnung.

Die Wunde:

Überall auf der Welt, wo verwilderte Hauskatzen leben, finden sich bald tierliebe Menschen, die den Katzen mit Futter und ambulanter Versorgung helfen. Der Autor hat es sogar erlebt, dass die Katzen regelmäßig von ihnen zum Tierarzt gebracht wurden, um sie zu impfen oder mit einer Wurmkur behandeln zu lassen! (Siehe auch: Die Box)

Jeder, dem die Szene mit der vierjährigen Tochter zuckersüß vorkommt, sei aufgefordert, einmal einer Vierjährigen zuzuhören: Mädchen in dem Alter sind nun mal zuckersüß – und herzerweichend komisch! Der Autor folgt hier also nicht einer Verehrung für Courths-Maler, sondern der Verpflichtung zu journalistischer Präzision!

Der Schwur:

Bei der Pirsch auf große Wanderratten zeigen die Katzen das Feinste, was ihre Jagdkunst zu bieten hat, denn Wanderratten sind unverschämt wehrhaft. Die Katze des Autors bringt es allerdings nur zu gewöhnlichen Haus- und Kellerratten – was, wie man zu ihren Gunsten unterstellt, nur an der fehlenden Gelegenheit liegen mag!

Die Befreiung:

Auguste Rodin war ein französischer Bildhauer, dessen Statue „Der Denker" vor rund einhundert Jahren weltberühmt wurde.

Pläne:

Der Leser mag staunen, aber Treue gibt es bei Katzenpaaren – wenn auch nicht häufiger als bei uns Menschen. Und es sollte uns nichts abhalten zu glauben, dass dies etwas mit Liebe zu tun haben könnte!

Der blinde Seher:

Das Motiv des blinden Sehers stammt aus der griechischen Antike und meint den Blinden, der besonders viel, hell und weit sehen kann. Blinde Seher steckten voll toller Geschichten, weshalb sie gerne zur Unterhaltung und Belehrung an die antiken Höfe geladen wurden.

Cattus Gigantus Rex: Diese Bezeichnung stammt aus dem Küchenlatein des Autors und ist eigentlich eine Beleidigung für jeden Großlatinisten. Heißt nicht mehr als ‚Gigantischer Königskatzus'.

Die weisen Sprüche der Bastet über das Verbot, die Armen zu berauben, und das Gebot, die Bedrängten zu schützen würde man, unbedarft wie man ist, glatt Robin Hood in die Schuhe schieben, denn das war sein Vermächtnis. Aber sie gehören tatsächlich der Bastet!

Man sagt in vielen Regionen der Welt, dass die Seele eines getöteten Gegners und sein Wissen auf den Sieger übergingen, äße der ihn auf – eine der direkten Wurzeln des Kannibalismus. Da fragt man sich, womit die Löwen in der Arena gefüttert wurden, wenn sie in der Lage waren, seitenweise eine der schlauesten Abhandlungen über den Krieg zu zitieren, die vor Clausewitz geschrieben wurden: Ciceros ‚Bellum Iustum' oder ‚Der gerechte Krieg'! Wie schon Asterix wusste: Die spinnen, die Römer! Wenn ich als Kaiser von Rom so kluge Gladiatoren, Gefangene und Christen hätte, dass sie Cicero, Cäsar und Seneca auswendig können, würde ich sie nicht an die dussligen Löwen verfüttern, um die schlau zu machen, sondern ich würde sie als Lateinlehrer in die Gymnasien stecken, um damit den schiefen Turm der Pisastudie gerade zu rücken, bevor er uns auf den Kopf fällt!

Für diejenigen, die diesen krassen Scherz als bare Münze nehmen wollen, jetzt mal mit dem gebotenen historischen Ernst gesprochen: In der Arena landeten in Wahrheit selbstverständlich nur Leute mit Herz. Leute mit Kopf wurden bei den klugen und rentabel denkenden Römern als Hauslehrer oder Berater der Cäsaren eingesetzt!

Das mit dem Hausverbot des alten Seneca war eine ganz üble Sache: Nero befahl ihm aus perfidem Grund, sich selbst umzubringen, anderweitig er ein wenig nachhelfen wollte. Das dann ‚Hausverbot' zu nennen, entspricht Tucks zynisch-sarkastischem Humor, den der Autor entschieden nicht teilen kann, und wie Tuck ihn im Übrigen auch in seinen Nachlassgedichten offenbart!

Was hat nur der zauberhafte Komödiendichter und geniale Epiker und Poet Ariosto verbrochen, dass nicht einmal sein Hauptwerk ‚Orlando Furioso' oder ‚Der Rasende Roland' auf dem deutschen Buchmarkt präsent ist? Hat er das verdient? Ich sage nein! (Eigentlich ein klassischer Fall für Reclams gelbe Reihe!) Wer sich so kernige Verse aus der Feder wringen konnte wie Ariost, dem steht wenigstens ein Plätzchen in der Dachkammer des Literaturbetriebes zu, oder?

Die ‚Apocolocyntosis' oder ‚Die Verkürbissung des Kaisers Claudius' ist, wie der Autor meint, das schönste Werk des größten Satirikers aller Zeiten oder, wie man heute sagen würde, des politischen Kabarettisten Seneca. Aber was ist davon zu halten, wenn jemand seinen Kater *‚Der Verkürbiste'* nennen will – bloß, weil der ein wenig rundlich geraten ist? Ogottogottogott!

Tinnitus ist ein nettes kleines Dauerpfeifen im Ohr – völlig harmlos! Nur bringt es einen höchstwahrscheinlich irgendwann um: ein Fall für die Alternative zwischen Wahnsinn oder Harakiri!

‚Ein Gelehrter ist jemand, den man viel gelehrt hat...': Hier wie bei einigen anderen seiner Bemerkungen blinzt bei Tuck der G. Chr.

 Lichtenberg durch die Seiten – ein Schlaukopf, den der blinde Kater über die Maßen schätzt!

Bastet:
‚Er hatte so viel Verstand, dass er zu nichts mehr zu gebrauchen war': Auch wieder Lichtenberg'scher Geistesfunke!

Die Box:
Orpheus und Eurydike waren ein berühmtes antikes Liebespaar aus der griechischen Mythologie: Orpheus, Sohn eines Gottes und einer Muse, war ein begnadeter Sänger, der es schaffte, mit seinem bezaubernden Gesang das Herz des Hades, Herrn der Totenwelt, zu erweichen, damit er ihm seine verstorbene Ehefrau Euridyke wiedergibt. Leider endet diese Geschicht tragisch. Der Hades war auch das Totenreich selbst, bei den Römern Orkus genannt.

Hochzeit:
Argent, deutsch ausgesprochen und hinten betont, ist als vornehm altertümelnder Begriff für Silber gemeint. Franz.: L'Argent = Das Silber.

Tod:
Eigentlich veni, vidi, vici, wie Cäsars berühmter Ausspruch lautet: Ich kam, sah und siegte. ‚Vini' ist bei Tucks Spruch ‚veni, vidi, vini' = ‚ich kam, sah und weinte' auch wieder dem Küchenlatein des Autors zu verdanken und bildet im Lateinischen die Genitivform des Weins, die sich von ‚vinum' ableitet = der Wein. Im Italienischen dagegen ist ‚vini' nur der Plural von ‚vino' und heißt ‚die Weine'. Hier liegt sozusagen ein teutonischer, oder präzise, vincentinischer Konsonantensprung vor, bei dem ‚Weine' auf dem Weg über die Alpen zu ‚weinte' wurde.

Catz in the Hood: Hood = Neighbourhood = Nachbarschaft, also die Katzengang im Viertel.

Die Flucht:
Kakophonie = Missklang. Hier: Zusammenklang vieler missklingender Stimmen, oder sehr frei etwa so: Phonie + Kako = Klingt Kacke!

Greenwood:
Thales von Milet kam nicht aus der altägyptischen Königsstadt Mem-

phis, sondern stammte aus dem ionischen Griechenland, also aus der heutigen Türkei, bereiste aber unter anderem auch Ägypten. Als Philosoph war er bedeutend, denn er hat uns den Gedanken der Erklärbarkeit aller natürlichen Phänomene als Naturprozess hinterlassen und damit die Grundlagen für die moderne Naturwissenschaft gelegt. Das war absolut neu, denn die Menschen anderer Völker glaubten (und glauben teils bis heute), dass der Donner, der Blitz oder Regen, Erdbeben und Vulkanausbrüche entweder selbst Götter seien oder zumindest ihre mehr oder weniger wütenden Ausbrüche.

Mit seinem berühmten Satz ,Erkenne dich selbst!' begründete er die Ethik, nämlich die Lehre vom Guten. Als Astronom sagte er die Sonnenfinsternis von 585 v. Chr. voraus und er erkannte aufgrund seiner Berechnungen, dass die Olivernte des nächsten Jahres üppig ausfallen würde. Er kaufte (oder mietete) alle Ölpressen und vermietete sie nach der tatsächlich reichen Ernte teuer. So bewies er, dass Philosophie auch reich machen kann.

Und als Urgrund alles Seins nahm er das Wasser an, auf dem die Erde schwimme wie ein Boot auf dem Meer. Wichtig war daran seine Denkweise, dass es für alles eine wissenschaftliche Erklärung geben müsse - ein Gedanke, der bis heute unsere Vorstellungen von der Welt bestimmt. Die Anekdote mit dem Brunnen wird ihm ebenfalls nachgesagt: Er soll nachts bei seinen astronomischen Berechnungen in den Brunnen gefallen sein, worauf seine Magd ihn auslachte und sagte: „Du guckst nach den fernsten Sternen, aber was vor deinen Füßen liegt, das siehst du nicht!“ Den Satz könnte sich manch einer von uns an die beidseitige Augenbinde kleben!

Die Rückkehr:

Lancelot und Gawain waren die strahlendsten Ritter an König Artus' Tafel. Merkwürdigerweise ist die Artus-Sage in der Forschung immer wieder in die Nähe der Löwenherz-Geschichte gerückt worden!

Abrechnung:

Ein Parlamentär ist Unterhändler zwischen feindlichen Heeren. Er steht unter besonderem Schutz und darf vom Feind eigentlich nicht verletzt werden. Er handelt Bedingungen aus oder überbringt die Kapitulation. Als Zeichen der Neutralität trägt er auf dem Hinweg eine weiße Flagge und auf dem Rückweg gelegentlich seinen Kopf unter dem Arm als deutliches Signal, dass sein Angebot nicht überzeugend war!

Gestaltung und DTP-Satz
Vincent Kluwe-Yorck, Berlin

Titelbild
Jürgen Scholz, Dresden

Titelgestaltung
Vincent Kluwe-Yorck, Berlin

Redaktionelle Betreuung und Lektorat
Heinz Jansen, Hüttwilen und Alfred Schall, Berlin

Beratung
Markus Barainsky, Berlin

Druckvorstufe
dmp-digital media production, Berlin

Druck & Bindung
GGP Media, Pössneck

www.kluwe-yorck.de · www.robincat.com

Printed in Germany

ISBN 3-926353-09-0